武田泰淳集

戦後文学エッセイ選5

司馬遷は生き恥さらした男である士人として普通なら生きながらえる筈のない場合にこの男は生き殘つた口惜しい殘念至極情なや進退谷まつたと知りながらおめおめと生きていた腐刑と言い宮刑と言う耳にするだにけがらわしい性格までで變るとされた刑罰を受けた後日中夜中身にしみるやるせなさを嚙みしめるようにして生き續けたの

影書房

武田泰淳集　目次

司馬遷の精神——記録について　9
美しさとはげしさ　17
谷崎氏の女性　26
滅亡について　31
無感覚なボタン——帝銀事件について　41
『あっは』と『ぷふい』——埴谷雄高『死霊』について　49
勧善懲悪について　54
中国の小説と日本の小説　66
『未来の淫女』自作ノオト　75
魯迅とロマンティシズム　80
限界状況における人間　92
竹内好の孤独　109
文学を志す人々へ　112
映画と私　120
サルトル的知識人について　129

戦争と私　137
根源的なるもの　141
三島由紀夫氏の死ののちに　144
わが思索わが風土　153
私の中の地獄　165
椎名麟三氏の死のあとに　212
「中国文学」と「近代文学」の不可思議な交流　221

初出一覧　237
著書一覧　239
編集のことば・付記　243

戦後文学エッセイ選5

武田泰淳集

（第六回配本）

栞

No.6

わたしの出会った戦後文学者たち（6）

松本昌次

2006年5月

武田泰淳さんの本でわたしが編集にかかわったのは、一九五八年七月に未来社で刊行した、いまからみると粗末な造本のエッセイ集『現代の魔術』一冊に過ぎない。『人間・文学・歴史』（厚文社・一九五四）、『みる・きく・かんがえる』（平凡社・一九五七）につづく三冊目のエッセイ集である。当時、武田さんは、杉並区上高井戸の公団住宅に住んでいた。時折お訪ねしたある日、午前から夫人の百合子さんをまじえてのコップ酒となり、やがて武田さんと連れだって、吉祥寺に住む竹内好さん、丸山真男さんをつづけて訪ねたことは、『竹内好集』の「栞」№4に再録した文章に書いた。すでに半世紀も前のことだが、いまに忘れることのできない一日として記憶に鮮やかである。

　編集者になった当初、文庫本になって絶版状態になっている三冊を、わたしはなんとか復刊したいと思った。一九五一年に角川文庫に入った花田清輝『復興期の精神』と、一九五二年にともに創元文庫に入った竹内好『魯迅』、武田泰淳『司馬遷――史記の世界』である。三冊とも戦争中に書かれたものだが、十代後半で戦後に放りだされたわたしにとって、この三冊は、いわばひとつの指標のように思えたのである。幸い、『復興期の精神』は五九年に、『魯迅』は六一年に未来社で復刊できたが、『司馬遷』は、文藝春秋新社が五九年に復刊したので果たすことができなかった。武田さんが六〇年、赤坂のマンションに越されてからもお訪ねした記憶はあるが、筑摩書房をはじめ、文藝春秋、中央公論社、新潮社など、有力な出版社による武田さんの著書出版がつづき、結局、わたしは、たった一冊の本と、ある一日の強烈な記憶でしか、武田さんと関係することができなかったのである。

　しかし、武田さんと出会う十数年以上も前の戦争中、武田さんにまつわる忘れ難い一つの体験がわたしにはあった。

　敗戦も間近な一九四五年五月二五日の夜、一一時頃だったと思う。前夜二四日につづく米空軍Ｂ29二五〇機が、主としてわたしの住んでいた東京山の手方面に襲来したのであった。それとも知らず、家の前の路地に立って空を見上げたわたしの目に、探照灯に照らされた遙か高空を飛ぶＢ29の機体が、ぎらりと美しく銀色に光った瞬間、周辺はあっという間に、一面火の海と化した。わたしは母とともに、ただ夢中で火煙のまっ只中を走り抜け、わが家の一画の前の広い墓所をとおって、ゆるい崖を駈けおり、鐘突き堂のある広いお寺の境内につづく斜面の、中腹あたりにあった横穴防空壕に、近隣の人びとと辛うじて逃げこんだのであった。

そのお寺が、実は武田さんの父上・大島泰信氏が一九二九年以来住職であった目黒区中目黒の長泉院だったのである。『増補武田泰淳研究』（『全集』別巻二・筑摩書房）の古林尚氏による精緻な「武田泰淳年譜」によれば、境内は五千坪もあり、「数百本の樹木が叢生」していたとある。そこで武田さんは、「百姓仕事のまねごと」をして「幼年時代以来の虚弱体質の改善」にはげんだらしい。わたしたちはといえば、長泉院のお蔭で九死に一生を得たのである。わたしの家の周辺だけでも、逃げ遅れて一〇人が爆死したのだった。

当時、武田さんは、長泉院にはいなかった。『司馬遷』（日本評論社）を上梓した翌四四年六月、「徴用」をのがれて上海に渡り留守（帰国は四六年四月）だったのである。しかし妹さんのマユリ（真百合）さんは、長泉院におられた。武田さんは、エッセイ『私の中の地獄』のなかで、帰国してから知ったとして、マユリさんが「都内の寺で空襲に遭《あ》い、火熱がはげしくて、斜面にある墓地の墓穴の一つに、子供をかかえて難を避けたらしい。」と書いている。〝墓穴〟というのは、わたしたちの待避した横穴防空壕のことではないか。わたしは、幼児をかかえたマユリさんと同じ壕の中で、不安な一晩をすごしたのではないか、と思う。その後、二番目の子どもを胎内に宿していた妹さんの病死の電報を、敗戦直前、武田さんは上海で受けとる悲劇に見舞われたのである。

わたしの一家が都内の借家を転々としたのち、長泉院の墓地の前の一角に住んだのは、わたしが小学校四年、一九三六年の頃であった。樹々が茂り広い迷路のような墓地は、わたしたち子どもにとっての楽しい秘密の遊び場であった。時折、見廻りにきた大人に怒られ、われ先に逃げたりしたが、あるいは、武田さんの父親だったこともあるかも知れない。その頃すでに、「中国文学」のメンバーだった竹内好さんをはじめ、岡崎俊夫・増田渉・松枝茂夫氏などが長泉院に出入りしていたのであった。そのことを知るのは、むろん後年のことだが、何かある因縁を覚えずにはいられないのである。

武田さんが亡くなった折、追悼の小さな文章を書いた。五〇年ほどを距ててようやく武田さんの二冊目の本を作ることができた感慨もこめて、再録させていただく。

＊　＊　＊

『汝の母を！』――追悼

武田泰淳氏が亡くなった夜、わたしは、一つの短篇を読みかえして、氏を追悼した。いま（一九七六年）からほぼ二十年前に書かれた、二十枚ほどの短篇『汝の母を！』である。わたしは、この作品が好きだ。いや、好きというより、武田氏の文学を考える時、おのずとわたしの胸にこの一篇は突き刺さってくる。何回読みかえしたか知れないその作品を読みながら、不覚にもわたしは深夜、一人涙を流した。自殺とさえ思えるほど急速な死を死んだ武田氏は、死んで、『汝の母を！』のなかで日本軍兵士たちによって生きながら最大の屈辱を受け、焼き殺された中国の母と子に出会ったのだと思う。その母と子に代表される無数の中国民衆の死のなかに帰ったのだと思う。

『汝の母を！』は、日本軍兵士たちが、密偵として捕らえた中国人の母と息子に性行為をやらせて見物し、あげくに彼等を焼き殺す小説である。なんということだろうか。その中国人の母子をとり巻く者は、農村で役場の書記をしていた隊長であり、「赤ん坊を生んで、まだ三日とたっていない母親を強姦した」強姦好きの肉屋の上等兵であり、炭焼出身、人夫出身、自作農出身の兵士たちであり、その他、「私」をふくめての見物人、立会人である。「私」を武田氏自身と考えていいと思う。息子に母を犯させるという上等兵の「面白い考え」に、「毛虫でも払いおとすように首を振っ」た「私」は、「あんたもダメね、インテリだから」と上等兵にからかわれ、ついにその光景を目撃しなかった。しかし「私」は、その二人の犠牲者が、お互いの命を助けあおうとして、どういう行為を日本軍兵士のニタニタ笑いの前でしなければならなかったか、そのすべての光景を魂に焼きつけ、背負ったのだ。

「汝の母を！」＝「他媽的《タアマアデ》！」「ツオ・リ・マア！」という中国特有の「国罵」は、「汝の母を性的に犯してやるぞ！」という、最大の侮辱的言辞である。その罵言を、こともあろうに、加害者である強姦好きの上等兵が、「実演させられる母子二人」に向って投げかけるのである。背すじに、冷たいもの、熱いものが走りぬけた「私」は思う。――「彼ら母子こそ、日本兵の祖先代々の母たちを、汚してやる権利があったのではないか」と。小説の最後の数ページは、「天のテエプレコオダア」「神のレエダア」で記録された母と子の美しい対話、「私」の魂にのみ聞こえた中国民衆の母と子の苦悩の対話となる。母はいう。「お前は今こそ、私の肉の肉、私の骨の骨だよ。今こそ、お前は私から離れ去ることができないのだ」――子は叫ぶ。「ツオ・リ・マア！」と。そして思う。「……いつか誰かが、どこかで叫んでくれる声が、今かすかに、私の肉にきこえてきたのだ……」

この一篇にこめられた武田氏の中国民衆の犠牲者たちに対する愛と、人間に対する悲しみは、そのまま、氏の「生き恥」と化した。この場面に立ち会った人間として、以後の生

涯を、たえず、「ツオ・リ・マア！」という罵倒をみずから
に投げかけ、聞きながら生きたのが武田氏である。おなじ民衆――肉屋や炭焼や人夫や農民でありながら、日本の民衆は、中国の民衆になんということをしたのだろうか。天にも恥じよ！　祖先代々だけではない、その末裔としての日本人一人一人に向って、中国民衆こそ、「ツオ・リ・マア！」と叫ぶ権利を持っているのだ。それは、単なる不幸な過去の事実ではない。武田氏が、いつも恥じらい、うつむき加減に、悲哀をこめて、ひたすら「滅亡」することへの志向を秘めて生きた道すじは、そのまま、この作品のなかに描かれた母子への回帰、つまりこの母子によって代表される中国民衆の犠牲者たちへの限りない同一化、埋没にあったと思う。

　いま、武田氏は、この母子の前に立って、どうぞ思いきり、わたしに向って「ツオ・リ・マア！」と罵って下さいといっているかも知れない。罵られるのは、武田氏でないにもかかわらず、あらゆる過去の日本の罪障を一身にひき受け、氏は、「厖大にして計量不可能」といわれる、日本人によって殺戮された中国民衆の前に、同じように、シャイな面貌で立っていることだろう。

　『汝の母を！』一篇を、わたしは武田泰淳氏の文学の記念と、同時に、中国と日本の民衆の未来への記念として、決して忘れはしないであろう。

（1976・11）

●「著書目録」にない『非革命者』について

　わたしの手元に、武田泰淳著『非革命者』がある。古書店で買ったのだろうか、カバーなどはない。『「愛」のかたち』「黒旗」「非革命者」の三篇が収録されている。奥付（貼り奥）によれば、昭和廿三年十一月廿五日印刷／昭和廿三年十一月三十日発行、定価百五拾圓、発行所は八雲書店である。しかし、前出の古林尚氏の「武田泰淳年譜」、及び講談社文芸文庫などでの同氏による武田氏の「著書目録」に、この『非革命者』は記録されていない。あるのは、同年十二月刊の『「愛」のかたち』で、収録作品、判型、定価、頁数、発行元すべてが、『非革命者』と同じ、発行が一カ月ずれているだけである。なんらかの事情で、『非革命者』は『「愛」のかたち』に作り変えられたのか、後者の本をわたしは持っていないのでわからない。古林氏はもはや故人でたずねるわけにもいかず、二冊の写真をかかげ、どなたかのご教示をお願いしたい。なお『非革命者』の装幀は、「片山芳」とある。

（松本）

『蝮のすえ・「愛」のかたち』
（文芸文庫より）

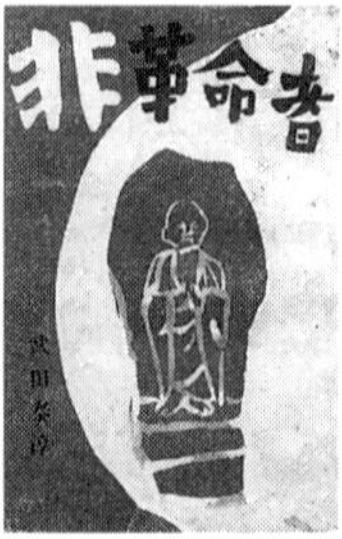

凡例

一、「戦後文学エッセイ選」全一三巻の巻順は、著者の生年月順とした。従って各巻のナンバーは便宜的なものである。
一、一つの主題で書きつがれた長篇エッセイ・紀行等はのぞき、独立したエッセイのみを収録した。
一、各エッセイの配列は、内容にかかわらず執筆年月日順とした。
一、各エッセイは、全集・著作集等をテキストとしたが、それらに収められていないものは初出紙・誌、単行本等によった。
一、明らかな誤植と思われるものは、これを訂正した。
一、表記法については、各著者の流儀等を尊重して全体の統一などははかっていない。但し、文中の引用文などを除き、すべて現代仮名遣い、新字体とした。
一、今日から見て不適切と思われる表現については、本書の性質上また時代背景等を考慮してそのままとした。
一、巻末に各エッセイの「初出一覧」及び「著書一覧」を付した。
一、全一三巻の編集方針、各巻ごとのテキスト等については、同じく巻末の「編集のことば」及び「付記」を参看されたい。

カバーカット＝武田泰淳『司馬遷——史記の世界——』（文藝春秋新社・一九五九年二月刊）見返し右半面

武田泰淳集

戦後文学エッセイ選　5

司馬遷の精神——記録について

——彼は銭をためる代りに溜めなかつた
つらいといふ代りに敵を殺した
恩を感じると胸のなかにたゝんで置いて
あとでその人のために敵を殺した
いくらでも殺した
それからおのれも死んだ——

「むかし豪傑といふものがいた」という中野重治の詩の中の名句である。悽愴で、サッパリしていて、重みもある。此処で必要なのは「いくらでも殺した」という、一寸運命的な、また定理のように簡明な言葉である。有史以来、大体において、殺人は制限されていなかった。何人までという規定はない。数の多寡は、殺人者の能力の大小にかかっていた。殺人が生活のための、前提であり、条件であり、不文律だった原始野蕃の時代の哲学者は、殺人なき生活という問題を頭にうかべたことはあるまい。いくらでも殺している以上、殺さない生活は生活でない。だが、こんなおそろしい時代は考えないで、とりあえず司馬遷が「史記」を書いた頃、それでもまだキリストの生れなかった頃の豪傑は、中華大陸でどんな暮しをしたのだろうか。

「史記列伝」の第三十五、樊噲の段を読む。樊噲が陽気な男だったか、陰気な人だったか、性格はすでに知るよしもない。ただ、彼が優秀な殺人者であったこと、これだけはまず確実である。「史記」には彼の人相や親族関係はうやむやにして、殺した人間の数だけは正確に記録されている。人間の数というより、もっと物質化して、あるいは物量的に、首の数が問題にされている。

狗を殺してその肉を売り、細々と生計をたてていた彼は、漢の高祖に従って戦場に出るや、たちまちその能力を発揮した。

「司馬尼と碭の東に戦う、敵をしりぞけ、首を斬る十五級」に始まり、攻城野戦、首を斬っては爵を賜わり、人を殺しては封を増された。首の総数百七十六級、捕虜にしたもの二百八十八人、機械を使用せず、両手両足でやった数である。どんな色の、どんな形の首だったか、一個々々それ相当の感情や智慧のこもった頭部だったであろう。しかし、記録者から言えば、一個はいずれも一個、数の単位にすぎない。殺人者の感動や疲労も、数の記録からでは想像できない。石柱の如く立ちはだかる樊噲の像の周囲には、おそらく天空の星座が花園の薔薇の如く、燦然とまた馥郁と、これらの首どもが模様をなしてつらなっていたとは察せられる。この模様を背景として、彼は「史記」世界に残りとどまり、「列伝」の一頁を獲ち得た。

岡本綺堂の「尾上伊太八」もなかなか凄い。殺人者伊太八の心情はうきうきした、はれやかな、又はまとまった日常意識をかきみだす力がある。「その笑ひ顔をぢつと視ながら、おれが一の槍で右の脇腹から突き上げた。つづいて七兵衛も左から一つ突いたが、女はやつぱり笑つてゐた。それから二人が代る代るに突いた。大抵の女は十七八本で参つてしまふのだが、おれが二十五本目の槍を引いたときにも、女はまだぴくぴく動いてゐたよ。強情な奴さ。気味の悪さうな面をするな。手前達もだんだんに出世すれば、いやでも此役を勤めにやあならねえのだ」

伊太八はこの台詞で子分をおどかし、看客をおどろかす。だが樊噲の場合、気味の悪そうな面などする筈がない。いやで自分の役を勤めてもいない。殺した相手を一々「強情な奴さ」とせりふにするひまはない。近代的劇作家綺堂と、漢代の史家司馬遷はこれだけちがう。なまみの男女の想いの糸などたぐりよせて客を楽しませる綺堂よりは、司馬遷はもう少し非情だったのであろう。「史記」が世界史である以上、司馬遷はまず明確に、歴史的事実を記録せねばならない。殺人とは、中でも大切な、ある明確な事実なのだ。

世に殺人程、明確なものはない。殺された者は言葉なく横たわり、殺した者は生きて立っている。恋愛とはちがい、ほのかにもかそけきものはここにはない。強者の側からの殺害、弱者の側での死亡、共に決定的な事実である。個人にとり、種族にとり、国家にとり、殺害、征服と、死亡、消滅は決定的な歴史的事実である。青い夜空に星が流れ、飛び、光り隕ちる瞬間、人は星の歴史を眼の裡に写しとどめる。そのように、殺害、死亡、征服、消滅の瞬間に、史家は世界史の構想を得るのである。

歴史的記録に於ては、多くの場合、殺されたる者は首一個、骨一片である。名も知れぬ血肉の破片、いわば灰燼である。ピクピク動こうが動くまいが、息をひきとるまでの過程の詳細はかかわりがない。「史記」の「本紀」篇は帝王の系譜である。人間世界の中心の記録。絶対者の生死、断続のいわれ因縁である。それ故に、殺人は豊富である。

某を殺す、某を撃殺す、某を誅す、某を弑す、某を煮る、某を醢（ヒシオ）にす、某を焼殺す、等々。これら個人名をとどめて殺されたものは、よほどの強者であった。殺されたという事実によって、すでに彼等は歴史に記録される価値を生じた。しかし弱者の場合どうなるか。試みに「秦本紀」を読む。首を斬ること二万、首を斬ること二十四万、首を斬ること四万、首を斬ること十五万といくらでも殺された。「大に趙を長平に破り四十余万ことごとく之を殺す」「二月余にして晋軍を攻め、首を斬ること六千、晋楚のしかばねを河に流すこと二万人」。弱者の怨恨、悲哀がどうあろうと、記録者は数として彼等をとりあつかうにすぎない。

殺人者と被殺人者の世界を前にして司馬遷は何をなすべきか。愛の救いを求め、或は楽しげな未来を夢み、或は建設にとりかかっただろうか。彼はそれらすべてを棄てて、記録を選んだ。世界の記録、全体の記録を自分の一生の仕事と決した。

おしなべて煙る野山か。照る日すら夢と思ほゆ。国やぶれつつ。

釈迢空の近作はまことに美しい詠嘆である。抱きしめたい、すがりつきたい美しさがある。だが司馬遷は、このような美しい詠嘆も棄てて非情な記録者となった。腐刑という、耳にするだにけがらわしい刑罰をうけた後、彼は永いことかかって、世界を見なおし、見きわめ、見つくした。かかる大それた企みが彼の脳裏に浮んだのは、はずかしめられたる史家としての個人的いきどおりと、それより大きな力としては、殺人者と被殺人者の世界の絢爛荘厳が働いていた。「いちじるく深き思ひは相知れど、語ることとなし。恥ぢに沈めば」という沈思は、彼も為したところであった。しかし史家は口によって「語ることなし」としても、なお何物かによって語らねばならぬ、たとえば世界そのものによって。

彼は絶対者をみとめない。この殺人被殺人の世界に、絶対的なるものは存在できないのである。あまりにも人間臭く、あまりにも死滅にみちていて、永続や不滅や繁栄や美満が存在できないのである。世界の中心をたどった「本紀」、並立して盛衰する諸勢力を問題にした「世家」、個人の様々な力を描いた「列伝」、世界全体の持続を絵にしたような「表」、これらの記録はすべて絶対者の否定と称してさしつかえない。英雄豪傑は亡び、国は消え、そして世界だけが持続する。世界は、もろもろの個人、もろもろの種族、もろもろの王朝の滅亡を栄養とし、吸収し、持続する。この非情な持続をする絶対世界を描くのが歴史家の任務である。それ故、彼は歴史家を「天子のたわむれもてあそぶお相手」とは考えない。文史星暦をつかさどる宇宙的な批判者とみなすのである。

英雄が倒れようが、国が亡びようが「歴史」は在る。むしろ倒れ、亡びるものを内容として世界史が存在する。人々は生れ、食事をし、睡り、働き、恋し、生み、病み、死ぬであろう。国は起り、勝ち、負け、亡びるであろう。ある人物の悲しき物語はつたえられ、ある国の悲憤の歌はのこるであろう。しかもそれら人間原子、人間分子の非持続こそ、「史記」的世界全体の持続を支えている。

だが司馬遷のように、世界を空間的に考え、全体的に看ることは、事実上ほとんど不可能な行為ではなかろうか。人々は愛するものに執着し、その亡びるものを悲しむ。ある人をきらい、ある人をにくむ。ある国に属し、ある国に生れる。ある祖先を持ち、ある同胞にかこまれている。ある党派に組し、ある運動をする。ある言葉を使い、ある文体をたっとぶ。ある顔色を持ち、ある衣服を着る。あるきまった、あるあたえられた特殊な人物として、人々は生存している。人々は純粋歴史家として生存するのではなく、ある夫として、ある父として、ある国民として生存するのである。人々の眼界ははなはだしく狭く、判断はすなわち私的感情である。彼等にとっては、世界全体の持続よりも、明日の食米の遅れることが重要なのである。世界史の何処に自分は位置しているも、自分はどの「列伝」に組みこまれるか、どの「本紀」につながるか、どの「世家」のために働くか、それさえ想ういとまもなく、一日また一日と暮らすのである。人々は「であらねばならぬ」「とならんとしつつある」という演説をきき、「あった」ことは忘れ得る。巨大なる「あった」、世界史的「あった」を記録する行為はほとんど非人間的な、あまりにも人間ばなれした企みとして日常生活から切離される。世界全体を思考するのはきっと、あまりにも科学的に過ぎるのであろう。

　記録はおそろしい。二重三重におそろしい。真実を記録したために殺害された中国古代の史家の運命は、ある一つの恐怖を明示している。これは記録者が強者でなければならぬことを教える。しかし史家たるものの真の恐怖は、殺害される危険にあるのではないらしい。史家が強者であることは、殺害を恐れないことによって完全には証明されない。真に世界を記録するものは非常人、異常人にならねばならない。このことが一番おそろしいと思われる。記録者は普通人以外の人間とならねばならない。日常生活以外のいとなみをなさねばならない。真に記録者となるためには、一旦は世界の外に立たねばならない。ある種族や国に対する最も人情にかなった愛着さえも棄てねばならない。世界の絶対持続を全体的に記録しようと決心した時、歴史家は、殺人死亡征服消滅をあたかも他の星体の出来事であるかの如く、冷静に記録しなければならない。そのような強靱な傍観者となることが、常人には全く不可能である。これは全く人道にはずれたことかもしれないのだ。或は、人間というものが、このような意味の世界史家になること自体、人間の本質上、許されないかもしれない。それは実のところ、けしからぬ、気ちがいじみた、困った異常行為にちがいない。

司馬遷がもし、当時の絶対者武帝や、その祖先だけについて記録するだけだったら、彼は武帝の罰だけうければすんだであろう。帝王とは、ある異常なる人間にすぎぬと主張するだけなら、彼はどんなに気が楽だったであろう。彼はあらゆる殺人者、被殺害者のために、世界史における場所をこしらえてやる必要にせまられていた。彼は滅亡させたもの、滅亡させられたものを、同じ平面に置きならべた。孔子や老子のために、また刺客や遊侠のために、その世界史における役割を吟味してやった。そしてそれら無数の人物たちが、「本紀」「世家」「列伝」を通じて、あらゆる関係を保ち、あらゆる反応を示すように、舞台をしつらえることに成功した。それ故、彼が罰をうけるならば、人間全体から受けねばならない。最大最強の行動者といえども、世界全体の総持続の中で、自分が如何なる姿態で動きまわり、どれほどの物音をたて得たか知ることはできない。ましてささやかなる行動者、或は行動者以下なる人々にとって、歴史とは幻想か虚構にも似ている。これら微少虚弱なる多数者、おごりたかぶれる少数者の前に、世界全体のいかめしい、非情な相貌を明らさまに示さんとした時、司馬遷といえども神秘なる大罪を犯すがごとき緊張感に襲われたにちがいない。尾上伊太八の行為を残虐とみ、異常なりとして楽しげに、やすらかに看劇する見物人はあっても、史記的世界の不思議なまでに全体的な記録を、単なる過去の一歴史として読み去る人はあるまい。それは一冊の書物というには、あまりにも全体的であるから。

「いくらでも殺した」豪傑を咏じた中野の詩が、悽愴で、サッパリしていて、重みがあるとしたら、それら豪傑の消滅を無数に包蔵しながら、少しも消滅しないで存続する全体世界を記録した「史記」は、何と形容したら良いのだろうか。殺人は明確であると考えられるが、この明確な殺人や、又は殺人と同等程度に明確な事実を、「全体」という枠一杯になるまで充分に満載した記録は、ただ単に「明確」という語で説明しつくされるものかどうか。

人は「世界史」なしでも、結構生きては行く。自分が世界史の何処かに押し込められることを意識することなしで、立派に社会は渡って行けるようだ。かつての世界史派の論議は血の匂いがうすく、全然水臭さかった。あの程度の方がかえって一般には、世界史的に感ぜられたのであろう。それほど「世界史」とは、異常人、非常人の感覚、ある種の狂的な、徹底的な、人知れぬ智慧を要するのだ。今日でも「日の本のやまとの民も、孤独にて老い漂零《サスラ》へむ時、いたるらし」という迢空の歌の方が、世界史派の論議より、はるかに「世界史」に於ける位置は明確なような気がする。「世界史」は全体的な記録である。決して、世界的らしい言辞を弄することではない。「世界史」を敢て書くことは、殺人の明確さ、殺人の決定的性格とよく似た更に大きな一非常行為である。それ故それは、殺害や滅亡をその形と内容のゆるぎない強さによって超克し得るのだろう。

美しさとはげしさ

中国文学にははげしさと美しさが融け合っている。作品にも作者にも、はげしさの要素がゆたかで、美の世界はそれを離れることはしない。弱々しい美しさがそれだけで、物のあわれとして結晶することもせずに、はげしさが筋金として加えられ、文学は鼎《かなえ》のようにゆるぎないもの、或は金鉄のように手堅い形をなすのである。詠嘆に流れ感情をたどり、時の移りかわりに柔らかく順《したが》うよりは、批判を忘れず、理知にたより、空間の中に腰を据えるのを好む。流動の美よりは定着の美といえるだろうか。五言七言の詩や、厚手の建築の様式と、日本の和歌俳句や茶屋づくりをくらべた場合、感覚的にそれと察せられるけれど、これには深い鉱脈の相異があるのではなかろうか。日本文化の時間性と、中国文化の空間性について、谷川徹三氏がふれたこともあったが、その問題はもう一度はげしさの在り方の相異として取り上げてみる必要があるのではなかろうか。

老子荘子の宇宙哲学と、孔子孟子の実践哲学を同時に生んだ、あの驚嘆すべき思考の沃野は、その後痩せて来たとはいえ、一度思考の鋤《すき》を入れた土地には、やはりそれだけの遺伝の根が埋伏しているはずである。宇宙自然と実践倫理とでは、それに対する心がまえもちがい、道教儒教の二派は互いに相手を批判しあいはした。しかし自然を考える人も、全体的に空間的に、いわば四方に向って理知の手をのばし尽した点では一致していた。人間の生き方を追求した点では、老荘と孔子は異ってはいない。社会的人間の学をやさしい日常語で弟子に語った孔子の「論語」と、大がかりな空想や譬喩《ひゆ》でみじめな社会人の日常倫理を、哲学的に嘲笑した荘子とでは、根本的に相容れぬようではあるが、一は平面的に歩きながら、一は何度も、跳躍しながら共に人間の重量、人間の働きを、あますところなく究めようとした意欲の実に大きな産物である。無為自然といえば、小人や君子、それらすべての人間的性格をはなれて宙に浮ぶようではあるが、「老子」を念入れて読めば、決して単なる人間ばなれではなく、人間臭をすてきれぬ、ありのままの人間が生きて行く方法手段を説いたものであることは、すぐにわかるのである。「論語」や老荘の時代は、決して平穏な黄金時代ではない。戦乱や天災は地を蔽っていたけれど、これらの哲学者たちは誰一人として悲惨事を咏嘆して倫理を見棄てたり、罪悪の現世をおそれて天上の救いを求めようとはせず、ひたすら理知のひろがり、人間智力のかためを図っていた。とらえどころのない自然に走り、或はせまくるしい聖人哲学にとじこもったように見えて、実は人間批判の眼はらんらんとして輝いていた。後に至って封建政府の形式主義のよりどころとなった古代哲学者も、その発生のはじめ、いかなる西洋哲学にも、劣らぬほど理知的、人間的、革命的であり、新鮮そのものであったことは忘れてはならない。哲学におけるこの傾向は、また中国歴史学にも立派にうけつがれている。

司馬遷の「史記」は歴史を構成する人間なるものの正体をよく見きわめた。本紀、世家、列伝、志、表などと、人間社会を眺める角度はちがっても、歴史的人間のもっとも人間らしき行為のうちに歴史学を打ち建てようとする意志はかわらない。世界の中心をなす絶対者の系統、すなわち帝国の歴史が「本紀」とよばれるが、その「本紀」に登場する絶対者までが、「史記」に於ては、異常なる、一般人にすぎない。司馬遷は絶対者の神秘性をみとめない。彼にあっては、皇帝制の持続は最初から否定されている。絶対者が実は絶対的神格者でないかぎり、そこには人間的弱点や欠点の断層があり、勝利のあとの敗北、興起にともなう滅亡があり、万世一系や万代不易なるものは存在できない。古代の哲学者たちが宇宙自然や実践倫理の骨格をまさぐりつくしたように、その同じ理知の掌で彼は漢代世界を構成する人間社会の骨格を、全体的かつ空間的にたしかめた。その結果、彼は歴史から、流れ行くもの、栄枯盛衰するものへの咏嘆をひき出すかわりに、英雄豪傑、刺客文人、生きとし生ける者を歴史的人間、絶対持続をなす全世界に組みこまれた各人物として眺める老成した批判精神を汲み取った。彼のはげしさは、天命の非をいたずらに悲憤慷慨する子供らしいはげしさではなく、人間とはいずれこれ以外の何物でもないと明示する、手なれた、執念ぶかいはげしさであった。人間の美をたたえ、人間の善をふりかえるより、醜は醜として真を記録してかえりみない、あくまで批判的なはげしさであった。第二には、おごる平家は久しからずと陰にこもった盲者の琵琶の音に語り出す懐古詩情は見られない。また、ただひとすじと祈り守る「神皇正統記」の著者のはげしさは、全体を強く把握してしまった彼の空間歴史学からすれば、やがて消え失せる片隅のいきばりと認められたであろう。ある一つの美、ある一つの善にかかずらい、その記憶に我を忘れ去る純情はそれなりに美しくはげしいけれども、司馬遷のように人間全体の歴史を眺めわたしてしまった人には、そうした純情にとどまっていられない眼のくばり方が習慣となり、ちょっと見ると非情とみなされそうな大きな態度となった。

この態度は、中世の詩や散文の世界には埋没して表面化しはしなかったようであるが、近世小説の世界に於て俄然頭をもたげている。「水滸伝」や「紅楼夢」のあのたくましい構成力は、空間的に社会をとらえ得る態度の伝統なくしては実現できなかったのであろう。首領宋江をとりまく百八人の豪傑の集団と、宝玉少年をとりまく美女たちの集りでは、雰囲気は血の匂いと、百花の香とに分れていても、全体を描くという、野心は一つである。一つの美一つの善は、それだけでは作用をみとめられず、人物全体の織りなす小説模様が、「殺」の金粉を散らし、「情」の縞をあらわす。そこには「八犬伝」の忠孝道義でわりきった性急さや、上田秋成の憂想清美な詩に酔い沈む一途さはなくて、やはりゆったりした批判精神の人間あしらいが見られる。「儒林外史」は清代の科挙制度の中にうごめく人間群像を軽妙な諷刺の筆で描いているが、あの後から後からあらわれる愚婦俗人が、いつかひとつにまとめあげられる不思議な手ぎわは、ただ手ぎわだけにとどまらず、司馬遷以来の修練された人間学のたまものではないか。清朝末期に流行した「官場現形記」や「二十年目睹の怪現状」も、黒幕小説として芸術的価値は低しとするも、醜を単独の醜として片づけてしまうことに満足せず、官僚全機構の悪を次から次へとたどり行く執念ぶかさは「史記」に発した人間批判の変形と見られるであろう。

中国の現代文学が、魯迅を持っていることは偶然ではない。中国が、魯迅を象徴的な存在にまで高めたことは、青年の偶像崇拝や書店の宣伝工作ではなし得ぬ、ある一つの作用の結果である。司馬遷の態度がいつか一般人民の態度となっている中国の性格が、そこにうかがわれる。文化人の模範として魯迅をあがめるのが自然なのは、批判精神が口さきではなく、肉体生存の条件になっているからである。批判精神は中国に於てやけくその棄て身でもなく、一回かぎりの放言でもなく、否定のための否定でもない。自己保存でないのはもちろんだが、自己放棄、自己脱却、自己否定ではない。むしろもっとも良く生きるための態度である。

中国語にリーハイという語がある。はげしいの意であり、能力すぐれたやり手の形容である。商売に於て、政治において、麻雀に於て、恋愛に於て、人間的全生活に於て、勝敗の存在するあらゆる場所に於て、リーハイであることは勝利の条件である。魯迅もリーハイであったし、酒と非礼に任せるが如き清談の徒もリーハイであった。「水滸伝」の豪傑も、現代作家蕭軍の「第三代」に出場する山賊楊三も、長篇作家茅盾の「子夜」に出場する金融資本家もこの性格を持っている。匂い甘き百花が眼に見えぬ風雨に落ち伏せられて行く「紅楼夢」の悲劇が、真に不朽の悲劇であるのは、善美な少年少女がいつとはなしに消え去る可憐哀感ばかりではなく、そのなかに辣婦鳳姐や、強女尤三姐の言論行為のリーハイがふくまれているため、人間臭のある深みとひろがりが、加えられているからである。「児女英雄伝」の十三妹に人気があるのは、無為無能な安公子を助ける正義行為ばかりでなく、悪僧をこらしめ悪漢を殺しつくす、傍若無人の強さ、どんな困難も切りぬけて行くたのもしさからではないか。「白蛇伝」の芝居を見る者は、妖怪世界の奇怪さに心惹かれつつも、善良にして平凡なる夫を救うため、超人的力量を発揮して奮闘する白蛇のけなげさ、そのすばらしさに感嘆するのではなかろうか。秋瑾女士や武則天や、男を負かす女たちの能力が喜ばれるのも、そのはげしさの確かな力に共鳴すると思われる。

これらのはげしい人物は、善良にして無能な人物で示され得ない、一種の全現実をその身に体現している。それら人物の出場をまって、はじめてこのはげしい社会の全貌は生き生きと読者観衆の前に展覧せしめられる。善美と共に醜なるものをも含有する世界は、弱者のほかに強者を動かすことによって、真に全体として運転をはじめる。個別的な善美の詩情に沈下するかわりに全体世界の運転をはからんとする中国の文学が、この種の人物を求めるのは当然である。素樸な者、弱い者の片隅を正確に拾い歩く私小説よりは、運転の歯車の油に汚された社会小説を好むのもそのためであろうか。

林語堂はかつて「浮生六記」を英訳した。「浮生六記」の美しい夫婦愛、風物に対する繊細優美な感じ方など、日本文学の物のあわれと一脈通ずる精神を、中国的なるものとして世界に紹介するためであった。岩波文庫でこの記録を読んだ人々が、その美しさに感嘆するのを私はたびたび聴いた。それほど日本人には親しみやすい情緒の世界であった。美しさが美しさだけでいとなみを続けられる純粋文人風の場所が許されていた。

しかし「浮生六記」を世界に紹介した林語堂自身の動きは、この場所をはみ出し、この感じ方を跳び越え、いつか全体をつかみ取ろうとする、批判精神に傾いているのは何故だろうか。長篇「北京好日」を書いた時、彼は「浮生六記」的詩情を見逃すまいと努力していたにちがいない。この小説に登場する、北京に住みついた大家族の若者たちの姿には、「紅楼夢」の人物を現代空気裡に甦らせた美しさもあり、家長老人の哲学や女主人公の人間愛には、古典的なゆとりを見せてはいるけれども、戦争と共に変転する諸人物の運命の組み合せにあまさず気をくばる態度は、もはや「水滸」、「紅楼」二長篇のあの全体的構成力の力わざに近づいていた。その後発表した英文の著書は、いずれも「浮生六記」的しずけさを棄て、司馬遷的動力を発揮している。「啼笑皆非」は各国の政策や世界の評論家に堂々対抗した論文であるし、「嵐の中の木の葉」は共産軍の動向を批判し、「戈を枕にして旦を待つ」

は、国民党の政策を擁護している。これらの著作を英文で書き綴る林氏のはげしさは、情愛の美しさに身を棄てたり、咏嘆から死を想ったり、はかなさの中に浮沈して救われる人間ばなれではなくて、生きつづけるための人間臭濃き哲学、かつて古代哲学者たちの踏んだ理知の路を現代風に踏みなおしているように想われる。完成した古典にくらべれば、弱さや歪みはふくまれているにしても。

林氏のたどった路は、論敵ともいうべき郭沫若の路とも似かよっている。古代中世の女性を人物として浪漫風の戯曲など製作した郭氏には、中国古典の発酵させた幻想の美、詩想の美は今なお残り、政界を諷刺した、「屈原」や、元代の雲南を舞台にした「孔雀胆」では、やはり歴史の持つ美的世界を愛惜する念はおとろえていない。それにもかかわらず、その郭氏が「民衆の中へ」と叫び、「蘇聯紀行」を書き、演説の広場で殴られねばならなかった事実は、中国に於ける批判精神が外界の空気を呼吸する以上、日常胎内に鼓動の如く絶えない物であることを実証している。美を守るためにさえ、中国文人はこの鼓動を高めねばならないのではないか。美しさとはげしさが共存しなければならぬ理由、はげしさが空間的なひろがりの中でたしかめられるならわしは、ここに由来しているのではないか。

筆の先に花を開かせると称せられる作家沈従文の場合にも、美しさとはげしさの問題はあきらかである。湖南省西部辺境に生れ、少年時代から兵士生活を送ったこのひとの作品には、清麗な風土性と淳樸な人情がゆたかに盛られていた。原始野蕃な土俗や、特殊異常な生活をとりあつかっても、全篇にあふれるものは健康そのものであった。彼の「自伝」を読む人は、死刑を見物したあとでも肉をくらう住民や、悪を生活としておそれない盗賊大王や、兵士や農夫や、船頭の無数に配置された遠景のすばらしさに驚くにちがいない。

「山河や渓流や大河や町々や、湖南の風土の全景が輝きながら浮びあがる不思議さは、美しき風土を足で感じとった、空間的な楽しさではなかろうか、私はいわゆる人類なるものがしでかす馬鹿なことをたくさん見せられ、全くどこから話してよいか、わからぬ位だ。この経験が私の心にある重味を持っていて、一生を通じて都会の人間とは愛憎感覚が一致しないことになった。どの地方に出かけても、私は普通人の見られぬ馬鹿らしい出来事を見たし、普通人は聴けない叫び声を聴いた。かつ普通人のかげぬ臭気をかいだ。それが私を、都会の人々が狭くるしいおずおずした生活の中で生産した人間善悪の観念に、少しも興味を起させぬようにしたのである。そして都会へ来て生活するために、憂欝かつ慓悍な、『人間』らしからぬ感情をもてあますことになった」

と彼は告白している。彼の「美」は形式理論を否定し、弱々しい同情をふり棄て、もっと健康に、全宇宙に向って拡散する根源的なるものを喜んだ。彼がインテリの理屈に価値をみとめなかったのは、批判精神なるものが血の気の失せた誌上の理論ではなく、山川草木の美、男子野性と女人真情の美を感覚し得る人間の四肢にあふれる生活力であることを知悉していたからである。それは人間的な、あまりにも人間的な歴史を書き残した、あの司馬遷の元気の流れを汲むものであった。いわゆる人類なるもののしでかす馬鹿らしい事を見つつも憂欝かつ慓悍な感情をもてあましている作家の表情は、中国の批判精神が美とむすびつこうとする時の、はげしくまた老成した表情なのである。

わが友、竹内好君は日軍占領下の北京から帰来したころ、「亡びしものは美しきかな」という語を酔うと口走った。また大東亜文学者大会にぎやかなりしころ、その騒ぎをよそに評論「魯迅」の文章に没頭していた。亡びしものは美しきかなの語は、物のあわれの詩情のようである。戦時中の「魯迅」執筆は、魯迅に学ぶ批判精神の練習のようでもある。彼の心中の苦悩を察することはむずかしいにしろ、詩情と批判精神の竹内的結びつきに、私は何か中国文学的なるものが感ぜられてならない。中国文学的と言って漠然としているなら、日本文学の問題としての中国文学が、彼という存在に表現されつつあると言ってもよい。そのような存在にまで自己を定着しなければ、中国文学の美しさとはげしさの問題を論じても、詭弁的よそよそしさは免れないであろう。そこまで考えぬくことが私にはまだ不可能なのであるが。その不可能の原因を追求することがむしろこの問題解明の出発点であろうけれども。

谷崎氏の女性

谷崎氏が初期の作品で、手ひどい女性を好んで書いたのは、日本のいじけた文明、みじめな享楽を見るに見かねて、せめて文学の世界だけでも濃艶華麗な美しさ、酷烈無慚な力づよさを表現したかったからであろう。氏が自分の夢を実現するために、女性を手段とした気配は、どの短篇にもよくうかがわれる。そして手段とされた女性人物はそれぞれ読者をめざまし、おびやかし、谷崎氏の望んだ通りの効果をあげている。美しさ力強さ、世人が求めてやまないものは、すべて女身の裡に保たれている。男を支配する絶対者、世のしきたりを打ち破る原子力、何か変革的な、新鮮な、衰えない熱火が、これらの女たちによって表現されていた。美しい女は、ただ美しいというそれだけで、あたりに不安や動揺をひきおこすものであるが、谷崎氏は美女のただよわす不吉な予感を巧みに利用して、けちくさい、か弱い、うす暗い、無神経な日本の白昼を、たちまち変じて危機をはらんだ密林の暗黒と化して見せたのであった。原始密林の巫女《みこ》が賢い予言をつぶやけば、いかなる事件の花も咲き、いかなる哲理の花もしぼむ、というほどの魔術の面白さ、遊びのはげしさがあって、氏の作品を異様なもの、魅力あるものとしている。

『恋を知る頃』のおきんは「母に似て更に美しく艶なる女」である。「年齢十七歳。背高く、顔しまり、眼から鼻へ抜けさうな悧巧な容貌の為め却つて二つ三つ老けて見える。きびきびした言葉遣ひ、活潑な挙止、何処かにお転婆らしい所あり」と説明されている。人並すぐれた容貌ばかりでない。年よりませた才覚もある。そのあたえられた美しさと力強さが、彼女を明治二十年、日本橋馬喰町に於る少年殺害の犯人となさしめたのである。彼女は飾られた人形ではなくて破壊者である。ひとから指図されないでも自分で事件のおぜんだてはする。反省はないかわりに自信があり、善はする気はないが、悪なら無意識にやってのけられる。おきんに関する谷崎氏の説明には更に「髪を島田に結ひ、襟の掛つた縞お召の綿入を着る。素足」とある。おきんが「素足」で登場している点は、なまなましく、また象徴的である。浅草待合の帳場や土蔵、日本橋木綿問屋の裏二階や物置小屋を、トントンと踏んで行く形の良い真白な素足は、きびきびした言葉遣いや、活潑な挙止と共に、十七娘の美のあらわれであるが、そのほかにやはり生地のまま、ありのまま、肉体そのもののどうにもできない主張であるようだ。つまり誰にも批判しようのない、批判しても追いつかない「素足」がおきんを載せて運んで行く。こういう素足が平気で横行する世の中は、危険ではあるがまた楽しい。少くとも谷崎氏はこの危険にして楽しい恐怖時代が気に入っているらしい。この時代に生きて破滅する女を、氏は決して哀れとも気の毒とも考えてはいない。何事か仕出かさない女、破滅の淵のあたりをうろつかない女は、氏にとって女ではない。『お艶ごろし』のお艶、『恐怖時代』のお銀の方など、血なまぐさい女。『痴人の愛』のナオミ、『赤い屋根』の繭子のように男の匂いにまみれた女は、氏の条件にかなっている。しかしこのように底をついた行為に至らない人物も、女である以上、どこか何か仕出かしそうな破滅の淵に近づきたがる性格がある。たとえば最近の『細雪』の雪子の場合でもちょっと見ると日本風で、男に無関係で、智能も情操も健全なのに、筆者の微妙な筆つかいは、いつか彼女の平凡にして根強いエゴイズムを描き出し、優美な家庭の空気の裡に一種の事件のいぶきを漂わせている。『細雪』の姉妹三人が電車に坐っていると、向う側の中学生がポッと頬を赤らめ、見る見る燃ゆるようになるところがある。彼女たちはただ電車に坐るだけで、知らぬまに事を起すのである。彼女たちは性は善であるかもしれぬ。精神は単純なのかもしれぬ。ほとんど無意識に暮しているのかもしれぬ。しかしただではすまないのである。性は善でも行為の結果は悪になることもある。行為も善なのかも知れぬが、世のいわゆる、悪い結果になるのである。

『卍』の柿内未亡人は決して悪人ではない。むしろ性は善である。このひとなど実際につきあったらとてもたまらない、我の強い、前後のわきまえのない女であるし、彼女のしでかしたスキャンダルはあまりになまなましくて、近づけばこちらまで、その体臭にしみそうであるのに、やはり人間の善意とでも言うものを感得させる。『卍』を読んでこの夫人の狂態におどろき、この事件をものすごいとは考えても、この狂態、このスキャンダルを軽蔑する心は起らない。いやらしさが全くない。

それは、未亡人も作者も、何か信念じみた、あやふやでない物に支えられているからである。夫人は光子という美女と同性愛にふける。『卍』全篇は光子を愛し、そのために悩む夫人の告白からなっている。はじめて光子の身体を眺めた時のくだりには「『うち、あんまり綺麗なもん見たりしたら、感激して涙が出て来るねん』私はさう言ふたなり、とめどなう涙流れるのん拭かうともせんと、いつ迄もじつと抱きついてゐました」と書かれている。この夫人の気持は純粋で、別に悪劣でも下等でもないのである。また二人で若草山に登った時のくだりには「『もう〳〵一生仲好うせうなあ』『あて姉ちゃんと此処で死にたい。』――と、お互にそない言ふたなり、それから後は声も立てんと、どのぐらゐそこにゐたのんやら、時間も、世の中も、何も彼も忘れて」と書かれている。時間も世の中も何も彼も忘れて、という状態はむしろ無我の境で、子供らしい、濁りけのない心のあらわれである。あんまり綺麗なものを見ると感激して涙が出るというのも、積極的な精進の路に通じそうである。それだのにこの純情にして性善なる婦人が、三人自殺の奇怪な事件の中心とならねばならなかった。性は善にして行いは悪。これが谷崎氏の女性の定義だと言える。性は善というのは、その精神がはっきりした信念、うごかない感覚によって支えられている意味である。また行いは悪というのは、その結果があいまいでなく、何かともかく人生の結末に行きつくこと。結末に行きつくためには事件の如何なる形をもいとわぬことを意味する。それは常に男の濁った思想、いいかげんな妥協、結末へ行きつかない論理や倫理の世界を批判するものである。『武州公秘話』の主人公武州公は、少年時代、鼻をそがれた首を眺めたばかりに、その変態性慾生活をはじめるのであるが、城内奥ふかくその首に化粧してやっていた深夜の美少女の微笑がなかったら、つまり何心ない乙女の無意味な微笑がなかったなら、彼の全生涯は平凡に終っていたかも知れないのだ。その美少女は、自分のすなおな表情が、武州公の驚天動地のはたらきのきっかけとなろうとは夢にも知らない。しかし事実は、快男子一生の方向を決定したのである。つまり彼女にとってもっとも何でもない行為が、却って底知れぬ誘因となっている。この事実は『吉野葛』『盲目物語』の神秘の解釈をほどこされても、『蓼喰ふ虫』的な近代風な解決をあたえられても、一貫して氏の女性を魅力あらしめている。女が女であることの不思議さ。女が女として生きていることのおそろしさ。性は善であるが行いは悪であることの面白さは、はかり知れない。それ故に谷崎氏の女性の面白さは、はかり知れないのである。

滅亡について

近代の文学者の念頭には、どこかに「滅亡」という文字が、或は滅亡についてのおそれが、また滅亡への予感、滅亡者への哀感がこびりついているように思われる。昔から悲劇は、何らかの形で滅亡について、物語るものが多かったが、近代ではそれについて物語らないでも、その匂いのただよって来る作品が増しているような気がする。しかもこれはひとり文学のみにかぎられてはいない。

このような想いにとらわれたがるのは、もとより終戦が敗戦であり、戦争停止がそのまま敗滅のどんづまりであった日本の現実に、おそれをなした私の精神薄弱のいたすところにはちがいないけれども、やはり「滅亡」という文字に心がひかれ、卑劣であり、懦弱であるとは知りつつ、麻酔薬でも服用するように、この二字を胸に浮かべて、そこから物を考えるくせが、少しずつ習慣と化している。そしてそんなきわめて個人的な、かつ徹底した思索の欠けた、あやふやな敗戦心理は、私自身の場合、決して川端康成氏が言い切った、あの「末期の眼」ほど澄み透ったものではなく、俗物俗念に濁ったまま、生きられるだけ生きようとの意地きたなさに結びついているのだが、それにしても、時たま滅亡を使用して、われとわが身をおどろかし、ゆすぶり、そのあとで沈思させるのが一つの楽しみとなっている現在、世界の文学にこうした暗い影を無理にも見出そうとするのは、致し方のないところであろう。

私たちは、映画館の平和な闇の中に腰をおろして、火山の爆発による、古い古いポンペイ最後の日や、石造の大廈高楼がみるみる頭上から落ちかかり、足もとの大地がギリギリと開いて人を呑むサンフランシスコの地震を、こころよげに眺めることができる。大ダムの決潰や、ハリケーンの暴威を見とどけて帰る。インディアンや土人や、土匪の群がおびただしく、虫の如く殲滅せしめられる場面を喜んで見物する。メロドラマや西部劇ばかりではない。スターリングラードの攻防戦に、白雪の上に塁々たる独露両国人の凍りついた屍の光景も、白煙銃撃とともに、両腕をしばりあげられたドイツの戦犯の上半身がグイと前に倒れる瞬間まで、まざまざと見ることができる。それは見ることができるのではなくて、私たちがそれを見るのである。それを見るのは、なかなか見させられるのではない。私たちが敢てそれを見るのである。

このように、自分の身体を安全な椅子にまかせて、大きな滅亡、鋭い滅亡のあたえる感覚をゆっくり味わうのは、近代人にあたえられた特権なのかもしれないが、映画館以外の場所でも、この習慣が流行しているとすれば、私が「滅亡について」語るのも、あまり偏っていないのかもしれない。むしろ私が時代おくれなのだ。私自身の近代化されない、平家物語的な詠嘆が、このようなテーマにこだわっているまに、滅亡はいくらでも進行するし、それに熱狂し、打ち興ずる近代人が、平気で生存して行くのである。

私個人の経験でも、死んでもかまわない、と放言しても、やはり死にたくはない。自分自身に関するかぎり、不吉の予言より、少しは吉の方がよい。幸福などあるまいと考えても、全くの不幸はおそろしいのである。滅亡を感じ、悲惨を予感するのは、深刻であるから、深刻であり哲学的であるために、ことさらこのような思念に溺れようとはするが、それでいて滅亡悲惨はどんな小さなものでも、顔面のカスリきず、腹中の蛔虫まで気にかかるのである。それでいて、ともすればこの不吉な言葉にふれたがるのは何故だろうか。それを目撃し、それに直面したがる、この映画見物者的な状態は何であろうか。

終戦後二、三日はまだ南京路の群集の怒号や、バンドの旗のひらめきなどに気をとられて、敗戦が身について来なかったが、フランス租界にはなれ暮している友人を訪ね、その苦しげな表情、どんなに無心でいようとしてもつい歪んで来る表情に顔つきあわせてみると、次第に自分の内臓の動きが、一つ一つ耳にしみて来るほど、空虚なしずけさに沈み込まぬわけにはいかなかった。

ドイツ系ユダヤ女と同棲している友人のアパートは、ロシア人や中国人ばかりなので、勝利を祝ってか、隣の部屋部屋では朝から賑やかなレコードをかけている。アメリカの飛行機が青黒い胴体を見せながら、何回も何回も頭上に舞いおりてくる。その爆音が近づくたび、下の緑の芝生では、金髪の少年少女が楽しげに叫びながら、空を見上げて旗をふる。その部屋からすぐ向うに見える十数階のアパートの窓々はみな開かれ、ぜいたくな室内の家具の間から、はなやかな服装をした各国の男女たちが、手やハンケチをふるのが手にとるようにわかる。爆竹の音、歓声、その他色めきたった異国の街の空気が、私たちの胸の空虚なしずけさを包囲している。

神経質に部屋を歩きまわっていたドイツ女は「悪い月よ、早く去れ」と英語で言う。私と友人は気まずそうに顔見合わすばかりである。悪い月が去っても、悪い日々が、悪い年々が来るであろう。月日は悪くなっても、我々の悪さはかわらないであろう。何故ならば、今や我々は罪人であるからだ。世界によって裁かれる罪人であるからだ。その意識に反撥するため、私たちは苦笑し、から元気をつける。そして、歓喜の祝典からのけものにされたどうしが、冷たいしずけさ、すべての日常的な正しさを見失った自分たちだけのしずけさの裡に、何とかすがりつく観念を考えている。するとポカリと浮び上って来たのは「滅亡」という言葉であった。

　おごれる英雄、さかえた国々、文化をはな咲かせた大都会が亡び、消え去った歴史的現象を次から次へと想いうかべる。『聖書』をひらき、黙示録の世界破滅のくだりを読む。『史記』をひらいては、春秋戦国の国々が、滅亡して行く冷酷な、わずか数百字の短い記録を読む。あらゆる悲惨、あらゆる地獄を想像し、想起する。すべての倫理、すべての正義を手軽に吸収し、音もなく存在している巨大な海綿のようなもの。すべての人間の生死を、まるで無神経に眺めている神の皮肉な笑いのようなもの。それら私の現在の屈辱、衰弱を忘れ去らしめるほど強烈な滅亡の形式を、むりやり考え出してはそれを味わった。そうすると、少しは気がしずまるのであった。

　滅亡は私たちだけの運命ではない。生存するすべてのものにある。世界の国々はかつて滅亡した。世界の人種もかつて滅亡した。これら、多くの国々を滅亡させた国々、多くの人種を滅亡させた人種も、やがては滅亡するであろう。滅亡は決して咏嘆すべき個人的悲惨事ではない。もっと物理的な、もっと世界の空間法則にしたがった正確な事実である。星の運行や、植物の成長と全く同様な、正確きわまりなく、くりかえされる事実にすぎない。世界という、この大きな構成物は、人間の個体が植物や動物の個体たちの生命をうばい、それを嚙みくだきのみくだし、消化して自分の栄養を摂るように、ある民族、ある国家を滅亡させては、自分を維持する栄養をとるものである。

戦争によってある国が滅亡し消滅するのは、世界という生物の肉体のちょっとした消化作用であり、月経現象であり、あくびでさえある。世界の胎内で数個あるいは数十個の民族が争い、消滅しあうのは、世界にとっては、血液の循環をよくするための内臓運動にすぎない。この運動がなくなれば、世界そのものが衰弱し、死滅せねばならぬのかもしれない。私たち人間は個体保存の本能、それが発して生れた種族保存の本能のおかげで、このような不吉な真理をいみきらい、またその本能の日常的なはげしさによって、滅亡の普遍性を忘れはててはいるが、しかしそれが存在していることはどうしても否定できない。世界自身は自分の肉体の生理的必要をよく心得ている。それ故、彼にとっては、自分の胎内の個体や民族の消滅はべつだん、暗い、陰気くさい現象ではない。(誰が自分の食べた食物が消化するのを悲しむだろうか)。むしろきわめて平凡な、ほがらかな、ほとんど意識さえしないとなみの一つである。

私はこのような身のほど知らぬ、危険な考えを弄して、わずかに自分のなぐさめとしていた。それは相撲に負け、百米に負け、カルタに負け、数学で負けた小学生が、ひとり雨天体操場の隅にたたずんで、不健康な眼を血走らせ、元気にあそびたわむれる同級生たちの発散する臭気をかぎながら「チェッ、みんな犬みたいな匂いをさせてやがるくせに」と、自分の発見した子供らしからぬ真理を、つぶやくにも似ていたにちがいない。

その時の彼にとっては、したがってまた私にとっては、絶対的な勝利者、絶対的な優者、およそ絶対的なるものの存在が堪えがたいのだ。自分がダメであり、そのダメさが決定され、記録され、仲間の定評になってしまったのに、ダメでないものが存在し、しかもその存在がひろく認められ、その者たちが元気にあそびたわむれていることが堪えがたいのだ。たとえその者たちが、自分の存在に気づき、自分のそばに歩みより、やさしく声をかけてくれたところで、このあわれな小学生はソッポを向き、涙をながすまいと歯をくいしばりながら「チェッ」と舌打ちするだけである。

滅亡を考えるとは、おそらくは、この種のみじめな舌打ちにすぎぬのであろう。

それはひねくれであり、羨望であり、嫉妬である。それは平常の用意ではなく、異常の心がわりである。しかしそのような嫉妬、そのような心がわりに、時たまおそわれることなくして一生を終る人はきわめてまれなのではないか。

私自身の場合、かつて自分と同年の双葉山が優勝をつづけている間、心やすらかでなかった記憶がある。彼が日本一であり、不敗の強者であり、しかもソツがなく、堂々としていること。自分と縁のない彼に対して、私はただそのためにのみ嫉妬したものであった。その時の私は、国技館の炎上、双葉山の挫折、つまりは絶対的なるものに、もろき部分、やがて崩れ行くきざしを見たいと、どれほど願ったことであろうか。優勝者、独占者にとっては、ごくわずかの失敗、一歩の退却でも、それは彼の生命の全体滅亡を意味するものであるが故に、私たちは絶対者たちがただ第一等者でなくなることを、ホンのちょっとゆずることを、無意識的に希望しているのである。

滅亡の真の意味は、それが全的滅亡であることにある。それは黙示録に示された如き、硫黄と火と煙と毒獣毒蛇による徹底的滅亡を本質とする。その大きな滅亡にくらべて現実の滅亡が小規模であること、そのことだけが被滅亡者のなぐさめなのである。日本の国土にアトム弾がただ二発だけしか落されなかったこと、そのために生き残っていること、それが日本人の出発の条件なのである。もし数十発であったとすれば、咏嘆も後悔も、民主化も不必要な、無言の土灰だけが残ったであろう。「世界」の眼から見れば、日本のごく部分的な滅亡、したがってそれをまぬがれた残余の生存は、たとえば消化しきれないで残っている、筋の多い不愉快な食物にあたる物かもしれないのである。しかしこれだけの破滅だけでもそれは日本の歴史、日本人の滅亡に関する感覚の歴史にとって、全く新しい、従来と全く異った全的滅亡の相貌を、滅亡にあたえることに成功している。

日本の滅亡の歴史のなかで、とりわけもてはやされるのは英雄の滅亡であり、一族の滅亡であるように見うけられる。義経の死や阿部一族の死が、その死のもつ意義によって、文学的に結晶され、悲壮の美のある種の典型をなしている。豪族の滅亡、城廓の廃滅の記録は、谷崎に二つの盲目的物語を創作せしめ、戦国の女性の哀切をきわめた運命を、あわれともいたましとも、物語り出さしめている。鷗外の理智や、潤一郎の構想力や、古くは『平家物語』の琵琶法師の咏嘆は、それぞれ滅亡の意味を自分流に分析し、表現したものにほかならない。これらの作者たちは、いずれも滅亡のはるか後方に、あるいは滅亡と隔絶した心理の中で、これらの滅亡をとりあつかっている。たとい同じ運命を自己に想定したとしても、現にその物語を完成するゆとり、つまりは安定した時間と場所に於て生きていられたのである。亡国の哀歌をうたう者ではなくて、やはり亡国の哀歌をきく側にあったようである。それは日本の文化人にとって、滅亡がまだまだごく部分的なものであったからにすぎない。彼らは滅亡に対してはいまだ処女であった。処女でないにしても、家庭内に於ての性交だけの経験に守られていたのである。

これにひきくらべ中国は、滅亡に対して、はるかに全的経験が深かったようである。中国は数回の離縁、数回の奸淫によって、複雑な成熟した情欲を育くまれた女体のように見える。中華民族の無抵抗の抵抗の根源は、この成熟した女体の、男ずれした自信ともいえるのである。彼らの文化が、いかに多くの滅亡が生み出すもの、被滅亡者が考案するもの、いわゆる中国的慧知をゆたかにたくわえているか、それは日本人に理解できないほどであろう。

すべての文化、とりわけすべての宗教は、ある存在の滅亡にかかわりを持っている。滅亡からの救い、或はむしろ滅亡されたが故に必要な救いを求めて発生したものの如くである。滅亡はそれが部分的滅亡であるかぎり、その個体の一部更新をうながすが、それが全的滅亡に近づくにつれ、ある種の全く未知なるもの、滅亡なくしては化合されなかった新しい原子価を持った輝ける結晶を生ずる場合がある。その個体は、その生じ来たるものの形式、それが生じ来たる時期を自ら指定することはできない。むしろ個体自身の不本意なるがままに、その意志とは無関係に、生れ出ずるが如くである。

しかしながら滅亡が文化を生むとは、滅亡本来の意味からいって不可能である。文化を生む以上、そこに非滅亡たる一線、ごく細い、ほとんど見別けがたい一線があるにちがいない。今まではたしかにその一線があった。その一線を世界は、かなり大まかに許していた。しかし、今後、それが許されるであろうか。第二次、第三次と度重なる近代戦争の性格が、滅亡をますます全的滅亡に近づけて行く傾きがある今日、科学はやがて、今までの部分的な、一豪族、一城廓の滅亡から推定される滅亡形式を時代おくれとなすにちがいない。そこにはもっと瞬間的な、突然変異に似た現象が起り得る可能性がある。かつて銃器を持たない部落の土人にとって、銃器を持った異人種による攻撃が、ほとんどその意味を理解するひまもあたえられぬほど、瞬間的な、突如たる滅亡として終ったように、これからの世界は、この部落より遙かに大きな地帯にわたって、目にもとまらぬ全的消滅を行い得るであろう。

そのとき、ヒューマニズムは如何なる陣容をもって、これと相対するであろうか。そして文学は、ヒューマニズムに常に新しい内容をあたえ得た文学は、どのような表情で、この滅亡を迎えるであろうか。ことに処女を失って青ざめた日本の文化人たちは、この見なれぬ「男性」の暴力を、どのようなやさしさ、はげしさ、どのような肉の戦慄をもって享受するであろうか。

私が終戦後の上海で、世界各国の人々の喜びの声に耳をふたがんばかりにして、滅亡について以上のように想いめぐらしていたころの緊張は、今ではすっかり、ゆるみ、たるんでしまった。異常な心がわりもいつか、日常の用意にとってかわられた。原稿料のこと、牛肉のねだんのこと、私小説のこと、エゴイズムのことなどを、何の深さもなく、何の未来性もなく、ジャーナリズムの歩調だけの速さで、まちがいのない、手頃のなめらかさで、物憂くとりさばくようになってしまった。だがこれでいいのだろうか。私が滅亡について考えるのを止めるのは、単なるなまけ、臆病、忘れっぽさのなせるわざである。滅亡の持つ深さが、私にとってあまりに深く、その本来的な断崖に立って、文化の路をふりかえるときに感ずる目まいに堪えられないからにすぎない。その断崖に立ち、そこに湧きあがる霧や煙の不安に堪えることは、フックラした椅子に腰をおろして画面に映ずる危機を楽しむのとは、かなりちがった修業なのであるから。

自己や家族の構成員の生滅について心をわずらわされている私は、せいぜいその生滅に関係のある範囲で、世界戦争を考える程度で、世界という個体の生滅を、永い眼で、大まかに見てとることをしない。世界の持つ数かぎりない滅亡、見わたすかぎりの滅亡、その巨大な時間と空間を忘れている。だが時たま、その滅亡の片鱗にふれると、自分たちとは無縁のものであった、この巨大な時間と空間を瞬間的にとりもどすのである。（滅亡を考えることには、このような、より大なるもの、より永きもの、より全体的なるものに思いを致させる作用がふくまれている）。

南方伝来の仏典である『本生経』には、仏が出現するための三つの予告が記されている。その第一の予告は滅亡である。それはローカーヴューハ（世界群集）という欲界に属する天人たちによって行われる。天人たちは髪を解き乱し、泣き面をして涙をぬぐいながら、紅衣を着け、ひどく異様な姿で、人間世界を徘徊する。そして「皆さん、これから十万年経つと、却《ごう》のはじまりになります。その時、この世界は亡び、大海は乾き、この大地は須弥山《しゅみせん》と共に焼け失せ、大梵天に至るまで世界はなくなります。皆さん、慈心を起しなさい。悲心、喜心、捨心を起しなさい」と叫ぶのである。

ここでも滅亡は、常識を越えた時間と空間にわたって、予告されている。「十万年経つと」「須弥山と共に」「大梵天に至るまで」と、紅衣を着けた、異様な天人は叫ぶのである。滅亡の予告は、ローカーヴューハに向い、平常の用意をはなれ、非常の心がわりをせよと要求している。大きな慧知の出現するための第一の予告が滅亡であることは、滅亡の持っている大きなはたらき、大きな契機を示している。

無感覚なボタン――帝銀事件について

ちかごろ電車などに乗り、五十前後の男を見かけると、あの毒殺犯人を想いうかべる。ことに少し考えぶかそうな男が、それを想わせる。その男がしたと感ずるわけではないが、その男が犯人だとしてもおかしくないような気がする。それはあのような犯罪をやる条件は、少し綿密な知慧がはたらき、かつ非人間的であること、ほとんどそれのみだからである。あの犯行には人にすぐれた腕力や脚力、特にめだつ肉体的特徴が必要とされない。凶悪な容貌やその他、犯人らしい外見が具えられていない。少し綿密な知慧がはたらき、かつ非人間的な男は、いかに非人間的であっても、外見では全くわからない。その男を現場で目撃しないかぎり、一般人には、その男と同席しても、その男がアレをなしうる人間だとは識別し得ない。ゴシップによると久保田万太郎氏や辰野隆氏の弟が怪しまれたという。それは、これらの人々の性格なり生活なりを知っている我々には滑稽である。しかもこれらの人物の固有名を知らず、本質を知らないで、ただたんに五十前後の男の一人として目前にすえれば、それを犯人と疑うことは、他の者を疑うのと同様、不思議ではない。

あの銀行にでかけて行き、あれほどめんどうな計画を実行し、あれだけの人数を殺すのは、たしかに特異な行為である。それはあらわれたものとしては、日本中に一人、世界中に一人しかいない者の行為である。あの犯人にかぎられた、実は個性的な、独創的な、それ故また運命的な行為である。また伝染病の発生を口実にしたこと、青酸カリを予防液として服用せしめたこと、銀行員の全滅を企てたことで、近代というより現代の特殊日本を前提とした、ひどく現代的な、ある意味では未来的な行為である。金をとるために、あれほど時間をかけ工夫をこらした複雑な殺人行為をなしたこと、またそれを必要ならしめたことには、現代の複雑さが土台をなしている。そしてその複雑さの中から「彼」が出現していることは、前にのべた。誰でも彼として疑われることと共に、この事件に何か新しいぶきみさを色づけている。「彼」にとって個性的であり、独創的であり、運命的であったものが、案外ひろく我々の身ぢかに、我々の生み出した文明の裡に、内包されている予感さえされるのである。

あの犯人と被害者たちの間には、妙に非情な無関係さがあること、これがまず注意されなければならない。あの犯人はあの銀行に働く人々の全部を殺そうとしたのである。AまたはB、A及びBではなく、それがAでありBでありCであることとは無関係に、ただ全部を、そこにいあわせた全部を殺すことを必要とした。それらの人々は、ただ彼が必要な対象としたこの「全部」の中にふくまれていたがために、殺されたのである。自分の所有している金のためでもなく、銀行の金を守ろうという意志を示したからでもなく、彼に反抗するそぶりを見せぬ間に、現金など常に手をふれたことのない者までが殺されている。ただそこに居あわせたこと、毒液を分ちあたえられたこと、ただそのために被害者と化している。殺されたことの無意味さ、偶然性、無意識性、それ故に犯人とこれらの人々の無関係さははなはだしいのである。

これは『罪と罰』のラスコルニコフの殺人の場合と考え併せると、よく理解される。ラスコルニコフは老婆殺害に対して、自己独特の哲学的弁明を保持している。彼はこの弁明に守られながらこの老婆を殺すこと、この老婆の死によってその所持金をうばうことを目的として行為する。そして彼はこの老婆を殺した。しかしその直後に、他の女、みじめな善良な同居人が帰宅したため、その女をも殺すのである。彼にとって、この女の殺害は、全く予想外であり、良心に反し、自己の弁明で守られぬ行為である。彼にとって、あの老婆以外のものの殺害は全く無意味である。許すべからざることでさえあるのだ。ラスコルニコフは考えぬいたあげく、老婆一人、この特定な一人物の生命を絶つことを敢てするに至った。それが彼の殺人許容のギリギリの極限であった。彼は自己の全生命のおののきと共に、この特定の被害者と結びついていたのである。それ故、この意識され注目された老醜物以外のもの、あの同居女の殺害は、その無意味さは彼には堪えがたい。

しかるに帝銀事件の犯人にとっては、特定の被害者は意図されていない。彼は相手をえり好みはしない、彼の計画の中には、無意味な無関係な殺人が、最初からいくらでも是認されているのである。彼は被害者に対して非情であり、非人間的であるばかりでなく、殺人そのものに対して非情であり、非人間的である。殺人の無意味さはまるで問題にされていないため、ラスコルニコフにとって一人でも堪えがたかった無意味な殺人は、ほとんどここでは無制限に拡大され、開放されている。

ラスコルニコフが斧を使用したことは、あの殺しの場に悲惨凄愴の観をあたえる。斧によって頭蓋をぶちわられ、血みどろになって老婆が倒れるあたり、残虐な印象をあたえる。しかし斧によって行われたこの殺人にはまだあの時代の犯罪の単純性、つまり犯人の持っていた一対一的必死さ、いいかえれば殺人の人間らしさが表現されている。人を殺すことの重大性、危険性、困難、苦しさが、あの斧の一撃にはこもっている。犯人の筋肉の疲れ、骨身にこたえる緊張、顔面の油汗や手のふるえが、そこには認められる。全霊全力をふりしぼった、あわれむべき哲学学生のせつなさが感ぜられる。

しかし、毒液をビンから茶碗にうつし、銀行職員たちにのませることは、おとなしやかな日常行為である。そこには斧をふりあげる瞬間的殺気や、筋肉的緊張がない。表情から態度まで、おそらくは平静な、なにくわぬものだったにちがいない。婦人にでも、子供にでも、もしその非人間性があり、その方法さえ知っていれば可能だった挙動である。ことに液体はまだあまっていたと言われるから、場合によってはあの倍、数倍の人数にもそれを分ちあたえ、飲ませおおすことができたのである。あの犯行では、一人殺すのも、二人殺すのも、十人以上を殺すのも、ほとんどちがわない力の使用で、しかも茶碗の数をますことだけでなされ得たのである。犯人の心理には、被害者の数が多少増すことは、或は倍加することでさえも、さして影響をあたえはしなかったであろう。彼に必要なのは、また気がかりなのは「全部」であって、全部の内容やそのふくむ人数ではなかったのである。ここには、ラスコルニコフの場合の如き、殺人の困難さのあたえるおそろしさのかわりに、殺人のたやすさのあたえるおそろしさがある。被害者をえらばぬこと、人数に無関心なこと、殺人の無意味さを問題にせぬこと、何気なくなしうること、これらの犯行のたやすさ、この犯人の無感覚状態は我々に何を教えるのであろうか。

あの毒殺事件の犯人にもし困難があったとすれば、それはあの日あの銀行の内部に入り、かねての計画通り、説明し、納得させ、飲みおわるのを待つ間の心理的緊張に堪えることだけであったであろう。会話がすみ、液体をとりあつかい、金を入手するまでには、たとえわずかな時間でも一種の恐慌状態が持続したにちがいない。犯罪の自覚、犯行のおそれが存在したはずである。だがもし、それが数秒、数分ですむ手続であったなら、彼はこの犯罪について、ほとんど何らの気づかい、何らの恐怖を感じなかったかも知れぬ。もっと完全な無感覚状態を保ち得たにちがいない。彼の如き人物は、おそらく、もし店頭の品物を盗むごとき瞬時の行為ですむならば、絶対に発覚しない方法が発見されるや否や、数百人をも殺す可能性がある。たとえば、トンネルや映画館のなかに、精妙な仕掛のガス弾や、時限爆弾を遺棄することだけで、数十万円の金が手に入るとして、そのために数千人の死傷者がでるにしても、それをなす際の緊張は、彼にとって帝銀毒殺事件に於ける緊張の何十分の一にしかすぎないのである。彼は欣然たる無感覚をもってそれをなす。その殺人の実に莫大な無意味さ、その被害者たちとの徹底した無関係さにもかかわらず、彼は無類のたやすさをもってそれをなすであろう。彼は手にしたごく軽い物体を疾走する列車の連結機の下方の闇へ、或は映画館の平和な空気の中に並ぶ観客の椅子の横に、自己の指をかすかにゆるめ、そこからはなち落すことによって、彼の犯行を完成してしまう。その場合には、陰険な知慧や、綿密な計画、この犯人の特徴とした、ごくあいまいな才能と性格のあらゆるものは不必要となり、ただそれをなすという非人間的決意だけが、残されてあれば充分なのである。ラスコルニコフの斧も、都衛生係の腕章も赤ゴム靴も、すべて消え失せてよい。そこには全く平凡な一市民、ただ列車に乗り得る男、映画館に入り得る男と、その男の誰にも気づかれない、自分自身でさえ忘れかねないほど簡単な動作だけが必要なのである。彼はその眼にとまらぬ瞬時の無感覚な動作によって、その犯行、その殺人と結びつくのである。これをあのラスコルニコフの、全身全霊をおののかせる、原始的な、大げさな、それ故人間的な挙動とくらべたならば、両者の心理、両者の倫理、両者おのおのの犯罪との結合の相異は明らかになるであろう。

（帝銀毒殺事件が発表されてまもなく、私は太宰治氏の『犯人』をよんだ。そしてその軽妙な筆のもとにおどる善意の青年の、おろかしいが、必死な犯行と、その少しく悲壮な、少しくみじめな最後に感心しつつも、小説『犯人』の古風さを、おぼえぬわけにはいかなかった。それは帝銀事件の暗示する犯人の無感覚、そしてそれにともなう現代の無感覚が、この小説にはなく、しかも現実には充満してくる予感が、私に迫っていたからであろうか）

もしここに、犯人ボタンなるものがあると仮定してみよう。殺人の現場に姿をあらわすことなく、ただボタン一つおすだけで、犯行が完成すると仮定する。するとそのボタンをおす行為、つまりその殺人行為は、通常の意味の殺人行為のあらゆる情景や心理と無関係であり得るにちがいない。犯人は犯人らしくなく、殺人は殺人らしくなく、犯行の自覚はきわめて不明瞭なものと化するであろう。戦争の場合を例にとれば、これは仮定たるにとどまらない。目前に迫る一人の敵兵士を銃剣で刺殺するのは、ラスコルニコフ的一対一行為である。しかし最新式の長距離砲、或はV弾で国境を越えて、多数の見えざる住人を殺す場合には、前述の無感覚、及びボタン式無自覚さがありうる。また無線電波で操縦する航空機に、強烈な爆弾をつみ、目的地の上空に達してからそれを落下させるためには、事実、一つのボタン或は一つのスイッチをおし、ひねれば足りるのである。戦場の戦場らしさ、血なまぐさくもすさまじき光景を目撃することさえなく、叫びも音も光も、すべて起りつつある悲惨事にふれることなしに、簡単に、それはおわるのである。被害者の人数、被害の結果の無意味さ、被害者の容貌、性格、運命などとは全く無関係に、ただ莫大な破壊がボタン一つで行われる。犯行者と被害者の間には、大きな空間があり、科学的機械という非情な物体があり、光線や原子や、その他一般人には原因不明、抵抗不可能な作用があって、すべてのことは複雑な間接的なだんどりで、あらゆる人間的関係を断ち切った場で、いわば天災のように行われる。目的とされ、緊張を呼ぶのは、単にできるだけ広範囲にわたる破壊全体であって、その全体にふくまれる内容ではない。また、この最後のボタンのおし手に必要とされるものは、綿密な計画でもなく、肉体的緊張でもなく、哲学的自己弁明でもなく、ちょっとしたひとおしなのである。彼がどのような男でも、どのような非人間的な或は人間的な男でもかまわない。彼はただそれをおす人間でさえあれば足りるのである。この彼がその殺人ボタンをおしたあとで、どこかのコーヒー店かレストランに入っても、そこにいあわせた市民は、彼が五分前にそれをおしたとは知り得ないのである。どうして、どこかの部屋でボタンをおして来たことを、彼の表情や態度からかぎだすことができるだろうか。

　彼にとって、ボタンはそこに冷たく白く凸起する一小部分にすぎず、それをおすことは指の腹にわずかに温度の変化とちょっとした鈍い感覚を得るだけである。彼はそのことによる事態の重大さ、歴史的の意味、それにともなう恐怖や興奮を感じないでもさしつかえはない。その昔、首斬り浅右衛門は、一般の町人よりは、人を殺すことに無感覚であった。今日の電気椅子の係りは、更により無感覚でありうるはずである。少くとも、それは帝銀毒殺犯人が、そのあしもとにも及ばぬ程度のものでありうると思われる。しかしこの種の無感覚は、灼きつく熱砂を跣足《はだし》で踏み、肌に受けた爪や牙や槍のきずをたちまち恢復する動物的無感覚ではない。むしろ、科学や、それによる文化のガラス張りの中で、天候や四季や自分以外の動物や、ついには人間そのものの存在までも忘れようとする、近代的無感覚である。

人間の原始性、今までの古い意味での人間らしさは、この種の無感覚を嫌悪し、それに反対する。良識、デリカシー、もののあわれ、ヒューマニズム、人情、愛、すべてこれらのかつて美しいと信ぜられたものたちは、この無感覚を防ぎ、それを弱め、くずそうとする。だが、繊細な近代音楽がひびき、強烈な異常感覚の絵画が描かれ、全世界の事件が刻々鮮明正確に幕の上にうつし出される今日は、やはりいつかこの種のうすきみわるい無感覚が生みだされ、しのびこみ、しみわたる時代でもあるらしい。しかも街上に健康そうな頬の色もかがやかしく何の不安も暗さもなく歩み行く人の胸に、その無感覚があるとしても、その人自身はもとより、周囲の者誰一人としてこれに気づかぬかもしれぬ。もしその無感覚なボタンを発見せんと捜索を開始すれば、それは久保田氏その他の紳士たちを帝銀犯人として怪しむほどの、万人に対する疑念、現代人すべてに対する警戒なくしては行えないであろう。そしてこのボタンは、人間の肉体、人間の脳髄以外の場所にも、すなわち、何心なく卓上におかれた無色透明の液体の中に、多くのカードや整理器や印刷機から生れいずるわずか十字たらずの横組の統計数字の上に、雨にも風にも負けず、大洋や山岳を一挙に翔破する快適きわまる、最新式旅客機のすばらしきクッションのやわらかさの裡に、ある程度用意されているのかもしれない。

『あっは』と『ぷふい』——埴谷雄高『死霊』について

作家は小説という手段によって模索する。この自由な、まるで自然そのもののように複雑にして豊富な手段によって、何ものかをまさぐりもとめる。時には、それは手の中で握ったり、はなしたりでき、しばらく或る場所へ置き、他の物を取り上げてもよいような、便利な道具の一種にさえ見えることがある。それがあまりに便利であり、自由であるため、その道具そのものの形や重さが、それだけが作家をとらえてしまうこともある。そして彼は自分のスタイルを大切にし、油をつけてよくみがき、誰が見ても、彼が使いなれ、使いあげ、自分のものとした道具であると気づくようにする。そのばあい、彼は小説を、つまりその道具を手にして、それを自分の自由にえらぶことができ、つかいこなすことができると信じこんだ、老職人のような安心をおぼえているにちがいない。

だが、ある種の作家はそのような安心をもたない。おそらくは大部分のすぐれた作家は、そのような老職人の如き安心を持つことを永久に許されない。彼らは道具のように見える小説が、掌からひきはずすこともできず、脳神経にもつらなり、彼等自身の呼吸や脈搏までつたえてしまう、密着し吸着し、かえって彼らに苦痛や不安をあたえる奇妙な生物であることを知らされる。それは時には巨大であり、醜怪であり、血まみれである。少くとも便利そうには見えない。その時、小説はそれらの作家たちにとって、堪えがたいほどの重みを有し、おそるべき光をはなち、その性能の加速度的増大に自らがおののくような物であるかもしれない。小説がそのような物である時、それによって模索されるものとは何であろうか。また、それを手にした作家の態度とは如何ようなものであろうか。

『死霊』は執拗に模索する。時には荒々しく、時にはよろめきながら模索する。そしてその模索は強靱である。その全形は思いつめ、四肢を打ちふるわせ、強敵にたち向っている力士に似ている。作者はその全形で、虚空を凝視し、非現実を追求しているかに見える。埴谷は「現実ってやつは嫌いなんだ」と言う。だが彼は真実、「現実」が嫌いなのだろうか。現実以外のものをまさぐり求めているのだろうか。それによってあのような全形を要求するのだろうか。

現実とは或る人には一塊のパンであり、それをめぐる家庭生活であり、また或る人には政党の勢力であり、その世界における力関係であったりする。私小説作家は、「私」の耳目の及ばぬところに現実をみとめないかもしれない。或は心理のちょっとした緊張を拠りどころとし、或は肉体の一部の感覚を本拠として、自分こそはレアリストだと叫ぶかもしれぬ。

しかし現実とは存在するもののすべてである。少くとも埴谷にとって現実とはまさにそのようなものである。彼は現実に対して眼をつぶっているのではない。むしろたえまなく、あらゆる場所で大胆な瞳をかがやかせている。他人がその存在にさえ気づかぬような「物」でさえ、彼は何度もくりかえし見てしまっているのだ。彼はそのために遠視であり、近視であり、乱視であらねばならぬほど、その無敵の「物」の原始と衰滅に、熟視によって結びつけられている。彼は現実にとりかこまれている。

その一つ一つが濃厚な密度を持つ各現実、しかもそれは運動しつつ、その過去と未来の呼びかけを停止しない。そのような総現実は、ムシムシと彼のむなもとにつめかけ、彼の思考を呼吸困難にしている。彼は『死霊』の一人物のように、その気配を常に感ずるのだ。彼は思考の骨がミリミリ鳴り、妄想の肉がみるみる痩せほそり、またふくれあがるのを日夜おぼえるにちがいない。何故ならば、あまりにも遠慮なく総現実は、彼をおしつぶし、めざまし、そそのかし、遠のき、姿を消し、また密着しては、彼を不眠、その中に於ては『死霊』を書くより以外に時をすごす方法のない、めざましい不眠に追いやるからだ。その状態を感覚しつつ彼は、登場人物と共に「あっは」と言い、「ぷふい」と言うのである。この二つの感嘆詞、あるいは声音は、『死霊』にまで彼を押しやる彼の宇宙、彼の総現実の圧力を明示している。

「あっは」も「ぷふい」も共に素朴な発声である。充実されたるものの発し出された声である。彼の諸人物はどのように奇怪な未来的長広舌をふるいながらも、この原始土人の如き発声を忘れない。それは「おお」という発声のヴァリエーションであるかもしれぬが、各々の独自の意味を含んでいる。

「あっは」はドイツ文学、特に『ファウスト』などにでてくるAch！とは多少異っている。壮大な自然や女の美を目撃したりするよりは、むしろ自分自身の心のうごめき、或は会話の相手の心理なり論理なりにおどろき、そこに何ものかを見出し、それによってつき動かされ、いら立ったときに使用されている。それは一種のたまらなさの感情を示す点で、「ぷふい」に似ている。だが「ぷふい」は「あっは」より能動的である。それは相手の思想を断ち切り、はねかえし、自分の心理を放出する前ぶれである。それはもう踏み切っている。思いつめ発見され、おどろかされ、「あっは」された物はそこでその主体によって決断され、「ぷふい」され、方向をあたえられる。常に「あっは」し、「ぷふい」しつづけることは、常に発論し、論争し、論断することである。そのたえまなく流出するエネルギー、まるで原子力のように無限な諸人物のエネルギーなくしては、「あっは」も「ぷふい」も、大げさな、耳ざわりなせりふと化してしまう。埴谷は単なる技巧的せりふとして、これを使用しているのではない。彼自身が彼の宇宙、彼の総現実に向って、けなげにも「あっは」し、「ぷふい」する、その強靱なエネルギーの低く沈み、もりあがり、さか立とうとする物音なのである。「あっは」も「ぷふい」もまた「おお」も、独断であり、ガンコであり、倨傲であり、反抗であり、或る種のものの無視であり、蔑視であるかもしれぬ。しかしそれが神経質な詠嘆や、暴露や、気ばらしとしてでなく、すべてのざわめきを吸いこむ宇宙的な闇、すべてのスピードを嘲笑する真空間に向ってなされる場合、それはもはやきわめて素直な、きわめて静的な、調和音となる可能性を包んでいる。

『死霊』を一種の能狂言に見たてることもできるかもしれない。墓地や霧ふかい運河や、蝙蝠《こうもり》の羽音のする屋根裏べやは、それぞれ能役者が幽玄の美を組織する特定の場所に似ている。そこではあの異様にゆったりした能面の下の声が、現実（いわゆる狭い現実）の声よりも、なまなましくひびく。その舞台と能面と謡いの、それぞれ単純な、限定された条件が、かえって複雑微妙な人生を、そのふかみに於て、よみがえらせる。そこでは鬼女や竜神や幽霊や盲人や狂女、極端な人間存在が、ねづよい自己主張をはじめる。或は両肩を張り、或は袖で面をおおい、あるいは舞台をぐるぐるとめぐる。それは日常の事件の起伏、日常の食物の消化速度などとは、少しちがった時もきざむ、あまりにも確固たる自己主張である。だがそれが現実でないと誰が言えるだろうか。それははじまると共に存在し、進行につれていよいよ自己の世界を明確にして行くではないか。その面のあまりにも彫りの深い、あまりにも色彩の決定された強さ、及びその衣裳のものものしさ、重々しさ、そして謡いのテンポの自分勝手な、入り来らぬものはうけつけぬ非妥協性は、それなくしては、その美も、その思想も消え失せてしまうものである。『死霊』はたしかに、その種の形式を保有している。

　その形式は、作者が小説を手軽な道具と考えることからは、決して生れないものである。もとより小説の形式は常に、その作家の陰謀である。充分にたくらまれたる陰謀ではある。埴谷は、首猛夫と共に新しい加担者を次から次へと生み出すべく用意している。しかしこの主謀者はおそらく、この陰謀の形式を、まるで滝にうたれ、渦に巻かれるような抵抗を感じつつ、創作していることであろう。何故ならば、彼にとって小説とは、存在するすべてのものを、一つの結論にまでひきずって行く労働だからである。

　投げ出してしまうことによって、器用にパッと投げ出してしまうことによって、小説らしくなる小説もある。ただちょっとつかまえることによって、すばしこく或る男女の姿（その姿たるやきわめて安易な姿なのであるが）などつかまえることによって、ようやく小説だと主張している小説もある。そのような投げ出し方、つかまえ方を、埴谷は好まない。彼は自分の長時間にわたる労働、それに従事することの困難をよくわきまえている。そして彼は何よりも、それが彼に与えられた労働であることを知っている。それ故、彼は書かねばならぬ。彼がそれを書くことは定められている。そのように定められたことの苦しさに、彼はよく堪えるであろう。彼が書きつつあることは私たち、小説を書きはじめている者たちに勇気をあたえる。その労働への勇気をあたえる。

勧善懲悪について

私は常に自分が善人であり得ないことに苦しみます。（ということにしておきます）。善人となるには勇気と力が要る、それが私に欠けているからです。善人は常に何らかの意味でこの世に生きることに意味を感じていなければなりません。が、それよりまず彼は具体的に、この世、この社会の一員として役に立つ人間でなければなりません。具体的にそうでなければなりません。ハッキリと、彼および彼の周囲の人々にそう感覚されていなければなりません。私は善悪を考える場合、ひどく唯物論的、むしろ生物学的な考え方にとらわれます。

猿の社会においては、おそらく、その猿の集団に役立つ猿だけが善猿（もしそういうものがあるならば）でありましょう。他の猿族が侵攻して来たとき、相手を追いはらって、自分たちの雌たちの安全を守るだけの腕力と脚力と眼や耳のするどさを持っている猿、それはひとまず善猿たる資格を持っています。それに傷や出血をおそれぬ勇敢さも必要です。そしてどの猿よりもその集団の防御に役立ち、ひいては繁殖に貢献した大猿は、その集団に於て、最大の善者となります。猿の社会においては、つねに最強者こそ、最善なるものであります。

猿たちは、弱くて役に立たぬが人（猿）は良い、などということはみとめません。その社会では、俺はあわれな、みじめな弱者だ、無能力者だと告白したりしても相手にされません。そのかわり、いかなる弱猿も、強猿が善であることを感じています。善としてそれが確立され、君臨するであろうことを予想しています。つまり弱猿はイヤでも、自分がその集団内では、悪猿あるいはそれに類似したものであることを自覚せねばなりません。問題はきわめて簡単であります。それ故ここでは、ことさらに、善をすすめ、悪をこらしめる必要はありません。もしちょっとでも集団に不利な行為があれば、善猿の大きな手はたちまちその犯猿の首をつかみ、その耳をねじりあげるでありましょう。寸時にして嚙みころされるかもしれない。そして恐怖にみちた深林の奥では、集団をはなれては一日も生活できない危険な場所では、時々刻々、犯猿はおとなしくその法律にしたがわざるを得ないでしょう。もしも私が猿の社会にいたらと想像すると、ゾッとしますが、またかえってサッパリするかとも思います。そうなれば、とやかく、善悪について文学的な思索をするひまがないからです。

善がすなわち強である？ 弱がすなわち悪である？ そんなことが……。そのような想いまどいは猿的ではありません。その想いまどいは、人間社会に特別のものであるらしい。しかもある種の人間社会に特有のものであるらしいのです。

人間もごく最近までは、ザット三千年ぐらい前までは、そんなめんどうな想いまどいはしなかったのです。そしておそらく、もう××年もしたら、今のようなややこしいやり方で、善だ悪だと騒がないでもすむようになるでありましょう。ですから、人間にとっても、これはごく一時的な現象だと言ってもさしつかえないでしょう。

ただし一時的だからといって、これは軽く笑ってすませる他人ごとではありません。一時的だからこそ、それは興味津々たる重要事なのです。どのようなスマートなニヒリストも、案外どこかで、古い古いこの人間の習慣を皮膚のどこかにとどめているのです。

いきなり自分の女房なり、子供なりを殴りつけた男がいたとします。すると、その夫その父は、その男を悪い奴だと感じます。畜生！　この野郎、キサマは、と叫びます。その時、彼にとってその男の行為は具体的なる悪、むしろ悪そのものなのです。それが歴史的な悪であるか、精神病理学的な悪であるか、それとも階級的な悪であるか、それはややしばらくして考えはじめるにすぎません。その瞬間の「悪」への反発は、アインシュタイン博士もサルトルも我々とほとんど同程度の強烈さであること疑いありません。

悪とは感覚的にイヤなものでなければなりません。どこかしらゾッとするもの、甘くてもわる甘いもの、身ぶるいに似たものを感じさせるものです。善とは、どこかしらイイ気持のするもの、感覚的にこちらをうけいれてくれるものでなければなりません。元来が人間にとって、二つともきわめて単純明確なはずのものです。ところが今になって、馬鹿に複雑もうろうたる面貌を示しているのは何故でしょうか。

それは善悪の問題が、強弱の問題とからみあっているからです。猿の世界ではあれほどうまく解決できていた「強すなわち善、弱すなわち悪」の方程式が、人間界では、とても解きほぐせぬほど混乱してしまったからです。

まず日本歴史に登場したおどろくべき強力なる一人物、東条について考えてみましょう。

彼が世界的裁判によって死刑に処せられた以上、「悪人」であることはうたがいありません。イエスは星きらめく天上に於て、彼をもその御手の下に救いあげられたかもしれませんが、地上の人類は彼を「悪」の行為者として抹殺しました。

だがこのおおうべからざる現実とともに、かつて日本国内に充満していたあの心理的現象もまた現実であります。東条はかつて、日本国の最大の強力者でありました。彼は日本国民を支配した絶対者でありました。牢獄の片隅に、または生き残りの自由主義者の心理のひだの下に、わずかな反抗はありましたが、彼はたしかに戦時中、あたかも自己が最強者であるとともに最善者であるが如くふるまい得たのであります。そして国民もまた彼がたんなる強者でなく、日本的善なるものの代表者であるがごとき魔術的印象をうけとっていました。自分たちを栄光と幸福へみちびく勇気りんりんたる指導者として彼を信じているかの如き興奮状態におち入りました。彼の命令は善であり、その逆は悪であるかのようでさえありました。イヤ、そのような心理法則が存在していたと言ってもいいくらいです。そしてもしあの場合、日本が勝ちつづけ、彼がますますその強者ぶりを発揮しつづけたとすれば、その奇妙な心理法則は何のうたがいもなく保存されて行ったにちがいないのです。つまり東条的支配力より、更に強力な民主国家の支配が出現して、彼を打ち負かさなかったならば、その当時の狂心的国民心理にとって、彼は依然として善そのものの如く存在し得たのです。彼が最善者であるという迷信は、彼より強力なるものの出現によって、ただそれのみによってはじめて消え去ったのです。ほかの何物でもなく、ただそれのみによって……。そして今や全く新しい強力者、第二第三の強力なる絶対者が、善の神と化しつつあります。

善悪を考える場合、強弱をも考えあわせねばならないということは、たとえ一時的現象にしても何となく暗い、悲しげな雰囲気を持っています。もし東条が唯一善として今なお支配力をふるっていたとしたら？　そう想像すると何かしら今の冷静な常識では、堪えられぬ暗さが影のように降りて来ます。最強者が「悪」であったという印象は、痛烈であるとともにまた、じめじめと陰気なものを私たちにあたえます。明るい前進とともに、暗澹たる沈下を感じさせます。それは東洋的な勧善懲悪ばなしの、あの色彩と、もの音に似ています。

私は十年ほど前に、泉鏡花の小説を映画化した『白鷺』を見ました。『白鷺』の主人公は、没落した旧家の美しい娘です。たよる者もない、汚れを知らぬ娘は、貧困のため芸者になります。絶世の美女ではあるが操を売らぬため金銭にめぐまれず、女主人からつらい仕打をうけます。勢力のある政治家が彼女に目をつけ、手に入れようとします。この政治家は、おそらく鏡花のもっともにくんだ強者にして醜悪なる人物の一人です。ついにある夜、彼は女主人と共謀して、そのあわれなる芸者を手ごめにしようとします。芸者は愛する画家に操をたてて、かんざしで咽喉を突いて自殺します。芸者は幽霊となって女主人の家にもどります。女主人は幽霊となった彼女の姿におどろいて気絶します。帰りをいそぐ政治家は、落雷にあって死にます。

私はこの映画を看《み》ていて、生きている間は力弱くみじめであった女が、幽霊となってからたちまち力強く、はたらきある者と化するのに眼を見はりました。しいたげられ、いじめつけられ、苦しみを誰にうったえる者もなき、弱くして美しき者が、幽霊となることによって、わずかに、醜くして悪なる強者に対抗できたのです。いかにも陰惨な運命、やるせない戦術です。これは善をすすめ悪をこらす物語というよりは、現世の善の弱さをなげく、低い呪いと祈りの声のようです。

　義民佐倉宗五郎が処刑されてから、幽霊となって藩主の一家にたたる芝居なども、ただもうむごたらしく、暗く、とろとろと燃える陰火のような感じをあたえるだけで、善の勝利をたたえるよりは、悪の支配の、脱れがたい重さを感じさせます。善悪と強弱の方程式が解かれていれば、幽霊の必要はありません。

　それを解くことに絶望した日から、人間の執念だけが白い衣をつけて夜な夜な徘徊することになりました。日本特有の猫化けなどは、人間の幽霊の無力さを悟った庶民が、ついには怪猫という家畜の力を借りて、手のこんだ復讐を空想したものでしょう。人間の善がダメな以上、猫の非人間的な動作に最後ののぞみをかけたのでしょうか。

『大平広記』という書物には、魏晋から唐宋にかけての中国の民間説話が集大成されていますが、その中には「生れかわり説話」が数多くあります。人間が豚になったり、犬になったり、牛になったりします。この珍奇な思想はもとより印度伝来のものですが、それが中世の中国でかなり流行しました。幽霊話とちがって一種の滑稽みと生活意識の濃い、この「生れかわり説話」は、やはり当時の農民や町民の、独自の工夫をこらした苦心の結晶ともいえます。生れかわるのは、もとより悪因悪果で、因縁という宇宙的動力によってそうなるのです。社会的動力によって、善悪の審判を行うことをあきらめたために、宇宙的動力によって、何とかそれを解決しようとしたわけです。彼らはあまりにも悪人さかえて善人亡びる実例を、たくさん見すぎたのです。彼らの生活した社会には、悪代官、悪領主、悪将軍、悪地主、悪商人が現に横行し、彼らの日常を身うごきならぬほど支配しています。この世の仕組みでもかわらぬかぎり、この定めから逃れることはできません。彼らの祖先も、親も、子も、孫も、みな同じこの仕組みの下に生き、そして死んで行く、そのあまりにも決定された運命！　それをゆりうごかすのは、ただ宇宙的動力、すなわち因縁しかあり得ません。人間が死んでから犬や牛や馬に、または更に他のあらゆる人間以外のものに生れかわるとは、何というすばらしい発見であったことでしょう。それは息苦しい、この世の仕組みをゆり動かし粉砕し、嘲笑する力さえあるではありませんか。この世の絶対者、この世の強者、この世にのさばるイヤな奴らが犬や牛や馬になり得るという定理が実証されるためには、自分たち弱者が御同様に動物に生れかわるぐらい、タカのしれたことではありませんか。奴らも生れかわってくるぞ、この宇宙的動力のまえには奴らだって俺らと同じに無力なんだぞ、という痛快さが、自然に対する一種の恐怖の念と共に、むずかゆく彼らの体内を走りぬけたにちがいありません。

そのむずかゆいような感覚、他人から視《み》たら滑稽なけいれんにしかすぎないが、当人には真剣な感覚、それは現在このようなあいまいな問題を解こうとしている私の脳から背すじにかけて、やはり走りぬけているのです。この感覚は一体、方程式の解決に対する楽観を意味するのでしょうか、それとも悲観でしょうか。

私の立っている場所は、幽霊や、「生れかわり説話」の発明者たちの場所とかなりへだたっています。時代や環境がちがっていることはもちろんですが、彼らが集積された莫大な体験の厚みに足をつけて、みんなして年月をかけて自然とその発明を生み出したのに、私の方は個人の、バラバラに突起する細い棒の一本の尖端で、風にゆられながらものを言っている、その大きなちがいがあります。善悪の問題は共通の対象として外部にあるよりは、個人々々の内心にあると昔から言われていますが、それにしても、私ばかりでなく現代の知識人にとって、ごく不安定な瑣事、ごくささやかな神経の末端で、この問題が感覚されていること、これはごく現代的な重要な現象でありましょう。自分に対する嫌悪と同時に自分に対するいたわり、人間尊重とともに人間蔑視がたえまなく、チカチカとあらわれ、とらえようもない混沌の中にうずくまりながら棲息している、その棲息の中での善悪論であることが私たちの第一前提です。

私たちは幽霊にならないですむばかりか、案外、他人を幽霊にさせてしまうかもわからないという妙な自覚を持っています。みんなが生れかわるかも知れぬと考えて痛快な気分になることがあるくせに、またそうでもない、そうなってはたまらぬという安定に対する執着心もあるのです。これは何故でしょうか。

『ガリヴァー旅行記』は、アメリカで色彩漫画になりました。「小人国」の部分だけが子供にわかるように巧みに漫画化されています。そして主人公ガリヴァーは、誰が見ても気持のよい、人間みの濃い、しかも力のある人物です。彼のゆったりした、優越者のやさしい眼から見れば、小人たちの真剣な、エゴイズムそのもののような生活は、苦笑するより仕方ありません。王宮の行事も、王国と王国の戦争も、悪だくみも、冒険も、みんなみじめに、小ざかしく、間が抜けて見える。ガリヴァーが指一本のばせば、小人たちの救いようのない難事件でさえ解決されてしまいます。ですから小人たちが悲壮な、どぎつい表情をむきだしているのに、ガリヴァーは常に微笑しています。彼は自分が善者であり強者であるという自信にみち、自分だけがヒューマニスティックな行為を、小人国においては堂々と保持できることを楽しみ喜んでいるかの如くです。しかし彼は小人国の住民ではありませんから、小人たちに惜しまれながら、ただ一人ボートに乗って海を渡って行きます。小人たちは涙をポロポロこぼして別れを悲しみます。何故ならば、ガリヴァーは彼らにはとてものぞめないほどの善者であり強者であり、絶対に公平な救世主であるからです。

さて私たちがガリヴァーでないことは言うまでもありません。私たちは小人であり、しかもガリヴァーの支配を持たぬ小人です。そしてその小人中の知識人たる私たちは、単なる小人ではありません。この小人は、ガリヴァーがもし大人国へ漂着すれば、自分たちと同様、みじめにあわてふためく小人と化してしまうことも知っています。小人国に於けるガリヴァーのようなヒューマニズムの実行者になれればいいなあという願望もあり、その時のガリヴァーの大まかな手足の動かし方もよく心得ていますが、それにしても自分たちが依然としてエゴイスティックな小人たることは寸時も忘れることができないのです。小人であることを意識しない小人たちが沢山いることはもとよりです。しかし少くともインテリ小人にはその意識があり、しかもガリヴァー的善者を夢想するか、あこがれるか、予感するか、ともかくその存在にひっかかっており、なおかつ、ガリヴァーだって大人国へ漂着すれば自分たちと同一運命だと推定しています。聖なる統一者をどこかに認めながら、それが信ぜられず、人間のガリヴァー的善をのぞみながら、それがただ小人国に於てのみという限定からはなれることができないのです。

知識人が強者になり得るか？　これは知識人、文化人が善悪に関し想いなやむ場合、まず考えてみるべき問題です。

私たちは、古典を残した文学者たちが強者だったことを知っています。そして彼らが真の文学者であったことが、何かしら彼らがその善を守りつづけた証明であるような感じをあたえます。文学者にとって真に文学者であることが、そのままこの世の善であるのか？　これはもう難しい前途を予想させる推論です。偉大な文学者はつねに強者であった、ことは認めてもいいでしょう。しかしその文学者の強さとは何であったか、それが明確でなければ、彼の善についてとやかくのべることは不可能です。

私は文学的強者の実例として『テスト氏』をあげてみます。テスト氏はそれを創造したヴァレリーの強靱な知性の結晶です。そしてテスト氏の私たちにあたえる一種微妙な詩は、よく発育した知慧の肉体の瑞々しい強さにあると言えましょう。彼があまりの知的強者であるために、つまり彼の「存在」があまりに明確であるために、私たちが手近に持っている「善悪」のあやふやな物指や秤では、彼の善悪はははかりにくいようです。彼が善悪を超越しているからではなく、彼が暗示する善悪の形が、あまりに知的で、あまりに根本的で、あまりに未来性に富んでいるため、私たちはそこに全く他のものを見てしまうか、或は何物をも見ることができません。

小林秀雄氏の訳によると、『テスト氏』の中には、悪の問題にわかりやすくふれている部分が少くとも一箇処あります。テスト氏の夫人に向って、夫人の敬愛する牧師が、テスト氏のひととなりを批評するくだりです。彼はテスト氏にくらべては鈍くても、なかなか頭の良い牧師であり、かつ牧師であることによって、我々知的弱者に親しい言葉を口走ります。

牧師の考えではテスト氏はまず「孤立と独特の認識との化物」であります。そしてテスト氏の所有している倨傲が、彼をそんな不可解な物にしてしまったと言うのです。その倨傲は、実際の生きたもの、ただ現在生きているものばかりでなく、永遠に生きているものを悉く除き去ろうとするような倨傲だそうです。それはもう少しで、実に憎むべき悪魔のような倨傲になりかねないものです。ただそれがそうならないですんでいるのは、テスト氏の鍛錬に鍛練を積んだ心の中では、正確に自己が知りつくされ、かつ惨酷に自己が遇されていて、そのため悪というものの本源まで凋んでしまっているような状態だからです。

「あの方は、善に没頭することはひどく拙いが、悪には手極《てぎわ》よく専念している」とも言っています。テスト氏は一見おだやかな平凡人であり、夫人の眼から見れば「神のない神秘家」でありますから、「善に没頭することが拙い」、「悪に手極よく専念している」といっても、それは例の我々の弱々しい判断によるところの善人悪人ではありません。善がまずいのは、おそらく、わからないことをいいかげんなところでわかったとして自信ありげに騒いでいる人々の仲間入りができないからでしょう。また、悪に専念しているというのは、おそらく人間の精神の内臓の形や重みや匂いにあまり興味を持ちすぎ、あまりハッキリとそれが瞳に映ってしまっている。そんな状態を指すのではないでしょうか。

さてテスト氏、彼は一種の倨傲を持った、精神の孤島の住人です。そしてやはり遺憾ながら強者なのです。彼がもう少し知的に弱かったなら、彼は「善人」になれる。或は「悪人」になれる。しかし彼は彼の知的訓練で、悪の根源まで凋ぼましてしまっているのです。その意味で、つまりこのような奇妙な強弱善悪方程式の解き方を暗示している意味で、遂に『テスト氏』は、新しい勧善懲悪の物語かもしれないのです。

テスト氏は存在できません。存在できないことが私たちをテスト氏に結びつけています。私たちがテスト氏に魅惑される、或はただ彼のことを想いうかべるだけで、私たちは自分の非テスト性、すなわち精神的弱さを感じてしまいます。私たちはこの弱さに安住し、ささやかな楽しみを守ってもいいし、強さにあこがれて、憎むべき倨傲に近寄ってもいいのです。その内容形式は受ける人によってことなるにしろ、テスト氏は文学者の心に、文学的善と悪、精神的強と弱の新しい難題をつきつけてきます。それは幽霊や因縁物語が、かつてこの世の秩序を動揺させ転倒させるかと思わせる不安をあたえ、そのことによって庶民の悲しみと喜び、この世の肯定と否定に新しい光りをなげかけたように、現在の私たちを動揺させ転倒させることによって、私たちの善悪強弱論に一種の可能性、一種の脱皮をあたえるかのようです。

善をすすめ、悪をこらしめなければなりません。それはなお継続するでしょう。そしてそれは方程式の解法の無限の可能性を信ずることでもありましょう。つまりはそれを解く困難さを身にしみること、そのことによってまず自分自身の動揺転倒を愛すること……。ああ、だがどうして神はこのような奇怪な方程式を私たちに下さってしまったのでしょうか。この未知数のからみあいが残っており、かつそこにあてはまるべき数字の性格が変化して行く以上、勧善懲悪はこれから先どれほど変貌し、どれほど我々を仰天させることか、それをせめて文学の命脈いまだ尽きざるの証として喜ぶべきなのでしょうか。

中国の小説と日本の小説

中国と日本、アジアに於けるこの二つの国のそれぞれの文学者がつくり出しているそれぞれの小説作品を比較してみて、まず最初に感ぜられるのは、両国の文学者の心理状態のはなはだしい喰いちがいである。もちろん両国文学者たちのさまざまな個性は、これを同一の枠にはめこんで性急に論断するのはむずかしいが、彼らの複雑な心理状態の底を流れるものが一つだけ、互いにかけはなれていた。この喰いちがい、かけはなれは、その時々の両国各々が胎内にはらむ国内状勢によって多少その度合に変化を見たが、日本がかつての中国と同様な状態におちこもうとする今日においても、依然としてつづいている。

文学者はいずれの国に生まれても、美について倫理について人一倍敏感であり、自分という個人、その自分の属する民族、社会、国家の現状について徹底した観察をせずにいられない。ことにアジアの後進国に生まれた文学者は、自己及び自己の周囲に対して、厭でもその暗い否定的な面を感じとり、先進国の文明光線によってあらかさまに照らし出された、こちら側の皮膚の醜さに敢えてふれてみる。一般人に先だって一種の「うしろめたさ」を自己の創作衝動の底に凝固させ安定させていた。この

「うしろめたさ」から出発したことでは両国の作品は一致している。ただその「うしろめたさ」の内容が異っていたのである。

漱石と魯迅を比較してみるがよい。漱石のみらず荷風、潤一郎等も、後進国から先進国にむりやりのしあがろうとする日本社会の焦燥、それにともなうよじくれた姿勢に、堪えがたい不安と不満を感じた。彼らは自分たちの夢想し希望する文化的な近代と全く性質を異にした「近代」が、眼前にでっちあげられて行くのに反感を抱いた。近代の美のかわりに、擬似近代、あるいは偽近代の醜を見せつけられ、日本に於ける近代の形成そのものに失望した。その結果、政治、経済的な日本の拡張発展に同調するかわりに、古き美、冷たき心理、孤立した個人の内部へと歩み去ってしまった。

魯迅の場合も（『阿Q正伝』に示されるように）非近代的な中国生活の愚劣さに対するはげしい怒りが、わが身の腫物をながめるような身ぶるいとなって、噴出した。阿Qの肉身にしみついた古き悪をへぎ落す行為、そのような悪からの自己変革の過程を自分の文学の修行の路として定めた。しかし中国の近代化は表面的には、日本のように急激に促成されなかった。アジアに於ける一国の発展が、他の一国の発展をさまたげ圧迫するという不幸な運命がそこにあった。魯迅は漱石のように『満韓ところどころ』を書かせるために、半植民地化された隣国に対する自国の経営状態を視察させてくれる満鉄総裁を友人に持ってはいない。そのような紀行文を日本の作家が中国の領土内へでかけて来て書くような異常な状態を、憤りをもって眺めねばならない立場にある。

彼らには日本の文学者のように、自国の近代的発展なるものが生み出す厭悪すべき疑似文明を傍に立って冷眼視する機会などはあり得ない。そんなゆとりはない。最初から日本的な近代へののしあがりの路は彼らの前には完全にとざされている。ことがアジアの近代性の問題に関するかぎり、彼らは悪を生み出す側にはなく、生み出された側にある。彼らは、その種の悪にみちた日本の近代化に対して、憤怒の念を抱くことはあっても、自国の近代化に対してはまだ希望を失ってはいなかった。むしろその憤怒のなかにのみ、希望が残されていたと言えるのである。日本に於けるようなアジア近代化の実験をまがりなりにもつづけさせるための血にまみれた材料を、日本に提供することを強制されるばかりである。

この日本的異常な、はなはだ無理をはらんだ実験は、ひとり政治経済的な面でばかりつづけられたものではない。それを批判し冷眼視した文学者の存在にもかかわらず、西欧風な近代小説を形式だけでも移植しようとした明治以後の日本の文芸運動の中に、やはり何度かこの種の実験が試みられて来たのである。と言うのはつまり、日本人は（文学者をもふくめて）このようなアジアの一角に於ける急速な権力と富の集中とによって、ともかく日本一国だけは一等国として、近代世界に伍して、自己の独立と繁栄を保持できるであろうという夢にとりつかれていたからである。彼らは自己の未来に対して「漠然たる不安」を感じたにしろ、またことに文学者はもとより独自の近代にまつわる暗さを予感し理解し得ていたにせよ、しかし中国人、特に中国文人の骨身に徹した暗さを予感し理解する点に於ては、許しがたく欠けていた。『将軍』を描いてあれほどまで冷徹な批評家であり得た芥川龍之介が、『支那遊記』に於ては、いたずらにとぎすまされた感覚の断片を走らせたばかりで、ついに大陸国民の苦悩を自己の問題としてとりあげ得なかったのである。

侵入し、奪い取り、押しつけ、傷つけ殺す方の側と、侵入され、奪い取られ、押しつけられ、傷つけられ殺される側、このような日本と中国との政治的関係をそのままに内包したかたちで、その結びつきの上に、両国の文学者は各々その小説を書きつづけていた。日本の作家がヴァレリー、ジイドの知性にあこがれ、いろいろなニヒリズムの肉ざわりも知覚し、ドストエフスキーの神か社会主義かの対決の場にもたちあったりした。それらの真面目な探求は、真面目であればあるほど、実はこの両国のむすびつきの漂わす血なまぐさい政治臭、今にも断ち切れそうな、アジア民族の縄のきしみと無縁のものではあり得なかった。そして中国作家が自己の世界文学への接触に於て、如上の日本作家の探求とは全く別個な方法をとらねばならなかったのも、同じ政治臭、同じ縄のきしみのためであった。横光利一の『上海』、阿部知二の『北京』は、共に漱石以来うけつがれている、安定し、おごりたかぶる日本政治権力に対する個人としての判断力をもち、西欧風なヒューマニズム、西欧的な知性、そして何より西欧的小説技術を縦横に駆使した優れた作品であるが、それにかかわらず、その根底には優越した異国人としての旅情や、動機を傍観して長編に構成した作家的意欲の下に、中国作家が共通に日常的に、ごく素朴に感じていたはずの屈辱感と相容れないものが含まれている。

　日本の作家は、自国の文明の偽近代性にあいそをつかし、その近代化なるものの正体を冷静に観察し、それに悩む誠実さは具えていた。しかしアジアに於ける一風変った近代国家創造の実験に、その実験者の一員として運命的に立ちあっていた。（プロレタリア文学者もこの運命を免れていない。詳細に説明しなければ誤解されるであろうが、彼らの日本的性格はある意味では日本文壇のそれと同一血脈にある）それ故、彼ら文学者のうしろめたさは、（倫理的なものであろうと、芸術的なものであろうと）、日本が日本的に近代化されて行く過程に於て、そのような「近代」に住み、そのような

「近代」の「美」（それにつれて悪）に離れがたく結びついているうしろめたさである。それは或る場合には完成されたヨーロッパ小説に対する芸術家としての創作上のうしろめたさであり、また他の場合にはアジアに充満する他民族の圧迫された状態に対する生活感情的なうしろめたさであった。自己の精神の外部に遠くはなれて厳として存在する先進国の近代芸術と、自己の生存の周辺に密集してひしめくより後進の民族のうめき声、その両者におびやかされた、偽近代人のうしろめたさであった。自己の芸術の反省された見本は白人の手にあり、自己の運命をさし示す見本は、白人以外のアジア全住民の生活の中にある。白人に対するあこがれと、白人に対する畏れとが表裏をなしている。

中国作家の場合、この種の二重性のうしろめたさはなかった。

中国文学者は日本的な「近代」が日本に於て確立されて行く以上、自己の生存ばかりではなく芸術までおびやかされると確信していた。その日本的実験を破壊する以外に、自己の民族、自己の文学を守って行く方法はない。文学論とは、その破壊のための彼ら自身の実験の技術戦術にほかならない。彼らは日本の文学から、その戦術に役立ちうるものしか移入しなかったようである。

魯迅が文学革命の当初に中国古典と断絶せよ、と青年に明言したのは、中国の独立をなしとげるための実験に先だって、生存感情から、今までのしかかっていた儒教文化に厭悪の念、一種の恐怖を感じたからにほかならない。『二十四孝』に語られている、老婆をやしなうためにわが子を生き埋めにする両親の物語や、貞節を示すために自分の腕を断つ感心な嫁の伝説は、少年時代から中国作家の脳裏を去らなかったのである。戦後の日本に於てたんに世界文学と比較しての文芸手法の問題として、伝統の断絶がささやかれた、あのような知性的弱々しさをともなうものではなかった。文学革命をになった文学者たちは、遠くはなれたヨーロッパ芸術作品にあこがれの手をさしのばすより前に、まず自分たちの阿Q的生存状態にかぎりない屈辱を感じなければならなかった。阿Q的現実をはなれて、ヴァレリー的知性に飛躍するチャンスは何人にもあたえられていなかった。（ヴァレリーの序文に飾られたフランス文の著書を発表した中国詩人がついにその祖国で花ひらくことができなかったのは、才能の問題ばかりではない）アジア人のうめきは、先進国の文学論を仲介としないでも、直接に彼らの小説の発想につながり得たのである。彼らは上昇期の日本帝国内の良心的な作家のように、芸術的完成とアジア的未来の間の矛盾を、うしろめたさの二重性として背負ってはいなかった。そのため抗日とか反帝とか、一見非文学的課題と目されそうな目標も充分に文学者の全身的任務となり得た。彼らのうしろめたさは、ただただ、非近代的な中国が、さまざまな形式と内容を持つ近代的諸国家群にとりかこまれ、動きのとれぬ現状にある、それを放置しておくか否か、その一事にかかっていた。その現状を打開できない以上、あるいはそれを打開する運動に参加しない以上、彼らは文学者としての生命を、その瞬間から消失しなければならなかった。林語堂を中心とする小品文一派（軽妙な諷刺的エッセイストの集団）が国民党官僚の腐敗やこわばりを、かなり冷嘲的に分析し攻撃したにもかかわらず、魯迅及びその系統をうけつぐ青年作家群から批判をうけねばならなかったのは、彼らのグループが明朝末期、清朝初期の文人たちの個人的な虚脱と達観と反逆とを、消極的な抵抗の面、主として自由なる精神というヨーロッパ文芸復興期に似かよった面でばかり発揚させようとこころみたからであった。彼らの皮肉な文人風な咏嘆よりはるかにエネルギッシュな抵抗が、湖南江西の農村に発生していた。やがて発生地を遠くへだたる西のかた陝西省に移動して、その山岳地帯の非近代的生活の中にそれは保たれていた。そのエネルギーを良しとするのは、あながち、一主義を最高とみとめてその線に沿うという、セクト的政略とはむすびついていない。より広範な、それ故にごく平凡な明日の暮しをおもんぱかる貧しく無知な夫婦の気のくばりに通じていた。

(共産主義者の独裁下にある一九五〇年の中国に於て、もっとも政治の中枢部に近く、もっとも重要な発言を許されている文学者、たとえば郭沫若と茅盾の如きは、かつて共産党員であったことはないし、その非合法運動に参加して入獄した経験もないのである。ウルトラから脱落者の刻印を打たれかかった魯迅を、よく最後まで理解したのは毛沢東であった)。

両国文学者の創作心理の底流を比較するために、やや気短かに私小説の問題をとりあげてもよい。

日本国内の留学生のあいだに企てられた創造社の文学運動は、その初期にかなり多量の私小説的作品を生み出している。今次大戦中、南洋で悲惨な死をとげたと伝えられる郁達夫は、『沈淪』によって代表される頽廃生活を自然主義的に告白した一連の私小説短篇で自己の創作活動を開始した。それらは自虐的で誠実一点ばりである点、或る種の日本の私小説と酷似していた。創造社の系統ではないが、まっさきに中共地区入りした女性作家丁玲も、唯美的な個人生活の記録を、すぐれた感能的描写で記録した作品を残している。創造社の主要份子たる郭沫若に至っては、彼の主要作品の大半は自伝小説から成りたっている。幼年時代、日本留学時代、上海時代、北伐従軍時代、すべて忠実な私小説的作品として記録をとどめている。中国歴史に材をとった詩劇風な作品、及び狂暴なまでのロマンティックな詩想につらぬかれた詩作品以外はすべて、彼の個人生活にからまる詩的な悩みを豊富にもった、かなりパセティックな心情吐露の文学であった。

これら一時期において私小説作家として定着しそうな傾向にあった人々が、やがては社会小説的舞台へとむすびついて行く、或はそのように自己変革をとげる可能性を育てたのは、彼らをはぐくんだ社会状勢の苛烈さ（丁玲はその最愛の夫を国民党政府の手によって虐殺されたし、郭沫若は蔣政権の圧迫をのがれて日本へ亡命し、抗日統一戦線が結成されるや日本から脱出した）にもよるが、やはり何といっても、中国文学者の共通に保有した「うしろめたさ」の単純明確さによるのである。

彼らの私小説的な悩みは、たとえば仲秋明月の夜に一家つれだって散歩に出た上海租界の一隅で、「犬と中国人は入るべからず」の立札を目にして引返さなければならぬ、その種の社会人的屈辱と密着していた。明月という自然現象までが、被圧迫者の屈辱を忘れさせないのである。それ故に彼らの絶えざる反帝闘争の記録はすべて、戦闘行為の歓喜、戦うことの喜びにみち、それを疑う必要はなかった。社会的行動は全く日本文化人的「うしろめたさ」をともなわなかった。

しかるに、日本文学者の「うしろめたさ」は、第二次大戦後、つまり日本がかつての実験にみごと失敗し、東方土民の一種たるの運命を甘受せんとする今日、ますます複雑な様相を呈さねばならないのである。ヨーロッパ的芸術完成へのあせりと、東方土民の未来が今や全く自己の運命と化した現状に対する身ぶるい、この二つの「うしろめたさ」に引きさかれた分裂症状は、はげしさを加えている。もちろん日本の文学土壌の成分を知悉している日本作家たちが、ただちに中国作家の肯定的態度、進歩に対する楽観、社会小説への突進を、そのままうのみにできないのは当然である。戦後文学がこぞって試みた極端な条件の下における人間の異常性の探求は、彼らが自己の存在にまつわる罪悪感、或は倦怠から自分流に脱出せんとしたあがきに由来している。すべての日本の戦後文学がたたかうことの本能的歓喜をのべるのを拒絶したのは、連合国の権力がそれを禁止しているためばかりではない。彼らの「うしろめたさ」はそのまま肯定的な人間像、真なるもの美なるものの謳歌を不可能にして、正義のよりどころを混迷におち入らせているからである。それに加えて、一度肌にしみたヨーロッパ的教養は、そう即刻にはあきらめ切れるものではない。すべてのアジア的現実に対して耳と目をふさいでも、ヨーロッパ的知性の確立に執心する善意の人々が存在しうるのもそのためである。

　安易な風俗小説が中国に現れたのは、占領された上海の買弁文壇の特殊ジャーナリズムの上だけであった。日本の風俗作家たちはレアリズムを疑っていないらしいが、中国の長篇作家茅盾も同様にレアリズムを疑っていない。しかし『紅楼夢』の近代的発展をめざした茅盾の『霜葉は二月の花に似て紅なり』の重量は、日本の風俗短篇とは比較にならない。数限りない易世革命の経験と、『紅楼夢』『水滸伝』その他、人間関係を空間的に捉え、人間宇宙の横のつながりに飽くなき関心を寄せた長篇読物をあてがわれていた中国人が、軽いタッチで描かれた瞬時の一光景を小説とみとめぬのは当然である。

　肝心の小説概念の問題、具体的な内容形式の比較にふれられなかったが、如上の作家心理のごく初歩的な喰いちがいを何百回何千回となく想起してみなければ、私たちは日本の小説の特殊性について、アジア人としての反省を徹底させることはできないであろう。

『未来の淫女』自作ノオト

昭和二十一年、第一作「才子佳人」が先輩の好意で発表されてから約一年、私は何を如何に書くべきかまったくの昏迷状態にあった。この作品は戦時中の草稿に手を加えたにすぎず、浪漫抒情を古語古詩の美的土壌に探るというその意図は、戦後の持続が困難であった。美も真も善も、新しい自我の鑢《やすり》にかけ、重苦しい巷塵を通過した複雑な光線で灼き試みてからでないと、創作を誘い、小説を生む力はない。このきまりきった過程に苦しむうちに「秘密」「審判」の二作を得た。しかし新しい自我、第二の「私」はそうたやすく確立はできない。おのれの醜、おのれのエゴイズムを発見しただけでは、芸術の魔神は遠ざかるばかりである。

昭和二十二年、北海道大学法文学部に就職がきまり、その準備にいそがしい五月、「蝮のすえ」にとりかかった。書きはじめると珍しく意欲が燃え、そのため講義ノートもそっちのけとなった。「進路」というあまり目だたぬ雑誌に、三回にわたって連載した。ページ数の少い当時の月刊に無理な枚数を許されたのは、ひとえに編輯者杉森久英氏のおかげである。杉森氏は後に河出書房に入り、同社発行の「序曲」同人として私を迎え、「愛のかたち」を書く機会をあたえてくれた。彼の編輯する

「文芸」にも次々と短篇が買いとられた。「メサの使徒」はその一つである。「蝮のすえ」は「近代文学」の同人諸氏に好評を得て、それが縁で私は彼らの仲間入りすることとなった。荒正人氏がドストエフスキー系列の一員に私をかぞえ、平野謙氏がアンチ・ヒューマニストの新人として友情をもって紹介してくれたのも、この作品が思索社から発行された直後である。高等学校を同じくしながら一面識もなかった福田恆存氏との間に親しい交わりを結ばせたのも、この作品である。題名は、言うまでもなく聖書に拠る。バプテスマを受けんとして来たパリサイ人《びと》及びサドカイ人《びと》に向ってヨハネは言う。「蝮の裔よ。誰が汝らに来らんとする御怒を避くべき事を示したるぞ。さらば悔改めに相応《ふさわ》しき果《み》を結べ。」「マタイ伝」ではイエス自身、偽善者たちに向って「蛇よ。蝮の裔よ」と呼びかけている。

「近代文学」に参加してから、旧稿を改作して同誌上に発表したのが「詩をめぐる風景」。まだ私が中国文学研究に従事していた頃、「揚子江文学風土記」なるものをひきうけ、四川省に於ける杜甫の生活を調べたさいの副産物である。「呂大后遺書」「廬州風景」と共に原稿を一冊に綴じあわせ、二、三の友人に回覧してから保存した。十二月八日以前のことで、「才子佳人」に数年先だつもの。旧名は「草堂」、長江に臨む丘の上の隔絶された小宇宙がすっかり気に入り、果樹園のある荘園風景に魅せられた単純な楽しさが筆を執らせた。

「夜の虹」(「人間」二十四年九月号)の主人公石田は、北海道滞在中、コーヒー店のストーブの傍で竹之内静雄氏から聴いた、脱獄常習犯白鳥の話からヒントを得た。題名は、稲垣足穂氏の下宿先に泊りこんだ一夜、「題を一つあげましょう」と氏からいただいたもの。氏は虹をとくに霓と指定したが、氏の玄想の美は望むべくもないので無断で改めた。紆余曲折の九十枚、論理的に現象をつきつめて行く努力の大切さが身にしみて、自分にはよい薬であった。舞台として借用した目黒署が戦火に遭っていないくらいだから、空襲の場面はすべて想像である。そのためか、わざとらしさを攻撃する方もあり、中村光夫氏など肩を持ってくれるひとも出た。不可抗的な殺人がテーマなので、野球ボールで友の命を奪ったという一青年から、手紙をもらったりした。

「夜の虹」で苦労したせいか、二十四年後半期は筆力を増して、「海肌の匂い」「未来の淫女」など内容形式さまざまな作品が、割に自然に生れた。「海肌の匂い」(「展望」十月号)は編輯者M氏と、静岡県田方郡内浦村の重寺《しげでら》という漁村にでかけ、高校時代から知合いの漁夫の家に十日ほど厄介になり、ノートを貯えた。大謀網の船に乗せてもらった日が意外な大漁で喜んだ漁夫たちはその夜、獲れたての鮪《まぐろ》肉を携えて来訪した。遠くからでは表面を紺碧に輝かせるだけの内海が、身を沈めると足下数丈、岩や海草や魚類に飾られ、明るい緑色から暗い紫色、ついには黒色に至るまで、複雑な晦冥世界をひろげる。その厚い海水の層を、網を破った数千の鰹《かつお》の群がギラギラ斜に横切って行く幻想が、十五年間続いた。出来ればもっと詩的に、それを歌いあげたかったのであるが。

「細菌のいる風景」「悪らしきもの」等、私には戦場が忘れられね傷痕を残した。傷痕ではあるが、それは私の生の一部、ことに目くるめく烈日の記憶である。戦争を離れては私の作品は一つも成立し得なかったであろう。「兵士は最も自然に接する機会の多い職業である」と「武蔵野夫人」にある。この自然は、同時に人類という社会的生物の、環境に対するかなり自由自在な反応能力を立証する。兵士たちは自分が自然を視《み》る以上に、自然によって自分を嗅がれ、嘗められる。つき出された戦場の鼻、唾を噴く戦場の舌は、彼らの視線に一定の方向をあたえてしまう。生の根源の方へ、厭でも首をねじむけられるのである。

「メサの使徒」は、このねじむけられた視線の先に立つ未来の壁に附着したしみの戯画である。使徒を使途といみじくも誤植した広告文があったガ、メサ団員の使途は、最近めだって増加したもようである。他人の雄弁の後に「と彼は言った」と仙波氏が附加える一句は、神田界隈で流行したと噂に聞く。この作品の勝手気ままな文体は、「異形の者」のそれに直結している。スタティックな名文の不得手な私に、この文脈が多少油を挿し、砥石をあててくれたように思う。

「未来の淫女」（昭和二十四年十月、「別冊文芸春秋」第十三号）は「血と米の物語」（同年「風雪」十月号）と共に、長篇の一部である。社会小説なるものを、野間宏君とは異ったやり方ででっちあげるのが、私の念願の一つである。彼の如き膂力《りょりょく》や信念に恵まれぬ私は、文字通り乱暴にでっちあげるより方法がない。馬伝事件、馬屋一家、同光子は、もちろん一般的象徴であって、特定のモデルにしたがったものでない。ただし光子的存在、光子的運命を身ぢかに感得したことが、私に創作への（勇気というには軽薄かも知れぬが）衝動をあたえた。「彼女」は、連鎖反応を無限に起す原子核的人物となった。「女の部屋」の花子、「第一のボタン」のカミノハナ等、「彼女」は気ままに核分裂して、私の人間物理学にかすかながら、一つの筋目をつけた。庶民的な、動物的な、無意志の意志を代表するような、やや嘲笑的な姿勢で手脚をひろげる光子を、リラダン先生御指導、エジソン博士御製作の電気人形イヴの如き洗錬された一箇のヒロインに仕立上げることは、私にはできない。彼女たちによって、自分の「学説」を撹き乱され寸断されるのが、私の「研究」、つまり小説構想の第一歩となることを望むのみである。

右顧左眄《うこさべん》と批判されるほど、一貫しない作風であった。「観念派」「要領がいい」「正体がわからぬ」、非難はさまざまである。欠点だらけはよく承知しているが、ことさら新を追い奇を衒《てら》ったおぼえは全くない。その時々に、書けることを書ける形で書き綴って来たに過ぎぬ。親切な批評家を多数友人に持ったおかげで、どうやら発表作業を継続できたが、読者にはずいぶん迷惑をかけた。文体の破壊と復活、うまれかわりの逆行と早駈け、これからの難業苦業は想うだに身の毛もよだつが、まだ廃業の意志はない。「毒を喰わば皿まで」という通用語は、別だん否定的な意味ばかり示すのではないと思う。執念ぶかく自選集まで出した照れ臭さをまぎらすために、古語を借りれば、

士は己を知る者のために死し
女は己を悦《よろこ》ぶ者のために容《かお》をつくる

武田泰淳

一九五一年三月十八日

魯迅とロマンティシズム

一九二八年の四月六日に、「申報」の「長沙通信」を魯迅は読みました。そしてひどく感動して一文を草しました。そのわずか百五、六十字の文章が、そのころ流行していた「革命文学」よりよほど彼には力強い感銘をあたえたのです。

それは、湖南省で発覚逮捕された共産党省委員会の青年たちの処刑に関する、簡単な記事であります。それをわざわざ魯迅は書き抜きました。それは大体次のようなものであります。

その日、死刑執行のうち、馬淑純（十六歳）、馬志純（十四歳）、伝鳳君（二十四歳）の三犯人は女性であるため、全城の男女の見物人は押すな押すなの混雑で、そのうち首魁の郭亮の首が司門口に晒し物になるというので出かける者は更に増した。司門口、八角亭一帯の交通はこれがために断絶した。南門一帯の民衆は、教育会で屍体を見物してから、司門口の首の方へ廻った。全城大騒ぎで共産党狩りの空気がみなぎり、夜になって、はじめて人足《にんそく》が昼間よりやや減じた。これはまことに暗澹たるニュースであります。年少有為の人々が、殺されて行くことが暗いばかりではありません。それを見物するために民衆がゴッタ返していることが暗いのです。

その頃、魯迅の小説は革命文学派から、暗黒を暗黒として書き、抜け路のない現実ばかりつきつけると非難されていました。暗黒をまき散らして冷酷に沈黙しているのは革命を阻礙《そがい》するものだとさえ攻撃されていました。しかし魯迅にしてみれば、現実が暗黒であり、抜け路がないからこそ革命があるわけで、いたずらに光明の未来を看板のようにぶらさげても、そのような文学にリアリティを認めるわけにいかなかったのでした。「文学革命から革命文学へ」と叫んで、文学の政治化を性急に企てた、一種ロマンティックな、また一見行動主義的な若い文学者の運動を彼は冷眼で眺めていました。その彼の冷眼には、この新聞記事の方がよほど革命文学であり〝レアリズム文学〟であったのです。

「アンドレーエフは何とか我々を恐怖させようとするが、我々はこわがらない。そうでないチェホフの方が我々を恐怖させる」というロシヤの批評家の言葉を彼は引用しています。善意にみち、興奮し、前進をのぞんではいるが、何処かひ弱い革命的ロマンティストたちから、「有閑」といわれ、「封建的」といわれ、「没落者」とさえいわれた魯迅が、その敵の大げささを好まなかったことの中には、チェホフの文学の恐怖、ひいては人間の恐怖をまず感じとっている文学者としての自覚がありました。「創造社」「太陽社」等、優秀な才能を持った若い世代の文学グループの眼には、この彼が「一にも冷静、二にも冷静、三にも冷静」と映ったのです。若い世代は『阿Q正伝』をはじめ、短篇集『吶喊』におさめられた諸作品のあまりの暗さに不満でした。これら魯迅に対する不満の中には、魯迅をして絶望を感じさせたほど、救いがたく、えげつない青年のでたらめな罵りがありましたが、また純真な世代のまじめな攻撃がふくまれていたことはまちがいありません。では何故そのまじめな人々が、魯迅の暗さにたえられなかったのでしょうか。

日本留学生の間から生れた「創造社」の人々は、その出発において、どちらかというと芸術至上主義的でした。詩的精神を重んじ、個性の自由を愛し、美の女神の下に狂死せんばかりの勢いでした。自己の醜さ、弱さ、動揺を告白する私小説的方向も見られました。私の恋愛、私の日常が、歌いあげるようにして、あからさまに語られました。（現在、中国の文化界で指導的地位にある、郭沫若、成仿吾のような人々が、その文学運動のふみ出しに於て、このような立場をとっていたことは重要です）。あまりにおくれた、あまりにもひからび打ちひしがれた自国の文学に香気と戦慄をあたえるためには、そのような情熱的な身もだえが必要だったのです。彼らは時には、咏歎的に、時には象徴的に、時には破壊的に、内面にみなぎるものをつかみ出し、投げつけようとしました。燃えあがる宇宙の詩、悲壮な歴史劇、沈淪頽廃の記録などが瑞々《みずみず》しい痛烈な感覚で、こわばった旧文化の皮膚にしみ入ったのです。

ところがこの芸術派の人々が突如として革命主義に転じました。この急激な転回は、かつての日本の新感覚派の人々のプロレタリア文学への突如たる転向に類似しています。ただ中国の場合、この転変が意義ある発展として今日まで持続し得たのでした。しかしいずれにしても、それが突如たる変化であるかぎり何かしら情熱的な飛躍、いわば子供らしい驚きと身ぶりがともなったことは言うまでもありません。アッという間に昨日の唯美主義者が、荒々しい政治主義に突入してしまったのでした。

その模様を示す一例として、一九二四年に東京の郭沫若から中国にいる成仿吾に宛てた長文の手紙があります。その手紙で郭沫若は、我々はもっとも有意義な時代に生れあわせた、人類の大革命の時代に生れあわせた、と呼びかけ、私は今や徹底的なマルキシズムの信徒となった、と告げています。

郭氏はその時の日本渡来にあたって、三部の書物をたずさえていました。『ゲーテ全集』と河上肇の『社会組織と社会革命』、それにツルゲーネフの『処女地』でした。この三冊の異質の書が、彼の心に一つの炎となって発火したことに創造社の革命的ロマンティシズムのタイプを知ることが出来ます。

大震災後の荒廃した東京、浅草の観音堂の池のほとり、曇り日の亭の下にたたずんで彼は何を考えたのでしょうか。彼は映画館で『クオヴァディス』を観たのです。ネロはホーマーの詩を読みながらローマの町を焼きはらいます。キリスト教徒の大虐殺が行われます。使徒ペテロは主の御旨をつたえんがためローマの廃墟から脱出します。そしてその途中、今はなきキリストの姿を見ます。ペテロは地にひざまずいて「主よ、汝はいずこに行きたもうや」とたずねます。キリストは「汝もしローマの兄弟を棄てて脱れ行かば、我は再び十字架にかからんのみ」と答えます。その映画のキリストの答えの一句が多感な郭氏の心をゆり動かしました。おお友よ、私は自己を解放しようとして上海から国外へ逃れて来た。君一人を十字架に釘づけにして。だが私は君のいるゴルゴダの丘へ一刻も早く帰らねばならない。君と共に再び十字架にかからんために、と書き送っています。

「文学革命から革命文学へ」と決意した時の郭氏の心情は、このようにあまりにも詩的な、あまりにも一本気な、あまりにも飛躍的なものでありました。そしてそれが創造社、太陽社にかぎらず、魯迅を攻撃した人々の出発点になっていたのです。

魯迅をめぐる論難ははげしく、魯迅自身も、かなりはげしい、あくどいまでにはげしい言葉でわたりあいました。創造社一派の攻撃は文学研究会系の作家たち全般にもむけられ、現在一流の長篇作家となっている茅盾でさえその力作『幻滅』『動揺』『追求』の三篇をこっぴどくやっつけられました。

このような一本気な政治主義的攻撃者たちにとって、魯迅の作品の保有しているねばっこい暗さは、立ちふさがる厚い壁のように目ざわりだったにちがいありません。

暗さ。日本の戦後文学にも雑多な暗さがありますが、魯迅文学の暗さは、古代の銅か鉄の鏡の持っている堅固な黒光りする、いわば民族的暗さとでも言うべきものです。上塗りもなく、土埃もなく、汚点もない、澄み切った暗さ。梶井基次郎が『闇の絵巻』で描いたことのある、真の自然の闇黒の美しさのようなものがあります。

彼は自己の苦悩をそのまま私小説的告白として発表しませんでした。彼の散文詩『野草』の方は、その暗さが怪奇な相貌で読者を驚かすほどむき出しであるのに較べ、彼の小説には、暗さを包む、いかにも創作された物といえるさまざまな短篇形式上の技巧が見えます。それはあからさまな告白でないと同時に、素朴なレアリズムでもないようです。平板な現象にへばりついてしまう写実でもなく、単なる冷静につきはなした記録でもありません。数の少いわりに彼の作品は、かなり異った装いで、私たちの眼をまどわします。その点、芥川龍之介的でさえあります。彼の場合、その異った形の刃先をもった作品たちは、各々この暗黒な現実に縦に深く突き刺さっています。その突き刺さり方が「創造社」のロマンティシズム、文学研究会の生活派的意識、その他いろいろな流派や主義主張がそのまわりに漂いながれても、動かすことのできないほど、何処か遙か地底の地殻原質に達したものらしいのです。その原質が、いわば彼のすべての文章に一貫した暗さであります。

社会現象が暗ければ作品も暗くなるということはいちおう考えられるにしても、暗い社会現象をとりあつかったからとて、すべての作品に暗黒の重み、暗黒の輝きがつくわけではありません。そのような重みや輝きは、半植民地国家に於てさえ、きわめてまれなのです。それは多くの作家が、地底の原質に達せず、その黒ダイヤ的結晶を知らずに作品を書いてしまうからです。それに反して、一度この地殻原質に達してしまった文学者は、もはやそれを忘れて、明るく軽い、眼がわりのする作品は書けなくなります。

ここでは「新しき昔語り」とでもいった、喜劇的諷刺的内容もふくまれた『故事新編』を例として考えてみます。この物語集はともすると「明るく軽い、眼がわりのする作品」と誤解されるような体裁を具えています。

魯迅は老成した苦労人であり、緻密な学者であり、はげしい憎悪を抱き、冷静であり、執念ぶかくさまざまな現象の凹凸を越えて遠い大きな眺めをほしいままにする遠視眼或は複眼をそなえ、かつグルグル自分の好きな宇宙を勝手に転回したがるような子供らしい情熱の所有者でもありました。このような彼の文学者としての諸要素が『故事新編』にはハッキリ密集しています。

第一番目の『補天』(原名は『不周山』)は一九二二年に書かれたもの。女媧という神話的人物が五色の石を煉って、天の破損を修理した話です。フロイドの説にのっとって、天地創造、人間と文学の発生を解釈したものだと、魯迅みずから説明しています。魯迅自身はこの作品の後半がいいかげんで佳作とはいいかねると称しています。また初期の創造社の「霊魂の冒険」という旗じるしの下にあった成仿吾が、この作品だけを『吶喊』諸作品の中で、特にほめそやしたことが、魯迅のシャクにさわり、なおのこと自分では低く視ているところがあります。しかし私はこの作品を好みます。

女媧は突然、目をさました、という書き出しです。桃色の天空にはさまざまな浮雲、そのうしろにきらめく星、そして天の果ての血のように色どられた雲の層の中の太陽の金の球。またその向う側には鉄のように冷たい白い月。女媧自身はそのどちらが降りて行き、どちらが上って来るのかさえ気にとめません。女媧はつまらないのです。何か足りないような、何か多すぎるような胸苦しさが、彼女のエネルギッシュな豊満な肉体にみちています。そして彼女は、腕をのばしてのびをすると、天空までが色を失い、彼女の神秘的な肉の色に染まるほど巨大な女神なのです。

女媧が巨大であること、また、物うげな、なかば無意識的な状態にあることは、この作品の重要な鍵であります。それは、彼女が無意識につくり出した人間たちが、彼女と反対にひどく小ざかしげに意識的であり、かつひどく微小な生物であることと対比されてあるからです。

彼女がそのおどろくべき全身の曲線を大海の中にバラ色に溶けこまして、何心なくふとつまみあげた軟い泥、それがこねくりまわされているうちに人間となりました。一、十、百、千、彼女ははじめ面白がり、やがて疲れ、頭も眼も朦朧となりながら、その動作をつづけます。やがて倦きて高山に腰うちかけ、藤蔓を一本手にします。その藤蔓を一ふりすると泥土にまみれ、さらに一ふりすると散乱する泥土の粒がまたもや人間となります。大部分、おろかしげな、イヤらしい小動物です。彼女はただむやみと蔓をふりまわす。そのたびに何か口々に叫びながら人間どもが無数に生産され、這いまわります。

やがてまた彼女がひと睡りすると、大音響と共に彼女の身体は東南方に向って滑り落ちて行きます。天の一角が崩れたのです。その鳴動混乱の中で、例の小動物たちは何やらむずかしい文句を叫びあげています。どれも中国最古の古典『書経』に出てくるいかめしい古文に似ています。女媧にはもちろん理解できません。彼女は天を修理にかかります。彼女が多難な労働に従事しているうち、何やら服らしいものを身にまとった一匹の小動物があらわれ、女媧の両脚の間に立って、文句を書きつけた竹板を差し出します。それには「裸体は礼儀にはずれた禽獣の行為であるから、国家の法律によって、これを禁止する」むねが、やはり古文でしるされています。おもいあがった小動物は今や女神の批判者となったのです。しかし彼女は仕事をつづけます。そして力つきて死にます。彼女の屍のほとりに武器をもった人間たちが襲来し、その腹部、つまりもっとも脂肪の多い場所に居をかまえ、自分たちを女媧の直系と称しました。

ここには一種の人間蔑視、人間の文化に対する嘲笑があるように見えます。（一九二二年といえば、まだ彼がその政治的立場を明確にしていない頃ですが）ここには少くとも或る種の人間、ある種の文化に対する嘲笑蔑視があります。ともかく巨大にして無意識な実行者である女神と、みじめに微小なくせにひどく意識充分な小動物たちとの対比があることだけは疑いありません。小動物たちへの直接の諷刺批判はあるにしても、それよりもこの対比が美しいまで鮮明なイメージをともなって我々に迫って来ます。女媧が存在し、そしてそれが宇宙の一景をなしていたという真理めいた主張が、いつのまにか私たちを包んでしまうのをおぼえます。それが鋭い不安、暗い暗示を私にあたえます。だから私はこの小篇が好きなのです。

思い直してみると魯迅の作品には、このような対比、このような暗示はきわめて多いのです。徹底した愚者である阿Qは愚の実行者として周囲からさげすまれながら、ついに銃殺されます。そしてその周囲には、彼を殴ったり、彼から金をしぼったり、或は彼から盗品を買ったり、そして最後に彼の処刑を見物する村の普通の人々が居ました。阿Q自身の中にある人間の弱さ醜さに対する作者の批判が痛烈なあまり、『阿Q正伝』にもある、この阿Qと村民との対比はやや明瞭でないようですが、それを見失ってはあの小説の暗さは理解されないでしょう。この小論の最初にあげた「長沙通信」の記事には処刑された革命家とその見物人たちの対比があります。その首とその女屍とがあり、それを見物するためゴッタ返す長沙城民があり、両者が同時にあの日あの場所に存在しているからこそ、あの記事は精彩があるのです。

この対比は、彼の文学の主要なモティフとなっている「この世は喫人の世界である」「人間は孤独なる者である」とも関係しているのは言うまでもありません。

『故事新編』の第四番目の作品『理水』を調べてみます。『理水』の場合には、『補天』にみられた混沌たるものの不安嘲笑が、やや明晳な批判にかわっています。ただし舞台は、前者の天地鳴動、小動物輩出の開闢時代ではないが、やはり古代の大洪水で、政治の秩序が大混乱を呈している時代にとってあります。

ここでは明らかに無意味な弁を弄する文化人たちが批判されています。大洪水のため人民は飢えている。しかし彼らはペチャクチャと学的討論をやめません。役人の政治のいいかげんさも諷刺されています。役人や文化人たちは、大洪水をおさめた英雄禹の帰来をいろいろととり沙汰しながら待っています。待ちうけている人々の前にあらわれた禹は手足のでかい鬚づらの乞食に似た大男で、役人の名案や文化人の高説とはかかわりなく、洪水対策をもっとも簡明単純な言葉で語るにすぎませんでした。顔は黒々と陽やけし、あまり歩きすぎた脚は少しまがっています。この苦難の実践者たる禹と、ガヤガヤ騒ぐばかりの知識人たちの対比は戯画化された面白さです。わたしは『理水』の対比の、あまりのわかりやすさを好みませんが、ただ、禹が存在した、そしてこの種の知識人や、役人が同時に存在したという前にのべた公式がここにも見えるのを紹介したまでです。

私が『故事新編』の中でもっとも好むのは『鋳剣』とよぶ陰惨な歴史物語です。ここには三人の強者が登場します。眉間尺とよぶ青年、眉間尺の父を殺害した王者、それから眉間尺のためにその父の仇を報ぜんとする、鉄の如く痩せた黒色の復讐者です。彼ら三人が、ともに常人とは異った強者中の強者であることがすでにこの世に於て異常でありますが、また三人たがいの関係が、あたりまえの人間のふれあい、結びつきと全く異っている点で、二重にかつ無限に異常なのです。

若くしてけなげな眉間尺は、権勢ならびなき国王を刺さんとして、父のきたえた剣をになって城内にまぎれ込みます。そして不可解な黒色の義士に遇います。黒色の義士は何故かしらぬが若者のために復讐してやろうと申し出ます。何故でしょうか。あわれなる孤児と寡婦をあわれんでか？　と眉間尺はたずねます。

すると義士は、「正義のためとか、同情とかそれらのものはとうの昔に忘れ去った」と答えます。「俺の魂は人間どもが俺に加えたたくさんの傷でうずまっている。俺はこんな俺自身をさえ憎悪しているのだ」。これが、わずかに示されたこの義士の奇怪な哲学です。

復讐はしてやる。そのかわりお前の首とお前の剣をわたせと義士は言います。眉間尺はその申し出を受け入れ、首を斬られます。頭髪をにぎって若者の首を持ちあげた義士は、冷たく乾いたその唇に接吻してから、冷酷にするどく笑って王城に出かけます。そこで、常人には全く理解されない異常な奇術を演ずるために。

それは若者の首を使用する奇術でした。獣炭で煮えたぎらした金の鼎《かなえ》の熱湯の中へ投げこまれた首は、そこで奇妙な踊りをします。黒色の異人の歌につれ、国王はじめ観衆は熱狂し、やがて国王は鼎のふちに近寄ります。時機至れりと義士は剣をふるって国王の首を斬り落します。鼎の中の首は二箇となりました。二箇の首は、上になり下になり噛みあって争います。眉間尺のエネルギーや弱かりけん、形勢は王の首の方が有利らしい。熱湯中の闘争をながめていた義士は、あわてず騒がず、かの剣をとりあげておのれの首を斬り落します。三つの首はすさまじいスピードで旋回しながら、巴の形をとって争闘をつづけました。そして最後に王の首は敗北して、鼎の底に沈みます。

さてここでも大切なのは、この悲劇的な奇術を見守っていた皇后や家臣、それら周囲の人々の心理状態です。彼らは秘密な歓喜に心おどらしながらも、驚愕に顔面をこわばらせ、ブツブツ皮膚に粟をたて、一天たちまち日光を失ったような惑乱と悲哀につつまれ、茫然と眼を見はるばかりです。彼らにはこの三人の強者、つまり三つの首の異常な行動が、全く理解されないのです。

この三人と周囲の人々の間には一種の断絶があります。へだたりと言うよりはやはり断絶と言うべきでしょう。周囲の人々は三人の行動に指一本ふれられず、それを自分たち一般人と同じ人間の行動だとさえ信じきれません。しかも三人の行動者は、それらの人々にとりまかれながら、自分たちだけが知覚している関係の下に、自分たちだけの闘争をしたのでした。この三人の強者と周囲の人々の対比には、妙に底深い意味があります。

これら魯迅文学にある対比は、自覚者と衆愚の対立と言いすててしまうわけにもいきません。弱者と強者の対立ばかりとも言えません。もし女媧や阿Qや禹や黒色の義士に、魯迅個人のもの憂さ、かなしみ、怒りが溶けこましてあるとすれば、それは魯迅とその周辺の人々の対比とも言われるのです。文学者としての魯迅が存在している、また同時にその彼の周辺に世界が存在している。そしてそのような形でのみ現実が成立していること、ここにこの対比の発生した根源があります。

魯迅にとっては、彼が存在している、そしてその周辺に世界がひろがっていること、それがすでに暗いのです。誰でも意識しているこの簡単な事実が、彼にとって何故それほど暗かったのか。それを社会科学的に解くことは容易かもしれませんが、それよりも前に私たちは、魯迅にとってはこの簡単な事実が決して簡単ではなかったことを反省してみるべきでしょう。ここに私が挙げた例だけを見ても、彼はこの事実を前にして、自分が或は女媧的になり、或は阿Q的になり、禹となり、黒色の義士となり、被銃殺者となる可能性を感じねばなりません。しかも彼が文学者である以上、彼は女媧そのものではなく、黒色の義士そのものでもありません。彼は、銃殺される青年と共に、その見物人たちをも同時に見つめていなければなりません。中国の若い文学者が革命文学を呼号しはじめたとき、魯迅はことさらロシヤの革命的詩人エセーニンが革命後自殺していることを指摘しています。これは決して、若い世代に冷たい水をあびせ、皮肉な態度に出たのではありません。彼が持っている暗さ、つまり強烈な生の実感が彼にそのような態度をとらせたのです。

彼は他人がロマンティストがるときは、リアリストに見え、他人がリアリストがるときは、ロマンティストに見える、そのような人なのです。冷静といわれた彼の文学が、実はロマンティシズムの要素を多分に持っていたことは、『故事新編』によっても明らかです。そして彼のロマンティシズムは、以上のべたような暗い「現実」を、彼流に灼きつらぬこうとした暗い試みであったとも言えます。

限界状況における人間

汚職の心理

新聞には、汚職の記事がしきりに出て、ぼくらの眉をしかめさせる。汚職の罪を犯す者は、浮浪者でもなし、最下層の貧乏人でもなし、また前科者でもない。もちろん、精神薄弱の無能力者でもない。時によると、社会一般の常識によれば、かなり有能で上位に立つ健全なはずの人物が、この種の犯人になる。それゆえ、汚職事件からうけるショックは、普通の強盗、殺人、心中などからうけるものとは性質が違っている。

そこには、血なまぐさいもの、せっぱつまったもの、狂ったようなもの、底まで落ちたものなど、死刑囚につきまとう雰囲気は何ひとつ感じられない。激情や逆上なしの冷静な計画や、合理的な判断があってのうえの犯行である。犯人たちが今まで、この社会をどうやらこうやら、じょうずに泳ぎ抜いてきた人生の知恵、日常のやりくりさんだんの延長線の上に、そのまま乗っかって、いつのまにか犯してしまった罪なのである。汚職は国民の目から見れば、地位を利用した悪であるけれども、罪を犯した当人の精神状態は、むしろ常識的な危険性の少ないものである。

犯罪であるからには、危険性が少ないわけはない。しかし、汚職の場合は、国民の目、国民のさばきが存在していることを、よく承知しているほど、冷静な社会人が、まずこの程度なら発覚しないだろう、発覚しても刑罰はこのくらいだろうと、常識人の判断に守られて犯している。

それゆえ、汚職のチャンスなどまったくありえない人々は「おれたちが苦しいのをがまんして、まじめに暮しているのに、また、ずるいやつがずるいことをやった」、「あの若さで、何十万、何百万という金を自分のモノにしちまって、一年や二年の刑ですむならば、こちとら、おとなしくしんぼうしているのがばかばかしくなる」などと憤慨する。つまり自分の日常生活と同じレベルで比較もし、検討もして、怒りを感ずる。

したがって汚職事件の後にも平然として、高い地位を保持している無反省な強力者には、だれでも反感をいだくし、また一方、事件のため自殺した犯人に対しては「やっぱりあの男も良心があったんだよ」と同情する。汚職というあいまいな「犯罪」のことは忘れて、自殺という決定的な解決法に感動するわけだ。

汚職をやったあとでも、代議士に当選し、大臣までつとめる「犯人」にとっては、汚職の罪を犯しても、それは極限状態におかれたことにはならない。あとはあいかわらず、自己の罪を自覚しないで、常識的な成功を、あいまいなままにして、けっこう自信まんまんと生きていられる。

しかし自殺した犯人にとっては、汚職は決してあいまいな失敗ではなくして、決定的な罪だったのである。汚職が発覚してからの彼の精神は、まさに極限状況におかれていたわけだ。自殺者が成功者より弱かったことはまちがいない。また、自殺者は「もうこうなっては世間に対して顔向けができない」、「もうこうなっては、自分に月給をくれる職場がないから絶望だ」と、自分の生きる細い道が壁にぶつかった思いで、性急な判断により自殺したにすぎないかもしれない。罪の自覚よりは、無能力のいいわけのほうが濃厚だったかもしれない。ただ彼が「もうこうなっては」と感じたことは、依然として、無反省でいられた強力者より、はるかに美しく、かつ宗教に近づいた精神状態だといえる。

生、老、病、死という四つの苦しみを絶対の条件として、生存を許されている私たちは、生れながらにして、いわば極限状況にいる。「限界状況」という言葉には、あいまいで大げさなところがあるから、あまり流行させたくはない。だが、このむずかしげな単語は、実は、「もうこうなっては」とか「つくづく」とか、私たちが一生のうちに何回もぶっつからねばならぬ、ごく平凡な感覚や気持と関係している。いつでも味わえる、この日常的な感覚や気持は、普通平常の私たちには、イライラした瞬間的な気分や、晴天の次には曇天、暑さの次には寒さがめぐってくるという、あきらめとして感ぜられている。この貴重な感覚や気持を、いやなもの、くだらないもの、ちょっとしたひっかかりにすぎないと、自分自身に思いこませようとする。忘れようとする。そうしなければ、事務は円滑に運ばれないし、商売や研究の意気ごみが衰えてしまう。この暗い不安な感覚や気持に抵抗して、そういうものは気の迷いや心の弱さだとして、はね返し忘れ去ろうとする。この人間の努力のけなげさは、人間特有の尊重すべき特質であるから、できるだけ守りつづけたほうがよい。現世のはかなさを説く宗教者といえども、その努力に反対はできない。

人間は平等である

しかしながら、「生、老、病、死」の絶対条件は、あらゆる人間に（失敗者と成功者を問わず）平等につきまとっている。したがって「限界状況」の問題を、自分の問題として考えつめるためには、この「平等に」という点がたいせつなのである。

人間の精神の歴史において、何よりも喜ばしいことは、原始時代から現代にいたるまで、人間がたえず「人間は平等である」という真理を、おしひろげ深めてきたことではなかろうか。

たとえば、アフリカ大陸で、たがいに争っている二つの黒人部落があったとする。この二つの部落は相手方を、自分とは血統も宗教も酋長もちがった、猛獣よりもしまつのわるい敵だとして対立している。敵が自分たちと同じ人間だなどとは、考えようともしない。しかしある日、奴隷狩りのスペイン商人が襲ってくる。しかも、両方の部落を平等に襲って、男女の区別なくつかまえられてしまう。そうして奴隷船に積みこんでしまう。同じ奴隷として、同じ船の底に、同じ鎖につながれてからはじめて、彼ら両部落の黒人たちは、あんなにも別物と考えていたおたがいどうしが、実は平等だったということに気がつく。

危機と矛盾がぎりぎりのところまで来る、つまり限界状況になってはじめて、彼らは、自分たち捕われたものが平等であったことを発見する。敵部落の黒人を見る見方が変ったばかりでなく、自分の部落の自分たちを見る目が、すっかり変ってしまったのである。「部落」からむりやり引きずりだされ、大海上の船底におしこめられた彼らには、もはや部落という境界は消えうせている。彼らにはすでに、船底につながれた人間全体を見る新しい目が生れている。思ってもみなかった状況におかれて、やっと、思ってもみなかった自分を発見する。新しい他人を見なおして、他人と自分とに共通した、今までは考えつかなかった「人間」というつながりを見いだす。自分が人間であること、他人が人間であること、このきまりきった事実が、突如としていきいきと目にうかんでくる。

奴隷船の船長、船員、奴隷狩りの商人、奴隷の販売者と使用主には、まだそのとき、黒人同士の胸にうかんだ仏教的（あるいはキリスト教的）平等観は、理解されていない。なぜならば、彼らはまだ、自分たちが所有者であり使用主であり、この世における強者であるという自信（それはあさはかな誤解にすぎないのであるが）からぬけ出していないからだ。この場合の彼らは、人間の限界の恐ろしさに気がついていない。自分たちもまた、いつ限界に直面するかわからぬという予感がやってくるまで、彼らは強者（それもホンの一時的の成功者）のみが人間であるかのように、ふるまっている。

この血の気の多い彼らばかりが、はかないうぬぼれを持ちつづけているのではない。私たちはだれでも、みっともないことではあるが、宗教的平等観にたどりつくことができないのだ。

生物学は、人間の肉体がさまざまな細胞のかたまりにすぎないと教えてくれる。心理学者は、私たちの精神が性欲衝動そのほか無意識のやみにとりかこまれた、あやふやな存在であることを証明してくれる。医学や薬学は、人体のいとなみに、外部からメスや注射針を入れることによって、神か悪魔のごとく自由にはたらきかけようとしている。歴史学者は、人間社会のあらゆる権威、あらゆる城壁は、かならず消滅するものだと説きつづけている。物理学者は、細胞よりも、もっと微小なものの世界に、私たちをみちびいてくれる。有機物と無機物、植物と鉱物、動物と岩石の区別さえつきかねるような、奇怪な絶対平等のすがたを私たちに見せつけてくれる。極微なものへの突入が、私たちの人間論をゆりうごかすばかりではない。天文学者や地球物理学者は、ますますはて知らぬかなたまで極大の宇宙を膨張させようとしている。私たちがよりどころとする大地は、無数の銀河の一部のまた片すみに存在する一地球にすぎず、その地球の生命も一個人の生命とおなじ、生成流転をするものであること。地球に熱と光をあたえる太陽でさえ、気体のかたまりにすぎないこと。学者たちはバラバラなように見える宇宙の星たちの大運動のあいだに、平等な関係を、ますます精密に予感し計算しようとしている。

いわば、現代の自然科学者、社会科学者のすべては、まるで聖職者のように、人間の限界を明らかにしようとして、いっせいに手さぐりしているかのごとくである。かくして、限界がひろがるにつれ、平等観もひろがる。

敗戦は、日本国民の大部分にとって、「もうこうなっては」という決定的な事実だった。軍事力において破れたばかりでなく、戦争中の生きがい、緊張、倫理のよりどころを全く失った。すなわち「精神の戦場」においても敗北したのである。私たちは、敗戦を知らぬ国民には、とうてい味わえないものを味わった。「アジアの指導者」から、一人間にひきもどされた。そしてはじめて、地球上で自由な権利を主張できるのは、日本人ばかりでないことを骨身にしみるまで、知らされたのである。それは、あらためて自分を発見し他人を発見することによって、傲慢な孤立から、ゆったりした平等観に移行できる絶好のチャンスでもあったはずだ。その意味では、敗戦の経験は、単に政治的、経済的なものであったばかりでなく、むしろ宗教的なものだったはずなのである。

名誉ある、犠牲的な行為と信じていたものが、実は他者を認めない罪悪の行動にすぎなかったこと。この種の反省をしいられるのは、私たちにとって実につらいことだった。こうだと思いつめていた価値が、がらりと逆転し下落すれば、だれだって驚き迷わずにはいられない。軍部の宣伝を、まるのみに信じていなかった者でも、その命令にしたがっていれば、どうしても同じ価値判断におちいっていたわけだ。「日本帝国」と呼ぶ竈《かまど》がこわれて、その中で燃えさかっていた狭くるしい火焔の熱が消えるとともに、「人間世界」と呼ぶ広大な風が、私たちの全身を吹きさらしにしたのである。

敗戦の日、私は上海の旧フランス租界にいた。戦争中の上海に在住していた日本人は、いうまでもなく、日本政府の権力にたよって暮していたわけだ。直接、軍や大使館の仕事をひきうけていない、商人や文化人でも、かならずどこかで「帝国臣民」として、権力のおかげをこうむり、その看板の陰にかくれていたのだ。その一員である私も、在留日本人に共通した、このような条件の下にあった。敗戦とともに、私たち居留民は、たちまち自分たちの特権を守る城壁を失ってしまい、生れたままの赤ん坊同然に、世界の人々の注目をあびて、裸のままとり残されたのである。今さらながらわれわれは、自分たちがかってに他の人種、他の国民を料理しようとしていた「きらわれ者」であったと自覚せずにはいられなかった。そして今度は、庖丁を手にした料理番ではなしに、俎板《まないた》にのせられた魚のように、世界の人々のさばきのメスを待つ、自分たちを発見したわけである。

居留民の中には、日本の軍部や官僚の横暴に反感をいだいていた者はあったけれども、それらの人々も、軍部や官僚と血や心のつながりのある親類縁者だったことを知らされた。上海にはそれまでも、ユダヤ人、インド人、朝鮮人、白系ロシア人、その他あらゆるヨーロッパとアジアの民族で、自国の保護をうけていない追放者や放浪者や亡命者、また商人が集まっていた。それらの守られざる人々、城壁をもたぬ民と同じ境遇に、在留日本人もおちいったのである。

外部に向かって日本人としての権利を、最大限に主張してきたきのうまでとはすっかり反対に、日本人としての屈辱と不名誉を、内心でかみしめることになった。路上を歩いても、部屋の奥にひっこんでいても、聖書にいう「獣《けもの》の徽章《しるし》」を付けられた身の上になったのである。

私はどちらかといえば、哲学的な思索など得意としない軽薄な者であった。しかしこんな私でさえ、敗戦後の上海西部で、勝利に酔っている他民族の男女にとりまかれ、たったひとりでとじこもってい た日々には、『バイブル』の一字一句が、実によく自分のこととして理解されたものだった。古い古い『旧約』の記録が、なまなましい「現実」となって私の眼前に、あざやかにうかび上がった。

その第一は『黙示録』の予言。あの予言には、七人の天使の吹き鳴らす七つのラッパの音につれて、次々に「悪しき民」の頭上に落下してくる災厄がのべられている。日本列島の町々を焼きはらった爆撃より、もっと徹底的な、もっとすさまじい、もっとしつような大破壊、大破滅のありさまがことこまかに描かれてある。エホバの下す罰なるものを、この私が信じられないにしても、大破滅、大破壊の降下は自分たちの眼前の事実として、疑うことができない。今日のごとき日本の復興ぶりを夢にも予想できなかったあのころ、私はまず『黙示録』が、はるか昔に描写しておいてくれた滅亡の姿を、何回もくりかえし味わっては、自分の現在立っている位置・地点をたしかめようとした。「滅亡」という人間の限界状況がそのときの私には、なにより身近な、親しみのある問題のように思われたのである。それと同時に「すべての物は変化する」という仏教の定理が、新鮮ななぐさめとして思い出されてきた。滅亡とは、この「変化」の一つのあらわれにすぎないのだゾ、と自分にいいきかせた。そして、もしかしたらシャカがこの仏教の定理を唱えたのは、シャカ族の滅亡をあらかじめ知っておれて、その悲惨な同族の未来にそなえて、それに耐えるためにあえて示したのではなかろうか、などと想像もした。シャカ族ばかりではなく、すべての生物、いなすべての物質が、この「滅亡」という性質をかならず自分の中に持っていることを、シャカがもし見抜いていなかったとすれば、あのような確固たる教えを説かれることは、なかったにちがいない。

『旧約聖書』を読みつづけるにつけ、そこに記録されているのは、一民族の誇りにみちた繁栄の歴史というよりは、むしろ、ある宗教集団とその周辺の異教の集団たちの、おびただしい滅亡の連続であることに気がついた。いかにエホバの神罰が手きびしいとはいえ、あまりにも数かぎりない滅亡が、遠慮えしゃくもなく降りかかっているではないか。滅亡がどこにでも、みちひろがっている世界。それが第二に『旧約』と私を結びつけたのである。滅亡と滅亡のあいだをつなぐものは、脱出、逃亡、流浪、四散、分裂なのである。私たちの先祖が、そのような状況にたえず見舞われていたということが、なにかしらその当時の私には、救いとなってくれた。おそらく原始キリスト教徒たちにとっては、おごりたかぶり、自分たちを迫害する地上の権威が、やがてまちがいなく滅亡するという確信こそ、何よりも勇気の根源となってくれたことだろう。

私の場合にはそれと違って、自分たちの滅亡の性格について、さまざまな先例とひきくらべて、沈思にふけるにとどまっていた。しかしそれだけでも、明治以来、アジアでただひとり、政治的にも経済的にも上昇と膨張の一途をたどり、他のアジア諸民族を自己と同じ秤にかける謙虚さを失っていた私たちには、よい薬だったのである。自分たちの矛盾と危機を、まざまざと見せつけられてから、やっと私たちは、アジア人としての平等観に目ざめたのである。たしかに他のアジア人と違い、私たちは自己の罪の重荷を背に感じねばならなかったのだから、戦犯裁判などあろうとなかろうと、宗教的なものと直面せざるを得なかったはずだ。(もちろんこれはそうあらねばならぬはずであっただけで、私たちが現在敗戦直後の深心《ジンシン》、回向発願心《エコウホツガンシン》を持ちつづけているわけではない)。

最近、『三光《サンコウ》』という書物が出版された。「光」とは、「すっかり」とか「のこらず」とかいう意味の中国語で、つまり「三光」とは、奪いつくし、焼きつくし、殺しつくすという、日本軍の三つの「光戦法」を意味する。この書物は、三光戦術にしたがって中国大陸の民衆に対して重大な罪を犯した、日本の将兵が戦犯として収容所に入れられてから、心を改めて書いた告白の手記を集めたものである。

この種の書物が自己反省の資料として公表されるのに、私は賛成であるが、この手記集を読んだあと、少なからぬ不安と不満が私の胸のうちに残った。はたしてこれが、心を改めた人の、いつわらない真情であろうかと迷った。これらの手記はいずれも口をそろえて、同じようなドギツイ単語、きまりきった形容詞で、自分たちの配属された日本軍の残虐性をののしっている。ののしること自体が悪いとはいわない。ただし、早いところ、できるだけ極端な言葉を使って、軍や自分のかつての醜い行為をののしることを競いあうことによって、現在の自分の反省ぶり、改心ぶりを認めてもらおうとする、あせり、性急さが多くの手記にあった。しみじみと罪を認めたというよりは、罪を認めたと他人に認めさせたい、欲望のほうが先にちらついていた。一日も早く釈放されたいため、何がなんでもハッキリした改心の証拠を見せようとして、知っているだけの（個性のない、肌のぬくみのない）残虐用語を、かき集め、吐きだそうとした。その心理に同情しないわけではない。しかしこれらの文章には、どこか、まるで自分とは関係のないひとごとをぶちまけるような、よそよそしさがつきまとっているように思われた。出征兵士をおくりだすさいの在郷軍人幹部の、あの聞くまえから内容のわかってしまうきまり文句を、ただ裏返しにしたにすぎない文章もあった。罪の事実を、よくよくたどって、めいめいに、心しずかに、違った口調で物語るほうが人の心を打つ。「これなら大丈夫」という色彩をぬりたくり、音調にあわせて、いっせいに喋りだすのでは、なんとなくさびしい気持がする。

　これらの手記の執筆者が、告白しないより、したほうが千倍も万倍もよかったことは疑いない。だが、これらの告白体の文章に、人の心を打つ力がなかったのは、なぜだろうか。それは限界状況においっているくせに、その状況の意味を、うまくつかめなかったからではなかろうか。あまりに簡単に機械のギヤやスイッチを入れるように、自分たちの状況から脱出できるという、はやのみ込みが鼻につくのである。これらの手記にくらべ、平凡な死刑囚の手記のほうが説得力をもっているのは、どこにも逃れる途のない限界に直面したものの「充実した素朴さ」があるからであろう。

　もちろん、私が戦犯収容所に入れられたとして、はたしてこれらの旧軍人諸氏よりりっぱな文章が書けたかどうか、それは保証のかぎりではない。その場になってみないと、わからないことが人間には無数にある。被害者の心は加害者にはなかなか理解できないし、被害者も同様、加害者がなぜ自分に害を加えるようになったか、その「因縁」を察することがむずかしい。もしも宇宙や社会の因縁がすっかり明らかにされ、人間がその因縁を自分の力で上手に操作できるようになれば、罪悪も、怨恨も、差別もなくなるにちがいない。だが、それまではどうしても、人間と人間のあいだには、見えない壁があって、絶対平等の真理に到達できないのである。感覚というもの、感情というものは、本来は人間と人間を結び付けるためにあるものであるのに、この二つが人間と人間をひきはなす働きをすることが多い。

戦場の人間心理

戦場における人間は、日常生活における家庭人とはまったく違った生きものになる。これは戦場に立った体験のない世代の人には、容易にのみこめないおそろしいことである。常識をよくわきまえた健全な家長であったはずの自作農が、戦場では、鬼畜のような悪をやってのけることがある。戦場とは、ある人間を生かすために、ある別の人間を殺さなければならない犯行現場である。はじめから、戦場とは矛盾のかたまりなのだ。ヒューマニスチックになるために、アンチ・ヒューマニズムの仕事を引きうけねばならない。常識では許されないことが、そこでは奨励される。裁判官や警察官が口やかましく禁止している行為が、競いあって実行される。

矛盾ばかりではない。命を何よりもたいせつにするはずの個人が、そこでは自らすすんで生命を危険にさらす。それゆえに、戦場は、人間がそろって危機を感ぜねばならぬ試験管でもある。そこで、私たちは、自分たちを今まで守っていてくれた常識なるものが、いかにたよりない、いいかげんなものだったかを悟るのである。

最近のアメリカの戦争映画を注意して見ていると、次のことがわかる。商売じょうずなハリウッドの製作者たちは、自分の軍隊だけが、ヒューマニスチックに、正義のために戦ったと宣伝しただけでは、もはや世界各地のファンを満足させられないことを、よく承知している。彼らは一歩すすんで、たとえ、もっとも民主的なアメリカの軍隊でも、それが軍隊であるからには、軍隊としての矛盾と危機をはらんでいると主張する。敵の中にも、人間らしい人間がいる。味方のなかにも、人間らしからぬ人間がいる。戦場に悪が満たされているからには、自分たちの兵士も、それからのがれることはできないはずだ――このように、戦争中の日本の宣伝映画や、スターリン時代のソ連映画では考えもつかなかった、賢い戦術を用いている。自分だけが絶対正しいのだと愛国映画を輸出していたのでは、マにあわなくなっている。それは、哲学的に考えれば、ヒューマニズムを説くだけでは、見物人を感動させられないと白状していることだ。ヒューマニズムが、美しい、願わしいものであることは申すまでもない。だが、ヒューマニズムが、殺し合いの現場においては、どんな矛盾と危機にぶつからねばならぬか。それをシネスコの大スクリーンに再現して見せなければ、製作者の良心を買ってもらえないところまで、精神商売はむずかしくなっているのである。たとえ、たくましい商魂から発した商法にすぎないとしても、「絶対にわれわれだけが正しいんだ」とどなりつける国威宣揚映画より、はるかに進歩している。

アメリカとソ連は、いまのところ世界の支配者である。毎日の新聞は、この巨大な二つの支配者が、支配者でありつづけるために、どれほど自分たちの矛盾と危機になやまねばならぬかという記事で埋まっている。支配者になるということも、また人間が限界に直面することなのだ。（被支配者になるということが、そうであるのは、わかりきった話だが……）この二つの支配的な強国の内部にも、支配者と被支配者、加害者と被害者がいる。それゆえに、たとえ世界無比の強大国にのしあがっても、絶対平等の未来がやってくるまでは、強大国の国民たちも、われら弱小国の国民とおなじ厚い壁と向かい合っているはずである。同じ生理、同じ欲望、同じ細胞、同じ空気の層の下に存在しているのである。

政治とか、戦争とか、犯罪とか、肩いからせたような問題については、これだけにしておこう。女性たちの愛好する「愛」、「恋愛」、「愛情」など、やわらか味のある分野では、どうなっているのだろうか。

すべてのものは変化する

私はかつて『「愛」のかたち』という小説を書いた。愛ではなくて「愛」と括弧をつけたのには、それだけの理由があったのである。それは恥ずかしい話ではあるが、不感症の女性と不能（インポテンツ）の男性の「恋愛」に関する物語だった。この特殊な男女の恋愛が、括弧つきの恋愛であるのはいうまでもない。ふたりの関係は常識から考えれば、きわめて異様なものと成らざるを得ない。女には、男女の肉体の結合が、なぜ「愛」なのであるか、どうしても理解できない。肉体ぬきの恋愛を、

「愛」とみとめようとしない男性たちは、彼女の目からすれば、すべて自分かってな欲獣にすぎない。相手の男は、肉体の欠陥という点からは、この女にふさわしいはずだ。ふたりの仲は、肉体ぬきの愛人どうしとして、しっくりゆきそうなものだ。だが、それがうまくいかないのである。ふたりは、なるほど、不感であり、不能であるとはいえ、やはり抱きあって愛をたしかめたいという欲望だけは持っている。自分たちの不自由な「愛」をたしかめるために、相手がひとりでは比較もできず検討もできないので、自然、多くの他の男や女に接触しなければならなくなる。その結果、この一組の男女は混乱してくる。たしかに、この一組は、熱心に愛を求めつづけているのであるが、求めれば求めるほど「愛のかたち」がとらえにくくなる。しまいには男は自分自身を「利口な野獣」「危険な物質」だと思いこむようになる。

この不幸な一組の男女は、極端な例、まれな例にちがいない。世には精神と肉体の両方が完全にとけあっている幸福な一組が無数にある。しかし、その幸福な組合わせにしても、なお男と女という結びつきであるからには、この小説の訴える男女間の不安と不満に似たものを、時たま感ずるはずだ。健康な男女も、失恋し、離婚し、心中することがある。そこまで行きつかない場合でも、愛情の限界にぶちあたって、とまどうことが多い。愛を生みだす情熱は、同時に憎悪を生み出す。恋愛のせつなさや美しさの裏側には、つねに執着の醜さとねばっこさが控えている。人間の醜態ばかりに興味をいだくのは異常な傾向であるが、しかし、人間の弱さと醜さに、まったく無神経だったり無反省だったりするのも、精神的な不具者だといわなければならない。

戦後、「肉体文学」なるものが、さかんに書かれ、さかんに読まれた一時期があった。性を抑圧されていた戦争中の反動として、性の解放がむやみに叫ばれた。肉体の裸の美しさと強さが、大げさにたたえられた。そのころ、志賀直哉氏が「人間の裸なんて、そんなに美しいものかな」と、なにげなく語った一句を私は今でも記憶している。人間の肉体の美しさ強さが、おたがいに感ぜられることは、ありがたいことである。だが、その肉体の醜さや、もろさを感ぜられることも同様にありがたいことなのである。

美しかるべきもの、強かるべきものが、醜い、もろいものだったと発見するのは、おそろしいショックである。そのショックこそ、今まで無意識でいた人間の限界に、無意識のままお目にかかった感覚なのである。

仏教の先覚者は、その種の感覚を意識的に利用して、悟りにいたる方法を考案したことがある。日想観、水想観、不浄観とは、いずれもその方法の一つである。不浄観とは、人間の醜さともろさを直視する方法であるから、腐敗した死体やいとわしい病状、うみただれた傷口、あからさまに投げ出された内臓を、ありのままにちかぢかとながめるのである。そのとき、見るものの感覚する激しいショックが、彼の行きづまった思いを飛躍させる。巨大な太陽の威力をすなおに考えることは、人間の狭くるしいカラいばりを消えうせさせる。こだわりなく自由に変化してやまない水の姿をみつめれば、人間のこわばりやカタ意地が反省させられるのである。「肉体文学」の作者や恋愛至上主義の太陽族が、もし不浄観の一片でも持ちあわせていたら、もう少し深みのある文学が生れたはずである。

「すべての物は変化する」という仏教の定理を、『平家物語』が説くように、諸行無常のうらさびしさ、ものの哀れの咏嘆とのみ判断するのはまちがっている。滅亡が変化の一部であるように、発展もまた変化の一部なのであるから。変化の相（真のすがた、裏側のかたち）に触れたとき、人間はショックをうけ、極限状況の壁の冷たさを感得する。だが、そのことは、決して、万事がそれでおしまいになったことを意味するのではない。むしろ、万事がそこから新しく始まることを意味するのである。

「すべての物は変化する」という定理は、「すべての物はおたがいに関係し合っている」という定理とともに存する。因縁という言葉は、なにか暗い因果物語のジメジメした陰気さを感じさせるかもしれない。それなら「縁起」という言葉におきかえてみるとよい。すべての物は変化するからこそ、おたがいにどこかで関係し合うことができる。過去から未来へ、タテ一本につながった「無常」の関係ばかりではなく、ヨコ一面にひろがった「縁起」の関係が、そこにできあがるのである。自然科学で明らかにしたエネルギー不滅の法則を想起してみるがよい。「無常」とは、決してはかなく消え去ることではない。

自己保存、種族保存の本能を与えられている私たちが、「変化」の法則を忘れがちになるのはやむを得ない。しかし人間が、限界状況におかれる運命をもっているからには、たえず、「変化」のはだざわりで、自分自身を目ざめさせるチャンスをあたえられているのである。

竹内好の孤独

中国からの留学生に対しても、竹内の選り好みはひどかった。僕らが見ると同じような中国人らしい中国人に過ぎないのであるが、彼はすぐさま彼らの個性（それも欠点の方）を見分けてしまうのである。中国文学研究会の同人は、みんな日本人なのであるからお互いに隠された欠点も見抜きやすいのはともかくとして、相手が大陸から渡来してまもない留学生で、どやどやと、いわば十ッぱひとからげにしてお目にかかるのであるから、ふつうだったら「まあまあ、今日は本物の中国青年に逢っておもしろかった」で済むはずなのに、彼は初対面から好き嫌いを決めてしまう。彼の好き嫌いは中国、日本の区別なしに作用するらしく、別れてからあと「どうも不愉快だなあ」などと憂鬱そうにつぶやいている。あとになって、どこかいいところを発見すると、大変うれしくなってしまって「あれはやっぱりいいよ」とひとりで満足している。彼の辛抱づよさは有名なのであるから、僕らがつき合っている相手との交渉を急に止めることはしない。頭の中でさまざまに批判したり、再批判したりしていても急には僕らには分らない。

茅ヶ崎の海岸に留学生たちと一緒に出掛けた。僕らは中日双方とも泳いだり相撲をとったりして遊ぶ。彼だけは砂浜に膝をかかえて動こうとしない。「竹内さんはいつもユウウツです」と女の留学生が、困ったように笑いながらいう。彼の憂欝そうな顔つきは、岩石に岩石の肌があるように消しがたいものであって、わざと瞬間的にそうなっているのではないのであるから、僕らも留学生もさほど気にしないで彼のそばで勝手なことができたものだ。

そのころは彼の郁達夫熱がまだ醒めてなかった。（彼の卒業論文は郁達夫論である）。「郁達夫という作家は全く抱きしめてやりたくなるようなやつだ」と彼がその重苦しい大きな顔にかすかな輝きを示して吐き出すようにいうと一種の強い感じがあった。葛西善蔵の中国版、あるいは郭沫若流にいえば気の弱い風流才士的なところのある郁とは本質的に違っているはずの竹内が、そう咏嘆をする時には、その違いも何もかも忘れているようなところがあって、それは奇妙なことではあるが、また風情あるものであった。廃名というほとんど日本では知られない、幽玄の趣きのある不可思議な作家を発見した時にも、彼はまるで僕らの知らぬ別世界に踏み入った人のようにボンヤリとした表情になって、いわば夢見ごこちの中で廃名とたった二人で向い合っているように見受けられた。市川に居を構えていた郭沫若に対しては、彼はさほどの胸さわぎは覚えなかったのではなかろうか。少くとも積極的に相手の胸中に喰い入ろうとはしなかった。どうせ自分の胸中はそう手取り早く異国の大家に理解してもらえないと投げていたのか、あるいは彼の文学論に香気や彩りを投入するきっかけが認められないと判断していたものなのか。

どうも彼は日本に来た留学生の中に心の支えを見出すことができなかったように思われる。研究会の各同人のよいところはいち早く嗅ぎつけてその部分でおのおの違ったやり方で結びつこうと努力はしていたが、当時の彼にとっては、われわれのすべては極めて不満足、不十分な文学的（というよりむしろ非文学的）存在にすぎなかったのではあるまいか。中国人は中国人であるから、中国を愛するからには、少し大目に見てやるという態度を彼は決して採らなかった。彼の北京日記はほんの一部分発表されただけであるが、その中に書かれてあるのはものすごく酔っぱらった記憶などであって、これこれの中国人に逢って感心したとか感動したとかいう記事は一行もない。

一般の日本人の間で孤独であった彼が、一般の中国人の間でより以上孤独であったとしても当然な話ではあるが、中日友好を戦後になって急に騒ぎ出した文化人の多い中で、中日にまたがった彼の、徹底した孤独感は、空おそろしいようでもあり、異様に鮮明な印象を与えるものである。彼が魯迅研究に没入している姿は、つまりは彼の抜きがたい孤独感の影であり、密室なのであって、彼についてかなりよく知っているはずの僕にも、なかなか底の底まで見透すことのできないものなのである。

文学を志す人々へ

小学生の私が、国語の時間が好きだったのは、「読み方」がうまいという自信があったからだ。「読み方」とは、国語の本を、まちがいなくスラスラと読みあげることで、一字でも読みちがえたり、とまどったりすると、他の生徒が手を挙げて、次の読み手になる。いわば、読みあげ競争のこと。これは、毎晩、本堂で父と一しょにお経を読んでいる私に、かなうものはなかった。子供の功名心はおそろしいもので、一たん得意となると妙に進歩する。旧憲法の「大日本帝国ハ万世一系ノ天皇コレヲ統治ス」などという第一条を、おぼえておいて、答えたりすると、先生も同級生も感心するものだ。六年生のとき、墓場で遊んでいて、石の柱から柱へ跳びうつるさい、まん中の槍のような鉄柵の尖端に、右脚ふくらはぎを突き刺した。串にささった焼鳥の一片のように、宙づりに刺さって動けなくなったのを、どうやら引きぬいて、跳び下りると、ものすさまじく血がほとばしった。一カ月の休校。どうもうまく分析できないが、この事件は、私の心理の網の目のどこかに、血のシミをのこしているように思われる。家で寝ているあいだに、同級生の作文集が届けられた。私が作文好きで、回覧雑誌を編集していたからである。中学に入ってからは、国語ではなくて、英語の成績が良かったので、英文学でも勉強しようかと、漠然と考えていた。当時、中学生向きの世界名作物語が刊行されていて、シェイクスピアの「ジュリアス・シーザー」、ズーダーマンの「猫橋」、ユーゴーの「海の勇者」、それに英国伝説「アーサー王と円卓の騎士」などを読んだ。「シーザー」では、アントニオ青年がブルータスの演説のあと、演壇に立って熱弁をふるい、暗殺者の正義論をひっくりかえすところ。決戦の前夜に、男らしいブルータスが、シーザーの亡霊になやまされる場面。「猫橋」では、霧につつまれた橋のこちら側の、陰気な領地にたてこもった男の、孤独なたたかい。「海の勇者」では、海辺のジャン・バルジャンとでも称すべき、たくましい巨漢が、たった一人で自然を相手に苦闘するすばらしさ。ことに、岩石や海水や水棲物の描写が、宝石をちりばめた巨大な「箱庭」をながめるようで、うれしかった。（箱庭は好きで、小さな地形を自由に支配できるし、泥製の橋や家や人物を配置するのは、小説を書くおもしろさに似かよっている）。「ああ、無情」（「レ・ミゼラブル」は、こういう題で訳されていた）の主人公は、もちろん大好きで、フランスの都会の裏街、勇ましい革命騒動の諸人物、追いつめられた一人は滑稽な、一人はすさまじき死をとげたり、勇敢な少年兵士が走りまわったり、その右往左往の中で地下水道をくぐりぬけて、青年を救い出す偉大なるジャン・バルジャン氏の、何と我が胸をおどらせたことであるか。そして、あの暗い暗い、ものおそろしげな警察官ジャベルの、思いつめたような執念ぶかい行動によって、「善き犯人」のめざましい運命が、なおさら輝かしいものに見えるのであった。ぼくはたしかに、小説における「強力なる者の対立」という大切な要素を、このフランス文学から学んだにちがいない。同じ帝国文庫におさめられていたが、「八犬伝」が「水滸伝」の敵でないことは、少年の眼にもあきらかであった。八人と百八人。犬のタネから生れた封建武士と、星となって発散した正義怪盗団とでは、もともと発想がちがっている上に、城の屋根の上で見えを切るぐらいでは、風景があまりにも小さいし、変化にとぼしいので、結局は、梁山泊のアシの茂みと迷いやすい水路、北京城内の雑踏、とりわけ酒売りに化けた同志が、待ちかまえている盛夏の田舎道の、白く乾いた泥に影をおとす、ナツメの樹の並木の風情の方が好きでたまらなかったのである。そして、やはり何といっても、宋江という人情家の大統領役が、したたか者の婆さんと娘になやまされて、腹立ちまぎれに殺人の罪をおかして、あまり勇気リンリンとは言えない逃亡にうつり、武勇はすぐれていないくせに、金をバラまいて恩を売っていたおかげで、豪傑どもにたてまつられて、首領になって行くあたりは、政治集団の構成メンバーが、いかにして選ばれて行くかについて、少なからぬ智慧をさずけてくれたのである。

しかし、このような明確なドラマ、雄大なストーリー、強力なる諸人物を愉快がっていた中学生が、いざ現代日本文学を味わうとなると、大まかな空想の荒波にもまれる痛快さのかわりに、プールの水か、試験管の液体にふれるような、こまやかな作業に移るような気がする。全世界、各時代の文芸大地図を頭に思いうかべて、統一的に理解する力など、まだありはしないのであるから、明治、大正、昭和の名作に接しても、何となく元気のない、空気の流通のわるい、湿地帯にふみ入った想いがする。どうして、こんなくだらない小事にこだわって、頼みもしないのに根気よく、平凡な見聞を記録するのかと、不満になる。つまり、いきなり空白と断絶の時期に見まわれる。独歩が、ジャガイモと牛肉の優劣を論じたところで、天下国家に何の関係がある？　「運命論者」「女難」の主人公は、いろいろの目に遭うところが面白いが、もともとだらしない男らしいから、同情なんかしてやりたくない。漱石の「草枕」「二百十日」は、要するに旅をして、どうとかして、それでおしまいじゃないか。「虞美人草」の、あの美女がいやったらしいのは、女知らずの中学生でもわかっているし、あの裏切者の秀才がやっつけられているのは好きだとしても、それを批判する方だって、いい気になって哲学者ぶったって、別だん男らしい行動力などありはしないじゃないか。「倫敦塔」は、幻想的で色彩あざやか、恐怖と美を感じさせてくれるが、あれは外国の話だ。と言ったあんばいであった。ちょうど、そのような空白と断絶の時期に、芥川が自殺した。大さわぎしている新聞をよんで、死にたい文士が死んだからどうしたと言うんだと、ばかばかしかった。文士を軽蔑して、学者を尊敬したがる、私の傾向は、高校に入っても、いな二十代の後半までつづいた。文学を理解する能力のストップしてしまった私が、小説家になどなりたいと願わなかったのは、申すまでもない。もしも、文学教育、小説指導なるものが、これから先、多少なりと存在するとすれば、私が実感した極大（世界の古典）から極小（日本の私小説風の小品）への困難な飛躍、またその逆の方向への不可能にちかい飛躍を、どのようにかしてスムースに進行させ、ついに極大と極小（これは誤解されやすい用語だが、極小にも立派な価値があるとして）を、統一し活用できる視点と手法にまで、生徒をひきずって行くことではなかろうか。たとえば鷗外の「ぢいさんばあさん」を読んで、一組の夫婦の、妙にアッサリして充実した、おちつきはらった一生に感心する。感心はするが、偉いのは、好ましき武家の老夫妻であって鷗外なんかじゃありゃしないと考える。この種の無邪気な読み方が、かならずしもまちがっているとは言い切れない。この不満を消滅させるためには、極大と極小を見事に統一し、活用したドストエフスキーやスタンダールを読破したあとで、もう一度、日本文学史をふりかえるより仕方がなさそうだ。十代から二十代にかけて、留置所に五回ほど入り、坊主になって家々を読経してまわり、玉ノ井や新宿へ出かけ、戦地に行ったりしたが、私には書くことがなかった。書くことが無いというのは、視点と手法を発見していないから、書けないのであった。書くに足る、感心すべき体験もなし、他人より傑出した詩情もないのだから、書かないであきらめていた。と言うより、書いたらおかしいぞと考えていた。書くことがないのに、書くという技術や商売心は、全くなかった。それに、ウイットフォーゲル博士の中国農業研究など勉強して、この方なら努力さえすれば出来るぞと判断していた。敦煌の資料が発掘され、公刊されていた頃だから、「大正新修大蔵経」などと読み合せれば、いくらか目をおどろかす論文も書けそうだった。ウジウジしている東京帝大の漢文学科を攻撃するのも、愉快だった。竹内好がぼくの本棚を一見して「君ん所は、固い本ばっかりだなあ」と言ったくらいだ。しかし、とにかくぼくの毎日は、暗かった。寺に居れば食うに困らないのであるから、暗いはずはないと言われれば、それまでであるが、前途に希望がなく、重くるしい暗さに圧しつぶされていた。革命運動者にもなれず、坊主になっても仏教が信じられず、大学中退では、まともな就職はむずかしかったし、寺とエンが切れないうちは結婚は拒否していたから、読書するよりほかに楽しみがなかった。戦地での二年間の体験は、たしかにいくらかぼくを深めてくれた。だが、毎日増してくるのは、自分の軽薄さ弱さの自覚ばかりだった。戦地では、アランの評論、ジイドの「プロメテ」、荷風の「腕くらべ」など身にしみて読みふけっていたから、文学趣味は復活しているはずだった。あとから反省すると、ある種の人間は殺人の現場、屍臭みなぎる無人地帯、文化の匂いから離れた自然の中に置き去りにされると、文学的なるものが欲しくなるように思われる。欲しくなるという積極的な状態ではなく、むしろ無自覚的に、文学や哲学の発生に立ち会い、知らず知らず「新しい世界」「未知の暗」に没入するようになるのだった。話が大げさになるから、書きにくいのであるが、まあ、「大動揺と絶望のあとの静寂」とでも形容すべき、心理のエアポケットと文学とは、血のつながりがあるのではあるまいか。出版協会の海外課に通うようになってからは、葛西善蔵、嘉村礒多、牧野信一、梶井基次郎など愛読した。「司馬遷」の文体の、最初の部分は太宰の文章の影響をうけている。ポオの「ユリイカ」の、あの神秘的な明確さに戦慄したことが、後になって、「ヴァレリー全集」（筑摩版）を読みふけるようにさせた原因であろう。ポオと司馬遷と、身ぢかい私小説作家群を統一し、融合させ、活用させるより先に、まず同じ私小説的作風を次から次へ、読みあさり、すでに死亡している彼らの「美」と「倫理」の断片を、しっかりと握りしめるのがやっとであった。たとえば牧野の「スプリング・コート」の、ハイカラ趣味や、なまめかしい女房の妹の描写などは、すぐのみこめるにしても、かんじんのゼエロン（不可思議な魅力のある馬）の重みが、なかなか計量できない。酒のみ善蔵の酔ったあげくの禅話風のクダには、すぐまきこまれてしまい、「おせいさん」も目にうかぶようだが、そのような逃亡記、脱出記、放言録だけでは、多少とも唐代の語録も知っている者には、破滅への単純すぎる一本道に見えて、もう少し迷路がほしくなる。梶井の「闇の絵巻」の美しさには、身体もとろける如くになり、小鳥の啼声をカタ仮名に録音する、そのやり方までにほれこんでしまうのであるが、江東に居をかまえてからの病人の社会主義への傾きのあたりになると、今後の密度のうすれまで予感されてきて、不安になる。彼らは実に、よくやった。やってくれた。残された小さな結晶の破片の固さに、指さきをふれるたび、感激の念をもってそう思うのであったが、荒涼たる浜べで拾いあげた、貝殻の美しさに見とれているには、背後の大海のとどろきが、高まりすぎているのであった。小林多喜二の死は、まだなまなましく生き残っていた。中国の現代文学を読みあさっている私には、日本のプロレタリア作家たちが完全に屈服したなどとは、とても考えられなかった。堀辰雄は、自分一人の「世界」をつくり出し、「菜穂子」の完成に向って、その「世界」をもちこたえていた。私は「廬州風景」を書いたとき、軍隊手帳のメモをひきのばし、堀の「世界」の静けさをそこへ持ちこもうと努力した。また「詩をめぐる風景」(これの原題は「草堂」)を書くときは、その「世界」を四川省の奥へまで移動させ、かつバルザックの短篇「ザクロ屋敷」のあの色彩あざやかな小宇宙を、主人公杜甫のまわりに飾りつけようとした。「司馬遷」の発表後、山本健吉の紹介で「批評」グループに仲間入りし、河上徹太郎、中村光夫、吉田健一などに面会した。彼らはすでに、文学者であったが、私はまだそうではなかった。彼らは私にとって、あまり偉すぎる人々のように思われた。吉田はそのころ、今の彼の文章の無限に長くなる傾向と反対に、無限に短くなる文章を、実に少ししか書こうとしなかった。私はとにかく、何をよんでも感心し、影響され、中島敦の「沙悟浄」のように、たえず「何かちがう。おれはホンモノじゃない。おれは文学者になれっこない」とつぶやいていた。竹内好は、私をあわれみ、私を批判しつづけたが、私の方が彼よりもっと私自身をあわれみ、軽蔑しつづけたのはたしかだ。志賀直哉は「調子に乗ってくるようなことがあると、自分で書くのを止める」と書いていた。こちらは、調子に乗ってくるところまでいけたらなアと、もがいているだけであった。正確無比な文章で固められたコンクリート・ビルの如き「暗夜行路」が、腰をすえてこちらをにらんでいた。あらゆる文学者が、こちらをにらんでいた。一歩デモ身ウゴキシテミロ。オ前ノ劣弱ナル文章ハ醜態ヲサラスデアロウ。徳田秋声の描いた、あくどい庶民。島崎藤村の描いた明治初年の生き残り。中野重治の描いた、転向しない転向者の眼が、私にそそがれていた。私はいまだに、「自分」を発見する手がかりさえ、つかんではいなかった。「審判」の殺しの場の細部は、すでに私のアタマの中にできあがっていた。だがそれは、「私」を発見しないかぎり、一つのきらめきとして消え去り、とらえようもなかった。昭和十九年、六月。上海へ渡航。そこには「蝮のすえ」「『愛』のかたち」が、未知の混沌として私を待ちうけていた。おびただしい「親友」が、激増する。親友、それこそ文学者にとって、もっとも有難い「敵」なのだ。この「敵」を、どうやって克服するか。あらゆるものを読み破りつつ、あらゆるものから影響される。あらゆるものから影響されつつ、あらゆるものをヨミ破ッテ行ク。破らなければ、いつまでたっても、こちらは破られたままなのだ。書きはじめるということが、そもそも、そういう「宿命」を我まんすることなのだ。

映画と私

すべてのものは、変化する。変化して、とどまることを知らない。変化しないものは「存在」ではあり得ないのであり、存在するためには、たえず「変化」を維持して行かなければならないのである。「存在する」という、いくらか安定を意味することばと、「変化する」という、やや不安定な匂いのすることばとは、実は、背と腹のようにぴったりと結合されて、ひきはなすことは不可能である。無限に自由な変化こそ、「存在」をいきいきと動かすもの、「存在」をしっかりと支えている条件なのであって、この条件、この動かすものなしには、「存在」は、高空でひらいて、空気の抵抗でふくらんでいたパラシュートが、地上に降下したとたんに、無意味な大きな白い布にちぢかんでしまうように、何事をもなし得ない、哀れなひろがりにすぎなくなる。

芸術の歴史が、無限に自由な変化の歴史であることは申すまでもない。

そして、芸術の歴史において、映画の世界ほど、この「無限に自由な変化」の喜びを、急速に充分に味わわせてくれたものはない。

芸術は、人類が生み出すものである。と同時に、生み出された芸術は、人類にはたらきかけ、人類を楽しませ、人類を変化させるものである。そして、生み出された芸術と生み出した人類の関係、いわば母と子の相互関係は、予想以上に複雑微妙なものであって、その全体を完全に分析しつくすことのできた、歴史家も、文明批評家も、まだ地球上には一人もあらわれていないのである。それは決して、かつての歴史家、文明批評家が無能力だったためではなくて、ただただ彼らが、あまりにも無限に自由に変化する人類と、その生み出した芸術という、ゆれ動いて一瞬も停止することのない二隻の船のあいだで、さらにはるかに無限に自由に変化してとどまることのない「存在」の大海に、全身を沈めていたからにすぎないのである。

映画自身の、すさまじい進歩発達、つまりは大変化が、芸術の変化性をあざやかに物語っているばかりではない。人間社会のたえまない変化を、映画ほどあからさまにキャッチした芸術的手段はなかったし、しかも、その上、生み出したものと生み出されたものとの、ゆれ動く相互関係を、これほど見事に精密に測定し表現した、文化の針はほかに見あたらないのである。その原因の一つは、すべての芸術（文学、音楽、絵画、舞踏、祭典、建築、衣裳など）の変化性を、もっともこだわりなく、もっとも有効に吸収してしまう作用が、映画にはあたえられているからであろう。永久不変の美をたたえた、ある一つの古き庭園をうつし出すさいにも、カメラの眼は、大切に保存された一形式の周辺の、まだ形式化されていない新しいざわめきまでもとらえてしまうために、絶対に変化するはずのない堅固な「美」の形式が、実は、あたかも海流に浸蝕される岩肌の如く、大きな自然の胎内にただよっているにすぎないのだと、教えてくれる。

映画は、ピカソの作品を天然の色彩でうつしとるばかりでなく、製作しつつあるピカソの、なかば裸の肉体をも写しとどめる。静止した「美」として後世に残される。このフランス画家の絵画が、完結した形式として、記録されるのではなくて、エネルギッシュに動く彼の手の速度、老人の腹部に寄ってきた皺の集り、カメラを意識したような、無視したような彼の、ほとんど傲慢な姿勢、描きはじめたときと、描き終ったときの眼の色の変化まで伝えずにはおかない。おまけに、ピカソにくらべて、はるかにやせ型で都会人風の、ビュッフェの仕事ぶりも、別のフィルムにおさめられているのであるから、この二人の作品を現物でそのままに鑑賞する以外に、フィルムの中の二人の画家の「生きた肉体の動き」を、見える手足から、見えない神経に至るまで自由に比較研究できるのであって、そこには、映画ヌキの時代とは全く異なった芸術の鑑賞、芸術の研究の世界が、ひらかれつつあるわけである。

私は、小学校に入学する一年ほど前に、はじめて映画を見せられた。母と叔母のあいだにはさまり、映画を見せられたのであって、見に行きたがったのではなかった。その頃の映画館では、履物を脱いであずかってもらうか、靴カバーをはめてもらうかして入場し、二階の一ばん前の席に坐っていた。三人ぐらいの楽士のうち、母と顔見知りのヴァイオリン弾きが、夏なら氷水、春秋なら袋入りのお菓子など届けてよこすような場所であった。電燈がともされ、場内があかるくなると、ラムネ、せんべい、キャラメルを売り歩く声が高らかにきこえ、これらの飲食品の匂いが、騒ぎまわる子供たちの群れのあたりにただよい、ラムネ玉の入ったラムネびんの重みのある青い色や、次週公開のポスターの文字につけられた赤い二重丸や、色のあせかかった造花の花環などの色彩が、特殊の空気で浮き立つのであった。

人工の闇の中で、うす白いスクリーンにうつし出された映像が、どのようなストーリーにしたがったものだったか、おぼえてはいない。私は、いきなり泣きはじめた。野蛮人らしき男（それも土人だったか怪物だったか、たしかではないが）の頭部が、今まで見たことのない大きさで、うつし出されていたのはたしかであるが。火のつくように泣きはじめた幼児の私は、「ばかねえ。これは活動写真じゃないの」「あらあら、ほんとのものじゃないわよ」と、両側からなぐさめられても泣き止もうとはしなかった。おどろきと恐怖。どうしようもないショックが、私を襲ったのだ。（もっとも、私をあやしたり笑ったりした叔母さんだって、高い崖から人間が落下するシーンになると、きまって貧血を起すのであったが）。

　当時の私と同じような、幼児あるいは、新発明の芸術については幼児同然に無知で未経験な大人たちが、はじめて映画を見せられたときの衝撃は、これと似かよったものだったにちがいない。恐怖にせよ、歓喜にせよ、恍惚にせよいずれにしても「おどろき」をあたえる新しい力として、映画は発生したのだ。「ほんとのものじゃないのよ」と、いくら言いきかされても、首をふって恐ろしがっていた私は、「ほんとのもの」「ほんものの現実」という安定した信念、日常の習慣をスッカリ変化させてしまう、不思議なはたらきに直面していたわけである。

　昭和三十七年の二月、一週間ほど私はパリに居た。そして、ラ・シネマテーク・フランセーズの本部事務所へ行った。行ったとは言うものの、実は、パリ在住の日本青年白洲さん、シナリオライターの依田義賢さんに連れられて行ったのであり、その事務所が、クールセル街の八七二番地にあることも、セーヌ河をはさんだ対岸には、同じシネマテークの映写ホールがあることも知らなかった。夜の八時すぎ、連れられて行った、その古風な四階建の建物の内部には、さまざまの昔なつかしい活動写真時代の記念物が保存されてあり、待ちうけていた、女二人、男一人のフランス人たちのうち、小柄の老女はひどくふけこんでいて、苦しそうに咳をしながら、暗い階段を骨折って登り降りして、私たちの見学を歓迎して下さったことだけが、記憶にのこっている。シネマテークに関する詳しい知識は、丸尾定氏の「パリのシネマテーク」(日仏交換映画祭、フランス映画の回顧上映のパンフレット)ではじめて得たのであって、その夜はただ、ミュゼ・ド・シネマを訪ねるという、思いもかけぬ幸運をよろこびながらも、場ちがいの幻想的な秘密の本拠へ、足をふみ入れたようなとまどいを感じた。と言うのは、フィルムが発明される前の、円い紙のぐるりに描かれた走る馬の図、魔術の仕掛を思わせる「活動」の機械、怪奇な人形や小道具や背景、そして何よりも案内役の年老いた「館長さん」(彼女の本名も、役割も私はきかなかった)が、妖婆じみていて、彼女がときどき「マリー、マリー」と金切声で呼ぶ相手の「マリーさん」が、特別大に太った陽気な婦人だったりして、私は、映画芸術の初期に、もやもやとたちこめていた人類の夢想を、そのまま吸いこむ思いがしたのであった。陳列された品々が、貴重な埃くさい古物であったばかりでなく、建物そのものまでが妖怪荘、偏奇館のおもむきがあり、もっとも先端的な芸術の発生期を科学的に眺めるというよりは、グロテスクにしてロマンチックな魔術、妖術、奇術の宝庫で、かつての妄想が秘力をよみがえらせようとしているのに立会うような感じがしたのである。

小学校、中学校、高校と、私はこの「魔法」のとりこになっていた。テニスの好きな中学の数学教師は、映画ばかり見てスポーツを好まない都会の少年は、健康な地方の少年にかなわなくなると、教室で警告した。しかし、注意されればされるほど、しびれるような魔力から逃れることができなくなった。あまりにも映画好きで、ほかの現象には興味のもてなくなった、小学校の同級生は、卒業してまもなく、映画館と映画館のあいだを、フィルムをのせた自転車を走らせる運搬係になり、たいへん満足していた。まずしい鶏肉店の子供だった彼は、封切の映画館の入場券を買う金がないときは、私をおどかして、どうしてても手に入れたいプログラムをせしめようとした。ひどくませた「いじめッ児」の彼が、うす気味わるい笑いをたたえて、おどかそうとするとき、決して大型のプログラムを渡すまいとする私も、それを奪取しようとする彼も、必死なのであった。それはたしか、ダグラス・フェアバンクスという快男児の主演した「ブラック・パイレーツ」という海賊映画の宣伝用パンフレットであった。お正月の二日、朝早くから海苔まきをこしらえてもらった私は、お寺の書生さんにつれられ、浅草の満員の映画館に、やっとのことでもぐりこんだ。人いきれで気持のわるくなった、よその子供が眼の前で吐き出したゲロが、白い水の線となってほとばしり、私の鼻すれすれに飛び去っても、身動き一つできなかった。しかし私は、帆柱のてっぺんから、帆布に短剣を突き刺し、風をいっぱいにはらんだ大きな帆を、自分の体重で切り裂きながら降下して行く海賊、はるか上方にすえつけられたカメラで写した、はるか下方の海面をスイスイと泳ぐ（敵からかくれるため水面下にもぐっているが、すいて見える）海賊にほれぼれとして、満員すしづめの苦労も忘れはてていたのだった。

　幼年時代から五十男になった今日に至るまで、映画に対する私の感情は少しも変っていない。よくよく考えてみると、映画と私の関係は、見せる者と見せられる者、おどろかす者とおどろかされる者、喜ばせる者と喜ばされる者、つくり出す者と見物する者の関係にすぎないのである。要するに私は、つくり出された画面に、ただただ圧倒されることを望んでいたのであって、教祖の説教に耳かたむけて、それで満足し恍惚となる信徒の如き輩であった。おそらく私は、死ぬまで、そのような愚かしくも忠実な観客でありつづけるだろう。

私は、志賀直哉先生の姿を二回ほど、渋谷の映画館で見うけた。志賀先生が渋谷付近に移ってこられたのは、もはやほとんど先生が文章を発表することのなくなってからである。一度はお孫さんを連れてこられ、二階のいちばん前の席にいられた。そのとき、幼児が身体をのり出して危いので、先生ははげしい声で叱りつけていられた。おそらく先生は、孫にせがまれて映画館に来たのではなくて、白ひげの老人になって、活字などめんどうくさくなっても、新しい映画だけは楽しみだという、自分の心のうごきで来られたのだと思う。というのは、私は、映画館の前にかかげられたスティール写真をのぞきこんで、おもしろそうか否か調べている先生の、無邪気な姿をおみうけしたこともあるからだ。

私は、幻燈に熱中したときには、百枚ちかい影絵をかいて、それを夢幻的な光線で映し出しては楽しんだ。人形芝居にこったときには、新聞紙を煮たり、やわらかい材木をけずったりして人形の頭部をこしらえ、孫悟空の活躍する直前の、宇宙の混沌を示すために、そのころの銀河や流星の写真からバックの画面を工夫したりした。小学校の妹の同級生をあつめ、自作の芝居をやらせたこともあった。夜の場面なので、蒼白い月の光線に苦心したし、いやがる妹にむりやり泥棒の役をおしつけ、黒ヒゲをつけさせたこともあった。

しかし結局のところ、この世において、映画製作者や映画俳優ほど私に不向きな、絶対不可能な職業はないのである。カメラを手にして、シャッターを切る前から手がふるえる私は、満足な写真一枚とれたためしはない。八ミリカメラを、佐々木基一さんと共同で購入し、共同で使用した（この方は手がふるえても、どうにかなる）けれども、ついに一巻のフィルムも完成しなかった。多数の生きた人間を、自分の手足のごとく自由に働かせる映画監督の仕事など、私から見れば、ほとんど神業《かみわざ》に近いから、とても近寄る気になれないし、三島由紀夫さんが映画に出演したさいにも「ああいうつらい仕事を、よく我慢できるものだ」と感心しつつも、そらおそろしくなったのであった。

巨額の資本を投じて、一《いち》か八《ばち》かサイコロを投げるカーク・ダグラスやバート・ランカスターのプロデューサー振りこそ、反抗する奴隷の指導者やサーカスの英雄の如く、男らしく好ましいけれども、私にはそれだけの資本を集める才覚もなければ、乾坤一擲《けんこんいってき》（自己の運命を賭してコトを行うこと）の勇気もありはしない。

日本の映画批評の分野には、すでにすぐれた先輩が輩出していて、私には、彼ら以上の名論を吐く資格も能力もありはしない。また、私よりはるかに視野のひろい、科学的な地盤をもつ後輩も、あとからあとから生まれているのであるから、私などは口をつぐんで、ひたすら観客の座席に沈みこんでいればいいのである。ただ、まことに不可思議なことではあるが、ある一つの映画の傑作を見おわったあとで、ある一つの名所古蹟を訪ねたよりはるかに豊富に、話題の糸口がほぐれて何かしらしゃべりたくなってくる生理現象は、いくらへりくだっても、とどめようがないのである。映画について語ることが、あたかも全人類、全宇宙について語るような興奮をあたえてくれる、この怪しき心のおののきを何にたとうべきであろうか。

もしかしたら、我々が映画について、なけなしの知恵をしぼって語りあうという行為は、変化の大神の息づかいをそれとなく感じとって、変化のよろこびと怖ろしさに直面できるという、得がたい緊張を、自分のものにできるから続いているのかもしれないのである。

L・ストレイチーの『エリザベスとエセックス』には、次のように書かれてある。

――「変化きわまりなきゆえに、自然は美しいというのが、彼女（エリザベス女王）のお気に入りの格言の一つであった。彼女自身の行状の変化も、自然の変化に劣るものではなかった」

さあ、変化きわまりなき自然と、それに劣らず変化する我ら自身の行状の変化を祝福するために、映画を見ようではないか。

サルトル的知識人について

サルトル氏の日本来訪は、今年度における、もっとも興味ある事件の一つであった。

昨年、彼はニューヨーク州のコーネル大学から受けた招待をことわっている。「私は何故アメリカへ行かないか」という、「ヌーヴェル・オプセルヴァトゥール誌」との会見記は、「世界」（昭和四十年四月）の臨時増刊号に訳載されているので、私もそれを読むことができた。

一度ひきうけた訪米を断わったのは、北爆が開始されたからであった。彼のキューバの友人たちは「アメリカへ行って、キューバのことを話して下さい」といっていたが、北爆が開始されてからは、口を揃えて「今さらアメリカへ行って何をしようというのです」といいはじめていた。サルトルは自分がアメリカへ行っても、そこの政治生活の地表にさざ波をたてることも出来ないだろうと予想した。

「人々は、カッコつきの『ノーベル賞』のサルトルがアメリカにやってきて、敬意を表しあう人人の間にまじって、おだやかにアメリカのヴェトナム政策について論じたと取り沙汰するでしょう。私はこんなことはごめんこうむりたい」

つまり彼はアメリカへ渡って、少数の同情者と語り合うことは、行かないよりはましであろうとは、決して考えなかった。

サルトルは、カッコなしのノーベル賞作家フォークナーが、アルジェリア戦争たけなわの一九五七年、フランスの大学で講演するため招かれたと想像する。そのとき、フランスにきたフォークナーの発言は、どれだけの重みを持つことが出来たろうか。フランスの新聞は、彼の演説の数行を、おそらく調子をぼかしてのせただろうし、当時の殺気だった空気の中で、多くのフランス人はこう考えたであろう。「この外国人の出る幕じゃない。フランス訪問を受諾するのはよいが、何の権利があって、この男はフランスの政策を非難するのだ？　いずれにせよ、プエルトリコのような人目に立たぬ植民地を持っているアメリカが、フランスに教訓を垂れる資格などあるものか」

フォークナーの抗議が、はじめから効果がないことは分りきっている。何故なら、フォークナーはフランスへやってくることによって、フランスのアルジェリア政策を含む体制の全体を承認したことになるからだ。

サルトルは、アメリカの左翼の政治的重みはゼロに等しいと見ていた。アメリカよりははるかに強いフランス左翼でさえ、圧力をかけて、アルジェリア平和交渉を実現させるわけにはいかなかった。ましてゼロに等しいアメリカの左翼が、北ヴェトナム爆撃を阻止できるとは考えられない。

黒人に対する人種差別に反対するアメリカの左翼の運動を、彼は大いに認める。驚くべき勇気を示していると考える。だが、アメリカのヴェトナム政策に反対して、直接行動をとるアメリカ人の数は、人種差別反対闘争に参加するアメリカ人の数よりも、ずっとずっと少ないことを、サルトルは見ぬいていた。

そして、アメリカの人種差別反対運動に、サルトルは手助けすることができない。外部からやってきたフランス人が「人種差別は非常に悪いことだ」といったところで、何の役にも立たないことを、彼はよく知っている。アメリカ国内の黒人問題は、アメリカ人自身の手によって、アメリカ人の新思想によって解決されなければならない。「その新思想はヨーロッパから輸入されるものではありません」「まず三カ月以内に行動しなければなりません」この会見記で、彼はヴェトナムに関する限り、そう断言している。アメリカに行くことはまちがいである。しかし行動は開始されなければならない。そこで彼は、こう考える。「われわれの貢献できる唯一の方法は、アメリカのヴェトナム政策を、露骨に、全面的に非難し、可能なあらゆるところ、つまりヨーロッパのあらゆるところで抗議運動をひき起すことです」

アメリカへ行かなかった彼が日本へ来た。これは、ヨーロッパのあらゆるところではなくして、世界のあらゆるところで、といいかえたくなるように、彼の考えが発展したためであろう。

「私は何故アメリカへ行かないか」には、日本の名も中国の名も、いっさい記されていない。だが、アメリカ行きを拒否した彼の真情吐露からおしはかるに、日本行きを拒否しなかったのは、日本の左翼をゼロとは考えない、日本の政治生活の地表にさざ波を立てることは不可能ではない、日本のいくつかの大学で講演をすることは無意義ではないと考えたことになるであろう。来日したサルトル氏は、おそらくアメリカのヴェトナム政策に対する、すでに発表してしまった彼の態度を続行するために、日本という、アジアの一国を選んだのであろう。日本のヴェトナム政策よりは、明らかにアメリカのヴェトナム政策に対する反感が発火点となっている。したがって、日本における彼の発言が、知識人に関するものであれ、文学者に関するものであれ、その一点に集中されたことは当然であろう。であるからして、「私は何故アメリカへ行かないか」を、よく読みとっていさえすれば、昭和四十一年秋に来日した彼が、どんな発言をするかは、予測できたはずである。

サルトル氏の、かなりに難解で複雑な実存主義や、変幻きわまりない小説や戯曲を読まされていた日本の読者たちが、彼のあまりにもハッキリしすぎた主張に驚かされたことは事実である。しかし、彼にしてみれば、いうべきことを決定していたからこそ、日本へ来たのである。結論は、はじめから動かしがたく、定められていて、その定められているものを投げつけるために、彼は来たのだ。

投げつけることは、勇気さえあれば誰にでもできる。だが、勇気だけでは諸外国の読者や、聴講者を獲得することはできない。ところが、わが日本においては、幸か不幸か、彼はとっくの昔に読者と聴講者を大量に手に入れていた。彼を愛好する日本のプチ知識人たちは、彼がどんなに単純にして、はっきりした結論を投げつけようと、「サルトルさんである限りは、考えに考えぬいて複雑で難解な手順をふんだあとで発言されるであろうから、その複雑で難解な方と、単純にしてはっきりした方と、両方をいっぺんに投げつけて頂いて、フランス的でもあり、世界的でもあり、ノーベル賞をもアメリカ帝国主義をも突破してきた史上最大のたのもしき知的怪物の息吹を浴びようではないか。日本の知識人は、われわれと同じ黄色人種であり、同じ日本語でブツブツと文句を言ってはいるが、どうもお互いさまに信用はできないから、悪魔か天使かは知らないが、ともかく、せっかくサの字がやってきてくれたのだから、どうしたって歓迎せずにはいられないのだ。ああ、いい気持がする。いい気持の予感がする。佐藤内閣が何だ。文壇が何だ。総評や日本共産党がモジモジしていたって、おれたちにはサの字がついているんだ。毛沢東は同じ黄色だから古臭くなってきたかもしれんが、サの字はともかく白色にしろ無色透明にしろイキがいいんだし、スターリンよりも、ピカソよりも、いや、よりもというよりは、何となく芸術的、ならびに政治的の前衛、ゼンゼンエイが、ボ女史をいたわり、なるべく彼女を前におしだすようにして、御老体にもかかわらず、こうやって来て下さった以上は」と、ひろく知識を世界に求め、という五箇条の御誓文を忠実に守って、興奮したり、興奮しないふりをしたのであった。

サルトル自身は、どんな具合にして日本の文化人が興奮してくれたり、してくれなかったりしても、少しも驚きはしないのである。自動車事故の方が、よっぽど直接的で、こわかったにちがいないのだ。彼は、すでに、ゆるぎなき「サルトル氏」であって、もはや誰もが「サルトルはサルトルである」という真実を疑うわけにはいかないのであるから、何をしゃべっても、それは「サルトルがしゃべった」として確実につたわり、その反応がまた確実につたわることはまちがいないのであった。このまちがいない一点をめぐって、まちがいのなくはない非サルトル群集がどよめいたとしても、それはサルトル氏ならびに群集諸君の罪ではないのである。

九月二十二日、東京、日比谷公会堂では「知識人の役割」、九月二十七日の京都での第三回目は「作家の政治参加」、この二つの講演の全訳を、私はできうるかぎり注意ぶかく読みかえした。かねがね私は「サルトルはしっかりした考え、方針、あるいは哲学や文学理論があるからこそ書くのであり、ぼくなどは考えがないから、あるいは考えが中断したり消えてしまったりするから、うかうかと書いてしまうだけだ。恥ずかしい」と思っていたので、今回の講演を読むとますますその感を深くした。

「知識人」についての彼の解釈ほど、新鮮な議論はあまりきいたことがない。こちらは知識人、知識人とあっさりきめてしまって、雲をつかむような状態で、怒ったり、さわいだり、喜んだりしていただけだったのに、彼はひとりで考えを煮つめて結晶を生み出そうと努力していたわけだ。

「知識人として生れついたから、あるいはまた知識人となろうと決意したから、知識人なのだと考えてはならないので、社会的状況と社会のもつもろもろの矛盾のために、あらゆる実践的理論家、あらゆる実践的知識の専門家は、心ならずも知識人とならざるを得ず……」

この心ならずもの一句が、まず実に効いているではないか。

「知識人は、だれの委任状をも受けとってはいない。いかなる権力もかれにその地位をあたえてはいない」「知識人は、人間のなかでも、もっとも手段のとぼしい者ということになります」

「かれらのうちには教師が多いとはいえ、なによりもまずかれらは『知らざる者』でありますから、教えようなどと自負しません。学者とか教授とかとしては、かれらは『知って』いますが、知識人としては、かれらは『知らない』のです」

要するに「知識人」とは、なりたくてもなれるものではなく、なりたくなくてもならされてしまう「二重の意味の怪物」らしいのである。

「知識人は、自分のいる社会を、もっとも恵まれぬ人間の視点にしたがって、理解しようとつとめなければなりません」等のくだりは、なんだ今さらそんなコトと軽んじたり、「しめ、しめ、そこを言ってもらいたかったんだ」と握手を求めたくなったり、人によって反応はちがうにせよ、わかりやすいこと無類であるが、

「知識人の探求の対象は、一般的な方法のある種の特殊化を予想させる。すなわち、外面と内面との矛盾を克服するための、はてしのない視点の転換です」あたりになると、なるほどサルトル氏は、独ソ不可侵条約が結ばれたばっかりに、ひどい目に遭ったフランス共産党のくるしみ、ハンガリーに侵入したソ連軍に対するにくしみ、アルジェリア問題、ヴェトナム問題について、国際政治の方面で、はてしのない視点の転換を行ってきたのみならず、「嘔吐」から「自由への道」、「神と悪魔」から「アルトナの拘禁者」に至るまで、たしかに彼のあらゆる作品において、文学的方法としての、はてしのない視点の転換を行ってきたことを想い出さずにはいられない。

知識人は、支配階級からも嫌疑をかけられ、恵まれない階級からもやはり、嫌疑をかけられる。知識人は、労働者階級を啓蒙できるかもしれない。しかし、それはかれがこの階級の一員になっているからではなくて、むしろ逆に、かれが不可能な統合を追求し、じっさいはその階級からしめ出されているからだ。

知識人は、たえまなく自分自身とたたかう。支配階級によってあたえられた、教養というやっかいなモノ（それは彼の幸運であり、不運でもあるが）を、かれは抹殺することができない。労働者は、知識人を断罪し、知識人をその「孤独」のなかに置きざりにすることが、しばしば起きる。だが、そうなることが、知識人本来の「分け前」であることを覚悟しなければならぬ。このようにして、まことにつらいような、はなばなしいような特殊条件をならべたてられ、意気ソソウしていいのか、勇気百倍していいのかわからなくなってしまう我々に向って、彼は次のように、いくらかなぐさめるように、また、冷水三斗をあびせかけるように言う。

「知識人は、孤独のなかでしか、かれの矛盾にみちた状況を生きることができないのであり、その孤独とは、不断に『追放』の身でありながら、不断に大衆の側に立とうと努力するという、とりわけ有益な孤独なのです。なぜなら、もしこの孤独から脱出しようとするとき、知識人は知識人でなくなってしまうのですから」

サルトルもボーボワールも、わが日本の各地を旅して充分に孤独であり得たと、私は推察できる。ボ女史が北九州の港で、荷揚げにはたらく労働婦人たちと立ち話する光景を、テレビで見た。彼女の方はサ氏とくらべ、あまり「孤独」の方は力説しないで、その日も組合で団結して、婦人労働者の地位を改善せにゃいけませんと言ってきかせていた。ひとまわり大きい西洋婦人を前にして、小さくしなびた日本婦人は「わしらも正月にゃあ、たたかうことになっとるでな」と具合わるそうに答えるし、女史に年齢をたずねられたお婆さんは、答えはしたものの、まわりの仲間から、その答えがちがっていると指摘されるし、マイクを向けられると「ヒュー」と笑ってよけて行く男子労働者もいた。白い「知識人」ばかりでなく、きいろい労働者もまた孤独であるように見うけられた。

戦争と私

大正の末ごろ、上野の池之端で平和博覧会があった。そのパノラマの一つは、ガスマスクをつけて逃げまどう市民の姿で、サイレンが鳴ると風景の色がかわったりして、おそろしかった。

中学生になると、軍事教練がさかんで、私は号令をかけるのが得意だった。体力が貧弱なので、かえって同級生の行進を指揮するのが愉快だった。村田銃のとりあつかいも、うまかった。

高校のおわりごろ、A（アンチ・ミリタリズム）という反戦組織に入り、東大は中退。それ以後、中国からの留学生ともつきあい、中国人の抗日意識も当然のことと判断していた。舞台でレマルクの『西部戦線異状なし』、トレチャコフの『吼えろ支那』、久保栄の『中国湖南省』を見たり、プロレタリア科学の連中の中国研究を読んだりして、中国に同情していた。

留置場を出てからすぐ、徴兵検査をうけると、かかりの将校が「目さえわるくなけりゃあ、お前は甲種合格にしてやるんだが」と、残念そうに私の身体をなでまわし、歩兵補充兵第一乙種にされた。

昭和十二年、二十五歳の秋に、赤紙をもらった。自分の保有する思想からすれば、脱走するか、入獄しなければならぬはずだったのに、在郷軍人たちの合唱におくられ、九段の近歩一（キンポニ）に入隊して、輜重兵特務兵二等兵になった。仲間はみんな未教育で、とても役に立ちそうにない兵隊だった。

九段の連隊から品川駅まで歩くうちに、ふらふらになったが、沿道は子供をおぶったおかみさん、小学生、婦人会の幹部、町の男たちが声援したり、ユデ卵やサイダーをむりやりくれたりして、たいへんなさわぎだったし、汽車が走り出すと、耕作している百姓たちが旗をふり手をふり叫ぶので、涙が出てきた。

自分が仲よくせねばならぬ留学生たちの祖国へ攻め入るのだから、よくないこととは知りながら、輸送船につみこまれて、呉淞《ウースン》に上陸。戦争に反対するため「理論」でアタマが一ぱいになっているくせに、平気で戦争に行く、あの恥ずかしさ、だらしなさは、今さら語りたくない。

死刑になるのがイヤだから反戦できなかったのか、売国奴と呼ばれるのがこわいから「出征」したのか。そうばかりではなくて、みんながやっている集団行為の中にまぎれこんでいるんだから、かまいやしないという気分にズルズルとひきこまれ、どうせ侵略者の一員になるんだから、戦場では、せめて、良心的な、はたらき者になろうと考えたのか。

赤紙を手にするまでは、まさか自分が（自分だけは）戦場へ行くまい、行かないですむだろうとぼんやり考えている。そして、銃をあてがわれて「敵地」へ行く。そうすると、今までとはちがった自分、および人間を発見するようになってしまうのである。

死体は至るところに、ころがっていた。水たまりに倒れ、髪の毛を海草のように乱して、ふくれあがっている女の死体もあった。乾いた土の上に、まるで生きているように仰臥している乾いた老人の死体もあった。物の焼けるにおい、肉のくさるにおいが、みちひろがっていて、休息しても食事しても、つきまとっている。

憲兵のとりしまりもない、裁判も法廷もない前線では、殺人は罰せられない。たった一人の老婆をころすのに、あれほど深刻な緊張をしいられたラスコルニコフの苦悩をぬきにして、罪のない、武器ももたぬ人びとが殺されて行く。だれがいつ、どのようにして殺したか、殺されたかという、犯罪の証拠もぼやけたまま、殺すという行為が「勇敢」という美しいことばと結びつけられたりして、むごたらしく、なまなましく実演されて行く。

男はだれでも、卑怯者といわれたくない。それに「国のために命をすてる」という言いわけもあるのだが、この堅固な言いわけが、次第に無意味な殺害と破壊におおわれて、醜悪なあるものに変化してしまう。

戦場ほど不平等な場所はない。そのおかげで、私などはトラックに乗った輜重輸卒として、他の兵種よりずっと楽なくらしをした。生きてかえれるか、すぐさま戦死するかは、強い弱いなどという簡単な差別できまるものではない。正、不正、善、悪などの道徳的な区別をそっちのけにして、やみくもにやってくる不平等な生と死がまちかまえているにすぎない。

東京、大阪など、大都会出身の部隊が弱かった。これは、都会人が反戦的であるから弱いのではなく、体力的に強くなかったのである。そして東北や九州など「一番のり」のできる地方の師団が強かった。強い者は、どうしたって弱い者を軽蔑する。たたかうからには、強くなければ問題にならない。そして戦地では、強いも弱いも人を殺し、物をこわすのである。

モーゼは十戒をかかげ、釈尊も原始教団に「戒」を説かれた。たしかに何かしら宗教的な戒が守られていれば、戦場でもきき目があるにちがいない。しかしキリスト教徒も仏教徒も戦場では人を殺した。人を殺すためにも強くなければならないだろうけれども、人を殺さないためにも強くなければならない。私は強くなりたい。もし強くなれなければ、自己の意志に反して、またしても集団的殺人行為に参加しなければならないかも知れぬからである。

私は、かつての体験をふりかえって、どうしても自分自身を信用することができない。人間がおい込まれた生活条件によって、どんな非人間になりかわるかも知れぬという不安から、はなれることができない。私は祈るような気持で、強くなれる精神的根拠がもちたいと思う。もしも、それが持たれないなら……。

根源的なるもの

「中央公論」の新人賞の第一回（その審査員は伊藤整、三島由紀夫の両氏と私だった）、いよいよ一篇を決めなければならないのだから、審査員の集りは大がい憂鬱なものであるはずなのに、三名ともニコニコの笑顔で活気にみちていた。

つまり「これなら大丈夫、まちがいなし」の応募作品がめいめい一つ見つかっていて、それが全く一致していたからだ。「どんなひとかしら」と、中央公論の婦人記者諸君はしびれるような期待をもったであろうが、おそらく当選者の風貌姿勢は彼女たちの胸のときめきを裏切ったにちがいない。秀才型の美男子、「芸術」の香りをあたりにただよわす「芸術家」らしき若者とは正反対の、色黒でむくつけき中年男があらわれたからである。しかも学歴の方も、大学はもとより高校さえ卒業したかどうかわからぬ、文学臭も学問臭も、みじんもない奴で、その上、裸女のおどりのひきたて役としてギターなど弾いているそうではないか。

深沢の第二、第三の作品が発表されるころから、三島氏は「どうも、うす気味わるいよ」とつぶやきはじめた。その感覚はまことに正しかった。同人雑誌にたてこもって文学的出世を念願する、文学者ぶった若者たちや、ブンガクでなければ一刻もすまされないような顔つきをした、あまりにも熱心な文学愛好者にうんざりしている者の眼には、彼の出現は文字どおり「うす気味わるい」もの、とんでもなく異質なものを直感させずにおかなかったからだ。

彼の名が知れわたってから、引退しそうになっているヌードダンサーの草わけのヴェテランは、久しぶりで彼に会ったとたんに、挨拶ぬきで（もちろんズボンを通してであろうが）、いきなり彼の男根をギュッとにぎったそうである。

彼女の彼に対するその親愛ぶりは、決して彼に性的魅力があるために発生したのではないと思う。つまり彼は常に根源的なるものを理くつぬきでぶらさげていて、しかもそれを意識もせず宣伝もせずに生きているから、きわめて自然にその一点に向って、手をのばすことができたにすぎない。きわめて自然に。ああ、このあたりまえの人間らしい態度が、わが文壇にあって失われてから何と長い時間がたったことであろうか。そこには、ありとあらゆるハン雑な文学的手つづきがのさばっていて、すでにその流派の細い細い葉脈みたいなものが解釈され分析され整理されて、あたり一面シュンとして、つまらなく色あせてしまうのであった。

深沢文学とエロティシズム。深沢エロは、口あたりよきロマンスカクテルでもなし、さればと言って、ヘンリー・ミラー的環境そっくりの大さわぎでもない。いわば、大へん哲学的な、彼自身が何よりきらう言葉を敢てつかわせてもらえば、「上品」なものである。彼の短篇には、つれこみ宿で十五分しか経過しなかったため、宿の主人から「あんまり短いから、タダでいいよ」と言われる男が登場している。短くてすむものを、どうしてわざわざ長々と書く必要があるのか。生きることは庶民にとって、いそがしくて、つらくて、欲ばりの心で持続しなければならないことなのであるから、よろめき夫人も、あばずれ乙女も、そんな奴らは、その時々にいいかげんにあしらっておけばいいのである。ああでもない、こうでもないと妙に飾りたてて、フンイキを盛りあげて陶酔していられる人は、そうやってウットリしていればいいわけなのであって、深沢はそういう流行や風潮につきあいをしないだけの話である。

フラメンコ。このギターの弾き方について、私一家は彼から実に親切な教授をうけた。彼のゴツイ指が、ギターの弦をまことに誠実に走りつづけ、とまどいつづけているのを眺め、彼の田舎者くさい熱中ぶりを目撃するたびに、私は感動する。甲州の桃ばたけで、彼の、あまり感心できない音声が、ナラヤマ節の歌を、風通りのよい斜面に向って訴えるが如く流しはじめると、私は涙ぐみそうになる。

それは、批評などというものは、ジュン文学からジュン音楽に至るまで、信ずることのできなくなった庶民の男が、これだけは好きだと思う通りに没入しているジュン芸術的な状態だからである。

もとより彼は、何人にもしてやられることを拒否する「したたか者」である。彼は戦術を知っている。福沢諭吉がおっかながりの努力家だったのと、そっくりそのままに、おっかながりの努力家である。ただし、彼の方は「学問のすすめ」をしようとしない。少くとも、彼が学問の路を、書物以外のつかみがたい世界で実をむすんでいる（あるいは、その胎内にまぎれこんでいる）ことを疑うことはできない。ただ、その貴重な学問が、ありきたりの哲学者や社会科学者にはガクと見えないだけなのである。ガクと書いただけで、彼自身、背なかに火がついたように跳びあがって逃亡するであろうから、なおさらのことである。

三島由紀夫氏の死ののちに

息つくひまなき刻苦勉励の一生が、ここに完結しました。疾走する長距離ランナーの孤独な肉体と精神が蹴たてていった土埃、その息づかいが、私たちの頭上に舞い上り、そして舞い下りています。あなたの忍耐と、あなたの決断。あなたの憎悪と、あなたの愛情が。そして、あなたの哄笑と、あなたの沈黙が、私たちのあいだにただよい、私たちをおさえつけています。それは美的というよりは、何かしら道徳的なものです。あなたが『不道徳教育講座』を発表したとき、私は「こんなに生真じめな努力家が、不道徳になぞなれるわけがないではないか」と直感したものですが、あなたには生れながらにして、道徳ぬきにして生きて行く生は、生ではないと信ずる素質がそなわっていたのではないでしょうか。あなたを恍惚とさせようとする「美」を押しのけるようにして、「道徳」はたえずあなたをしばりつけようとしていた。それは、あなたが肉体の効能を意識しはじめた瞬間から、あなたに猛訓練を求めました。いや、文章をつづりはじめた瞬間から、あなたの文体（つまりは精神）を、きびしい緊張の城塞とし道場としたのです。その文体は、あなたを守り、あなたを築きあげるものであると同時に、あなたを裁こうとし、あなたを強引に専有しようとするものでした。みずから生みだした文体との、悪戦苦闘。

　最初の書きおろし長篇『仮面の告白』を出版社に手わたすとき、神田の小喫茶店の暗い片隅で、私はそれを目撃しました。紫色の古風なふくさから、分厚い原稿の束をとり出すあなたは、顔面蒼白、精も根もつきはてたひとのように見え、精神集中の連続のあとの放心と満足に輝いていました。「一日三枚がいいところだ」「一週間、温泉宿にいて一枚も書けなかった」。そのころ、あなたはそう語っていた。ぼくらの同人雑誌「序曲」の座談会の席でも、あなたはほとんど笑声をたてることなく、「血」「血を流したい」とひかえ目に語っていた。それから「ギリシャ」。（後日、ヨーロッパ旅行から帰ったあなたは、それこそ青い空と青い海と白くかがやく円柱を、両眼に貯えてきたかのように、古代ギリシャを礼讃したものだった。）「序曲」に発表した中篇「獅子」も、わが子をころす母親の、ギリシャ悲劇にヒントを得たものだった。一方、くつろいだ酒の集りでは「知らざあ言ってきかせやしょう」と、あまり上手でない歌舞伎のせりふをきかせてくれた。老成と無邪気の絶妙な融合。飲みたくない酒も、つきあって飲む努力。「長幼序あり」という礼儀正しさと、それをきらう負けん気の、まことに無理のない結合のための努力。あくまで努力を棄てなかったあなたにとって、努力以外の風俗の快楽が、はたしてあったのでしょうか。たとえあったにせよ、その「快楽」の中には、だらしないという重要な要素は切り棄てられていたのではないでしょうか。

　あなたの祖母は言葉づかいにやかましく、日本語のアクセントを正確に発音するよう、あなたをしつけたそうで、いつかあなたは「赤トンボ」という単語を実さいに、あなたの口から聴かせてくれましたね。文体が、作家のみずからに対するしつけだとすれば、あなたはまさに「しつけ伝統」の中枢に端坐していたと言えましょう。「三島由紀夫が老人になったら、永井荷風よりやかまし屋になるぞ」と言った批評家もあります。純粋と厳格。猥雑なるものの拒否と、尊きものの護持が「やかまし屋」の美点であるとすれば、あなたはまちがいなくその美点を、あなたの最期によって立証して見せてくれたわけですね。文学者としても政治的行動者としても、空前絶後の「やかまし屋」でありつづけ得たあなたには、私たち「やかましくない屋」を真向唐竹割に斬りさげる権利と資格があります。「イヤだなあ」「気持がわるいなあ」「あれは、きらい」。意地わるでもないくせに、まるで意地わる爺さんのように眉をひそめたり眼を伏せたりして、文学者たちを批判する（いや、イヤがる）とき、味もそっけもないだけに不動性がこもっていて、清潔な感じがしたこと。正真正銘の、生れたまんまの裸の「やかまし屋」でなかったら、どうして、あんなきらい方ができるでしょうか。そして、もしもあなたがやかまし屋でなかったら、我々を窒息させるほどの、すばらしく多量の見事な開花は、地下の根を失って不可能であったでありましょう。

　何という執念ぶかい克己心があなたを、しっかりと支えていたことでしょう。カニぎらいだったあなたは、日本料理屋の膳に、ほんの小さいカニが丸ごと載っているのを見ると、腰をずらして身をよけ、「蟹という字もいやなんだ」と真剣に言ったものです。あなたの戯曲にサボテンが登場したとき、私は「ああ、カニの手に似たサボテンにこだわるのは、きっとカニ・アレルギーを克服するためなんだな」と思いました。おそらく、トゲトゲのある鋸歯《のこぎりば》の日本刀だったら、あなたは使用しなかったでしょう。あなたの日本刀ごのみも、蟹の爪、蟹の手足、蟹のハサミ、その動かし方、歩き方に対する嫌悪の念を克服する過程の、一つのあらわれだったかも知れない。やくざの若親分に扮して映画に出演したさい、「自分の弱点（臆病）がヒョイと出てしまっていた」とくやしがっていた。だからこそ、あなたは軍人、武士、いさぎよき死者になるために、別の自己になるために、一種の快感をもって自己を鞭打ったのでしょう。聖なる若者（もちろん美青年でなければならぬ）が、裸体で縛られ、多数の矢を射ちこまれている絵画が、あなたは好きだった。身うごきならず、しかも、ほれぼれするような肉体をさらして、もだえくるしみ、しかも矢はできるだけむごたらしいやり方で、射ちこまれなければならなかった。自己嫌悪を克服して自己陶酔に転ずるためには、まず自分が自分をいじめ、いじめられ、いじめあい、いじめぬくこと。しかも次第に、いじめ薬の量をふやし、はては限量を越えるまで……。あらかじめ肛門に挿入しておいた卵を、客の前で生み落して、コケコッコウと啼き声を発する白人を描いたとき、禁色の「禁」をこじあけるさいの精神の骨のきしみを感じ、身ぶるいしたにちがいない。あなたの同性愛にさえ、私は一種の、屈辱突破の努力、弱者から強者への一瞬の飛躍を感じとります。『禁色』の日本青年は、白人男に強姦される。強姦されるくらいなら、強姦した方が正しいと、おそらく「葉隠」は、あなたを叱りつける。優雅を尊ぶあなたは、しかし普通の意味の強姦者にも殺人者にも、なれはしなかった。あなたの宣言と、あなたの決意にもかかわらず、あなたは一人の敵（男）をも殺すことなく死んでいきました。『暁の寺』が発売されたあと、あなたは「インドはすごいですよ。インドはいいなあ」と嘆じました。それは、白癩、黒癩その他、あなたの身ぶるいするほど嫌悪する対象が、そこに充満し、依然として残存するカニ感覚を克服するための材料が、うんざりするほど立ちはだかっていたからでしょう。

火事と夕暁。あなたをおびやかし、またあなたを誘う紅の色。白地に赤き日の丸の旗。かつて、多くの青年たちを黒い死に向って、やみくもに突進させた国旗の紅と、あなたの反対側の青年たちを突きうごかす革命旗の紅と、紅のはたす役割は、はてしもありません。そうだ。忘れてはならない。口紅。初期短篇の一つで、あなたは女の手で口紅を塗ってもらう少年を描いていた。棒状の口紅が、少年のくちびるを少しひきつらせながら、赤い線を引いて行くときの感覚。生れてはじめて、やわらかい肉の開孔部に、附加されようとする人工の紅。あの優雅ではあるがなまなましい、化粧ではあるが冒険だった口紅的受身から脱出し、それを克服するために、いかなる紅を用意せねばならなかったか。この世にあるのは、物騒な警戒色としての紅ばかりではない。おめでたい祝いの赤もあります。転身をなしとげるまで、あなたは、これらの日常的なミズヒキやノシの赤のぬくみにも、きちょうめんにつきあっていた。義理がたくふるまい、空港での送迎、パーティへの出席、家庭の建設、営業の繁栄、好きな仲間へのはげまし、そして何よりも着々として成功した自己宣伝。もっとも国際的な文学的安全保障たるノーベル賞への接近。にぎやかで、なまあたたかい赤にとりまかれてと言うよりは、あなたはみずから、それを創造さえしていた。

俳優や演出家や作曲家や詩人が結成した「横の会」の一夜、あなたはことさら大量の洋食を注文して平らげたし、万事笑ってすます中年者の態度をも身につけていた。ますます芝居ずきになり、演技ずきになり、いそがし好きになっていった。あなたは「鉢の木会」の同人だったし、私は「アサッテ会」の一員だった。「武田さん、敵側にまわりましたね」と豪傑笑いをしながら私をからかったが、あなたは「鉢の木会」の当日、目黒の家にも招待してくれたし、大森の新宅でも念入りの御馳走をしてくれた。私の観察によれば、同人先輩たちに対するサービス振りは満点、母上その他、御家族の加勢もあって、新式高級マイホームの楽しさまで、たっぷり味わわせてくれたものでした。そこには真紅のバラの甘い匂い、輸入葡萄酒のとろりとした紅の味はあっても、赤い血の臭気など嗅ぐすべもなかったのに。ほどよき普通人の努力が、過不足なく、老後まで永続する安定した空気を漂わせていたのに。あれはすべて仮面であり、偽装だったのでしょうか。「おれの親爺の絵は、ほんとうにうまいのかなあ。わからないよ」。そう批評してあなたが首をかしげていた、奥さんのお父上、有名な画家は、あなたの死の翌日に芸術院会員の栄誉を受けましたが。

もっとも普通人であったはずのあなたが、普通人の安定のすべてを破棄するようになったのは、いつごろだったのか。何故だったのか。すべてを棄てよ、とは仏教のおしえでありますが、あなたは空観を突きつめようとした『暁の寺』においてさえ、仏教的ではなかった。おそらく真に仏教的になったとたんに、あなたの築きあげた美学が崩壊することを見ぬいていたはずであるから、難解な仏教哲学に敢えて踏み入ることを、富士山麓の自衛隊の演習に参加し、夜の樹海に踏み入ることと同じ、苦業難業、人のやれない突進として選んだにすぎないのでしょう。陽明学について語る、その百分の一も、旧約新約聖書に触れたことはなかったし、カミの救いも、ホトケの救いも、あなたは求めなかった。では、どんな救いを求めて、死への急傾斜を駈け降り、はなばなしい行動の険路を駆けのぼって行ったのでしょうか。自己肯定を求めすぎた結果、自己破壊のみが「救い」だと、思い定めたのでしょうか。

中央公論社の新人賞、谷崎賞、この二つの文学賞の選考委員として、あなたとぼくは御同役でした。深沢七郎の『楢山節考』に、まっ先に目をつけたのはあなただったし、庄司薫（福田章二）の『喪失』が二回目の新人賞でしたね。深沢さんを選んだあとで「何だか、このひと気持がわるいなあ」とつぶやいた言葉は予言となり、『風流夢譚』事件の直後には「右翼にねらわれるといけないから」という理由で、警察署が保護役の警官を、君と僕の両方の自宅へ差し向けたことがあった。おぼえているでしょうね。ほかならぬあなたが「右翼にねらわれる」喜劇があったんですからね。ねらわれるくらいなら、ねらってやれ。おどかされる立場がいやだったら、おどかす立場になってやれ！　例のあなたの克己心がそう作用したと考えられないこともない。追放され放浪した深沢さんを、第一作で「気持がわるいなあ」と見ぬいたとき、あなたはまさか、切り裂いた自分の腹からハラワタがはみ出し、自分の首が斬りおとされてころがっている現場写真を見せられ、多くの人々が「気持がわるいなあ」と騒ぎ立てるようになることまで、見ぬいてはいなかったでしょう。誰だって、一寸先きはヤミです。見ぬける者は一人もありません。しかし「君子ハ豹変ス」。天才的な文学者の急激な変化が、我々にとって意外であり、またあなた自身にとっても意外なのは、そのためでしょう。死は、平等です。平等であらねばなりません。どんなに壮烈にとげられた死も、どんなにみじめな衰弱死も。万人の前で叫んだあげくの死も、誰にも知られぬひっそりした死も。自己主張の死も、沈黙の死も。死にもし価値があるなら、どんな死の重みも同じでなくてはなりません。あなたは、前置きがきらいだった。「けれども」「だが」がきらいだった。「率直に申しあげますと」「正直に言わせてもらえば」「今日の時点におきまして」。それらを拒否した。ぼくも、きらいです。現代のテレビでは「……ですけれども」と一回の出演に二十回も「けれども」をくりかえす女性アナウンサーもいます。あなたは「けれども文化」を軽蔑した。しかしあなたは、いかに軽蔑し、いかにきらっても厳として存在する、この世の風俗習慣、流行人気には人一倍くわしく敏感でありました。歌舞伎の楽屋に出入りし、名優を指導したあなたは「ひどいところだよ。少し心づけが足りないと、ぼくの履いてきた靴がなくなっちゃうんだ」と言い、新劇に深入りしたあなたは「ともかく役者が困るんだ。どうにもならないんだ」と言っていました。十年も前にあなたが私に『家畜人ヤプー』を読ませたがったのは、無神経でガンコ、ゆるぎなくも危なっかしい、のったりとひろがる「気持のわるいもの」に対抗するため、別の新鮮な自覚された気持わるさを、応急の治療法としたかったからです。どこまでつづくヌカルミぞ。平気な顔をして「これが人間だわよねえ。仕方ないじゃないの。ヘンな奴はヘンな奴よ。あたしたちと関係ないわよ。ねええ」としめしあわせ、うなずきあい、いい人ぶる世間人の、全く無意識の深いぬかるみは、したたかなものであるからして、いかにあなたが孤軍奮闘しても、とてもかなうわけはなかったのでした。偉大なるかな、人類の正統派、健全なる住民の悠々たる気持わるさ。それは、あなたのけなげな努力、覚悟、憤死、あなたの気持わるさをこともなげに飲みこみ、脂ぎった日常の、めでたい赤の表面をなめらかにととのえて持続して行くのです。

『美しい星』において、あなたは、火星、木星、金星、土星からやってきていると信じこんでいる家族たちについて語りました。なぜ、あの予言的な小説が、評判にならなかったのでしょうか。わかりきっています。人間たちは、地球人であることがニンゲンであり、自分たちこそ地球人そのものであると信じ、かつ主張して一歩もゆずらず、別の星の気持わるいにんげんであるとまちがえられることを、何よりも怖れるからです。ああ、わが愛するミシマ遊星から派遣されてきたミシマジンよ。虚空にひびく、あなたの高わらいをききながら、淋しくもならずに、気持わるくもならずに、何となく愉快になってくるのは何故だろうか。民衆、つまり隣近所があなたを理解できなかった。それ以上に、あなたはニンゲンを理解できなかったのです。それが、あなたの「天才」の秘密でもありました。君のくちびるの口紅が、ぼくの歯ぬけのくちびるにくっつかなかったからと言って、ぼくはあくまで「君が好きだったんだよ」と呼びかけずにいられません。「ノーベル賞はもらいません」「芝居はやめました」「文武両道なんてできっこありませんよ」。死ぬまぎわに残した君の言葉は、愛すればこそ愛するものと断絶する、宇宙人のせつない慧智を示していたのだろうか。それにしても「タテの会」は、「ヨコの会」とちがい、どうしてああも美々しき制服を、着用せねばならんのでしょうか。むしろドテラ、ハッピ、モンペ、ワラジ、キャハン、ミノ、カラカサなどの方が、日本伝統文化が明らかで、よかったんじゃないのかしら。え？　それでは怪しまれる？　ああ、怪しまれて防衛大生に近づけないというわけですか。それでないと、隊員もよろこばない？　そうですか。怪しまれない「怪人物」になろうとされたわけですね。

いろいろと御苦労さまでした。私たちも、怪しまれないようにして「怪人物」になるように心がけます。いや、いや。まちがいでした。「怪しまれないで生きている地球人」になるためにせいぜい努力いたします。（と、うまくいくかどうか）。老人性痴呆症のせいか、もうくたびれて睡くなりました。また夢の中で、二人だけでお会いしましょう。血気にはやる隊員は連れてこないで下さい。どうせ棄てるなら、お気に入りの同志も棄ててきて下さい。諸行無常屋より。文武両道軒さまへ。

わが思索わが風土

明治と大正のさかい目に、寺の子として生れた。三十代まで、寺で暮した。だから、私は少しばかりの宗教心がさずけられたとは、言いかねる。二、三の寺と教団を内部から好むと好まざるにかかわらず、見せられた、見てしまったため、かえって神秘性のかわりに、かくされた内幕を知りつくしたのだから。

おとうさんが坊さんで、おかあさんが坊さんの女房。それは、小学、中学のころまでは気にかからない。しかし、大学を中退して、就職もできずに寺にとじこもり、仏書に親しむと、寺院内の夫婦生活が、はたしておシャカ様の教えにしたがっているか、否か。それが疑問になる。仏教では、とにかく欲望をたくましくすることは、いかんのである。いい着物、いい住宅、いい食物、つまり人の欲しがるものを私有することは、許されない。だとすれば、誰でも欲しがる物の中でも最も欲しがる美しき女体を抱きしめて喜んでいれば、仏法を忘れはしないか。

私はもともと、他に行きどころがないから、寺にとどまっていた。信仰なしで、僧たるの資格を得た。それにしても、寺にいるあいだは、いくらかでも坊主らしくして見せたかった。見えの一種かも知れないが、青年ならだれでもまといつかれる反省だろう。親鸞上人の如き大人物なら、女色を絶たないでも新興宗教の開祖になれる。私には、そんな大望はない。運がよくて大学教授か大衆小説家にでもなれれば、それで満足なのだ。

ところが、社会主義のはじっこをかじった青年には、生産もせず、封建時代の服装で、檀信徒にもうまく理解できないお経をよみ、御布施でくらすというのがフにおちなかった。まあ、それは外部からの需要で、そうなっているから仕方ないとして、いちばんこわいのは肉欲の問題だ。ほんとうに好きなのは、オンナかホトケか、わからなくなる。

一般人の女好きは、むしろ歓迎さるべきだ。だが聖職者（もしも坊さんが真に三界の大導師ならの話ではあるが）が、それほど女体に熱中していいか、どうか。当時の私は、なにしろ「働カザル者ハ食ウベカラズ」の説を熱愛していたから、労働者でも農民でも商人でもない自分が、きき目があるのかないのか、死者を極楽・地獄のどちらへ送りとどけられるのか、いっさい不明のまま、白紙に包んだ金銭を受けとり、あまつさえ普通人と同じ色欲をも満喫して、一般家庭よりひろい、樹木も庭も池もある仏閣におさまっているのが、こそばゆかった。恥ずかしかったと言わないのは、平気な顔つきで、私がお寺の坊っちゃま、若先生でありつづけていたからだ。

だが、とにかく寺住みのあいだは、結婚はしない。それが唯一の決心だった。もちろん、寺以外の場所で、私はいそがしく性欲を満足させた。女性を愛してはいけない。愛してはいけないのがモットーだから、ますます欲しくなる。禁欲ほど女性を美しく見せるものはない。とにかく、こっちは「異形の者」である。こびりついていたイメージ、幻覚は何よりもまず「縛られた裸女」であった。

幻想の美女がハダカでむごたらしく縛られていたということは、私自身がギリギリ縛られていたと言うことである。

戦後世相の中で私が喜ばしいと感ずるのは、男女青少年のつきあいが、自由になったことだ。人手不足で中卒、高卒も身体さえ丈夫なら、いくらでも独立できる。当時の私みたいにジメジメとこわばる必要はない。まず獲得すべきは、経済的独立なのだ。セックスの瞬間も、そこにかかっている。食わせてもらっている根拠地が、信仰を看板にする寺だ。看板にいつわりがないと実証するためには、どうしたって醜にみちた自己以外の、つまりイツワリの自己を保たなければならない。今の私なら、他人をも自分をも複雑きわまる論理で言いくるめられるが、若き日の私に、ありもしない信仰を見せびらかす苦痛は、実に耐えがたかった。

「乞食を三日やれば止められない」と言う。信仰なき僧侶でありつづけた私が、たいがいの職業のこうむる屈辱に、カエルの面に水と耐えられるのは、当然なのだ。人知れぬ恥ずかしさ、暴露されない罪を、すっかり身につけているからである。寺にいたあいだ、信仰はあたたかく私を包んではくれなかった。それは、針のむしろだった。寺の外部で、信仰者にあるまじき行為を積みかさねたあとで、私の傷の上に、信仰らしきものはわずかに、ひそやかに降りかかり、しみとおってきた。

わが子を売りにまで出す農民がいる。ストライキをやるだけで検束される工場労働者がいる。「どうせ戦争になれば、死なななきゃならないんだ。だからおれたちは」と、反戦グループの学友はいう。ところが私は「文芸戦線」「戦旗」「第二無産者新聞」や「赤旗」を入手して読みあさる程度、行動らしきものは何一つできない。寺のまわりは、太陽なき町である。うちは浄土宗だが、日蓮宗だろうと禅宗だろうと、葬儀屋から頼まれれば、どこへでも行く。青黒く流れる目黒川のほとりの染物工場で、女工さんが死ぬ。彼女の死体は、暗い屋根裏部屋に、小学生の妹ひとりに付きそわれ、さびしく横たわっている。階段がせますぎて、棺をはこび下ろすこともできない。棺を縄でくくって、窓から吊りおろす。貧乏で苦しみぬき、力つきて死んだという以外、私は彼女について何も知らない。

七月のお棚経はいそがしい。貧しい家庭ほど、坊さんに気をつかう。子供をおぶった血色のわるいおかみさんが駆け出して行くのは、私にくれる五十銭を借りるためだ。そして、せっかく出してくれたオソバも食べにくいほど、室内は臭い。赤ん坊のウンコが私の膝の前にあるのだから。「一切衆生を救えなかったら、私は真の悟りを得たとは思わない」。これがホトケの本願である。一切衆生？ とんでもない。国鉄ではたらく弟をもつ寺の女中さんにさえ、私は、やさしくしてやることができない。

父の弟は、砲兵工廠につとめ、銃の木部をこしらえていた。住職の座にある父の前で、叔父はいつもおずおずして自信がない。軍需産業の大工場の工員は、住職よりカネにめぐまれないからだ。可哀そうな女工やおかみさんと同じく、東大出の僧侶より、はるかに地位がひくい。妻子そろってワリ箸の内職をしている叔父の家庭のみじめさを、私はきらっていた。きらっていた。

そんな私が、プロレタリア文学を愛読し、築地小劇場に通い、留置場入りまでして「赤い坊主がまた来たぞ」と、刑事諸君に笑われていた。その矛盾、その奇妙さは、どう弁解することもできない。釈放されれば、「お祝い」のスキヤキをたべ、私は父の買いととのえた大量の仏書を利用し、「唐代仏教文学の民衆化」について、一文を書くことができる。「蔵経ととじこもりたる冬二階」などと、一句よむこともできる。読書会でプレハーノフやブハーリンを読み、伊豆の田舎寺で「資本論」を通読したところで、しょせん民衆を知らないのだ。

「民衆の中へ！」。それは貴族出身のインテリが、ロシア帝政末期に好んで用いたスローガンである。ツルゲーネフの「処女地」では、農民に主義を宣伝しに行った良心的人物が、ひどい目にあう話が書かれている。農民のエゴイズムも知らないで、アタマの中の理解だけをもやした、ばかばかしい失敗である。丸の内の中央郵便局に反戦ビラをまきに行って、かえって労働青年の手で捕えられた私は、郵便局員、彼らの発送する軍事郵便をうけとる外地の日本兵の日常生活について、ほとんど無知であった。

「民衆の中へ！」。それは、たしかに若々しい合言葉である。私は、六十ちかい現在でも、このコトバの美しさを信じている。だが、その「美しさ」は自己の無知、無能、いやらしさの自覚を失ったとたんに、傲慢、無恥、無神経、醜さをむきだすに過ぎなくなるのである。民衆はまず何よりも、生きていかなければならない。生きるためには、何でもする。生きることのむずかしさを知っているのは、彼らであって、私ではなかった。警察の留置場には、強盗、強奸、婦女誘かい、奸通、かっぱらい、詐欺師、バクチ打ち、暴力少年が溜りに溜っていた。いくら追い出しても外では食えない、無銭飲食の常習犯もあった。身うごきもできぬほどギュウづめにされ、起訴されれば社会をおさらばする彼らにくらべ、私は安全を保証されていた。私には、まだまだ学者になり、文士になり、改心すれば教団の上層部にもぐりこめるチャンスがあった。

「ここへ入ったら、おしまいだよ。地獄には一丁目があって、二丁目はねえんだ」と、先輩に言いきかされても、私にはピンとこなかった。「おめえたちは、菜っぱのこやしだ。掛け肥え（声）ばかりだ」と、亭主の眼前で女房を強奸するのを無類の楽しみとする強盗犯は、ギロリと目をむいて後輩どもをおどかした。たしかに、彼らは掛け声なしで、ふかい闇に沈んで行った。私は沈めなかった。沈みたくもなかった。その私に彼らを批判する資格など、ありはしないけれども。

小学校の同級生には、台湾人。高校には、朝鮮人がいた。彼らと仲良くなっても、差別される彼らの苦しみなど、私は知らないでいた。中国文学研究会をはじめてから、日本留学の中国人学生とつきあうようになる。大学では、中国現代文学の講義など、無きにひとしい時代だから、彼らから中国文壇の現状を知るのは有益だった。

それよりもなお、中国の青年のなまなましい対日感情をぶつけられると、見る人間、研究する人間から、見られている人間、研究されている人間へと、変って行く自分を感じた。鉄道学校へ、東大法科へ、演劇団体へ、日本語学校へと彼らは通っていた。米のねだん、電気やガスの料金。日常の生活費について何も知らない私に、彼らはあきれかえった。「ここは夏知らずですねえ」。涼しい寺へ来て巧みな日本語をつかい、いくら教えられても中国語の発音のへたな私を、困ったようにからかった。女兵士として北伐軍に参加したS女士もきた。市川に亡命中の郭沫若氏も訪ねた。茅ヶ崎海岸に部屋を捜し、合宿した留学生と泳いだり、コリント・ゲームをしたりした。

S女士はコミュニストではなく、福建独立運動の失敗のあと、自然科学者の夫といっしょに来日しただけだ。彼女が大金を所持していたため、彼女にアパートを世話した私までが検挙された。満州国への抵抗のため、運動資金をたずさえ、潜入したとかんちがいされたのだ。四十日ほど留置されても、私には白状するタネがなかった。それ以来、私は「人間とは疑ぐられる動物である」という原理が骨身にしみた。冒険などできる、男らしい男で私はなかった。しかし明らかに、うたがわしき人物であった。「お前、あの女と一回ぐらい寝ただろう」「周作人か。アカにきまってるじゃないか」。特高さんにそう言われても、「こういう人間です」と、自己証明する国内パスポートが私の内心にない。私は、ほかの誰よりも私自身を疑っている。信用しない。私は何にでも感心し、何にでも興味をもつ。私をとりまく外界のおもしろさ、おそろしさは無限である。

大正十二年の大震災のとき、文京区の寺へ見舞いに来た坊さんは、朝鮮人とまちがえられて交番につかまった。「そいつをひきずり出せ。おれたちに渡せ」と、町民は押し寄せた。もう少しで竹槍で突きころされかかったその坊さんは、どもりだった。我々はいざとなると、自分は自分なんだと説明するのにさえ、どもらねばならない。タケダ・タイジュン。ああ、なんてめんどうくさい名前だろう。私の幼児は「タアタアテエヤジン」と私を呼んだ。全く私は、タアタアテエヤジンと呼ぶにふさわしき、危険な物質、利口な野獣、要するに、いくら疑っても疑いきれないヘンな奴なのだ。

私の戦後の友人、東大法学部、政治思想史の教授丸山真男君は私を「チミモウリョウ」と名づけた。名言なるかな。もっと若き友、キリスト教の大家遠藤周作君は「あんたには思いやりがないよ。梅崎春生さんに対する態度、なんですか。秀才ぶってるよ。あんたの小説にはバカが出てこないじゃないか。傲慢だよ」と非難する。そうですか。そうでしょう。言ってくれるだけで、ありがたいんですからと、私は沈黙のうちに答える。私が何者であるかと決定して下さる方がいなかったら、死ぬまで私は自分の実態をうつす鏡なしにおわるだろう。鏡は、すでにわれわれている。映像はゆがんでいる。しかし、ゆがまない鏡を所持している人間が、はたしているものか、どうか。「明鏡止水」という大そうな漢語をはやらせた政治家がいた。「大東亜共栄圏」なる立派な日本語も発明された。だが、一体その明鏡はどんな「共栄」をうつし出してくれたのか。

いよいよ、赤紙が来た。留学生の祖国を侵略する輜重兵二等兵として、私は出発する。中国人、中国文芸を愛すると自称していた私の、その「愛」はニセモノだったのか。銃が、あたえられた。三八式歩兵銃は、発射することができる。だとすれば、私の愛情がホンモノでないことは明白だ。呉淞《ウースン》に上陸すれば、住民の死体がころがっている。日本の戦車でひきつぶされた戦友もいる。家々は焼きはらわれ、屍臭は濃くなるばかりだ。お前はそれでも人間を愛していると言えるのか。しかもモト坊主だと言うのに。中国人は、一切衆生のなかにふくまれていないつもりなのか。だが二等兵はトラックに乗り小舟に乗り、進軍する。

戦地の二年間、学校生活では得られない人間学をまなんだ。時と場合で、人間は何をやらかすかわからないということ。善人も悪をなしうること。自作農、日やとい人夫、炭焼、八百屋さん、魚屋さん、薬屋さん、米屋さん、大会社の秘書、大工場の熟練工、銀行員、犬屋さんまでいる。軍隊は留置場より、職種が多い。はりきった現役兵もいるし、おん身お大切だよ、一カ月も女なしで暮したら気が狂うぜと述懐する予備後備の中年男もいる。乱暴を勇気ととりちがえる者もいるし、故郷のかあちゃんのため、セッセと金を貯める者もいる。ちっぽけな人間論は、たちまち吹きとばされる。花柳病で何回も入院し、看護婦といい仲になる男、慰安所の女には絶対ふれないと誓う男。歩哨に立たされても、グウグウいびきをかく男。東京、大阪の部隊は、口が達者だが、力仕事はダメ。富山の漁村から来た兵などは、米三俵かついで走るが、私は最初、一俵でへたばった。

野戦予備病院で、コレラが発生する。クレゾール液を撒布して、患者を民家に運ぶ。「水をくれ」と訴えるが、水をやれば死ぬ。コレラ顔貌になれば、三分の一が死ぬ。彼らはただ隔離され、寝ころがっているだけだ。前線の野戦病院では、重傷者が取りのこされる。「痛いよう、おかあさん」と叫ぶ。その傍で、私は戦死者を焼く火の番をする。シカバネ衛兵も、私の役だ。みんながきらうが、私の専門だからだ。お経をよむときだけ、隊長までが私にうやうやしくする。私は荷風の「腕くらべ」、アランの文学的哲学書をよむ。濁った川があり、しずかな湖があり、見わたすかぎりの麦畑があり、紅葉の林があり、飛行機のない飛行場があり、遊ぶもののなき庭園や遊園地、学生の去ったあとの校舎がある。そして、どこにでも水牛や馬や男女の死体がある。

もともと死体にエンのある私だが、むき出しの死体があるところ、それが大地なのだと、言いきかせるのはむずかしい。捕虜がいる。難民がいる。孤児がいる。寡婦がいる。塩や米に欠乏すれば、彼らは憎むべき敵の周囲に集ってくる。破滅が、すべてを支配したのか。いや、ちがう。彼らは、決してたたかうことを止めない。彼らは悠然と後退しては、突如として出現し、やがて勝利のくる日まで、我々の性急さを見ぬきながら、ゆっくりと生きつづける。

上等兵となって、帰国。日本出版協会の海外課に入る。これぞ用紙配給を独占する統制会社である。出版界の、にくまれ者。思想を疑ぐられる側から、思想を疑う側。つまり官吏でもないのに、いばり得る地位をせしめたわけか。そんな職でも、坊主稼業よりマシであった。朝早くから、よく働いた。働きすぎて、きらわれるぐらい職務には忠実だった。本をくわしく読んでアラ捜しする。その点だけは、めっけものだった。いやはや、ひどい本が、のさばっていた。だが、同時に、せっかくの良書を救えなかったのは、罪悪であった。まだまだ、そのくらいでは、なまやさしい。

昭和十九年、上海へ渡る。中日文化協会。これは、競馬場のあがりをもらって、設立された。日本の書籍を中国訳して出版する。良心的な中国文化人が、日本軍占領下の上海に、とどまっているはずがない。「ウーデイシイサン、デイイオ（武田先生、電話）」と上海語で呼ばれて、とにかくナマの上海男女にまじっていられるのが、唯一の楽しみ。短波放送の受信者が多いから、形勢不利は内地より早くわかる。手放しで急坂を落ちて行くみたいに、敗戦を目前にひかえて、それでもなお楽しみたいだけ楽しもうとする。食料は豊富、爆撃はない。召集もされない。ニセ政府の紙幣価は暴落して、札を縄でしばって人力車にのせる有様でも、とにかく酒だけは飲める。白乾児《バイカル》で酔ってしまえば、租界の中国人に軽蔑されようが憲兵隊に叱られようが、反省を失ってしまう。おれは今、中国人集団の中でもがいているんだ。これだって勉強になるぞと言うのが、苦しい言いわけである。

出先機関に接触すると、政治経済を動かす占領側の手口も、よくわかる。日本社会で脱落して、占領地にまぎれこみ、内地で得られぬ利益にあずかる、その手れん手くだも見聞できた。ユダヤ人、白系ロシア人、イタリア人、ドイツ人も、めいめいうしろ暗い過去を抱いて、ひしめいている。街頭に倒れている白人の乞食もいる。敗戦！

生き恥さらして、おめおめと生き残った漢代の史家司馬遷は『史記』を完成した。書き記さねばならぬ真実が、書かれないでいることが彼を奮起させた。

「お前さんたちは、日本が敗けたおかげで作家になれたんだ」と、戦後派作家をやっつける文士もいた。反論はしたくない。戦勝の民は祝賀の宴で抱きあっているのに、日本国民の上に裁きの鉄槌が下されようとしている。獄中の抵抗者は、歓喜したにちがいない。彼らは解放され、前進しようとする。日僑集中地区に追いこまれる私の前途に何があるか。『聖書』の黙示録をよむ。吹きならす天使のラッパの音につれ、あらゆる破滅、徹底的な大滅亡の予言がまざまざと語られている。

亡び去った民族、消え失せた集団、抹殺された国は数知れない。生ある者は、かならず死ぬ。かつて、ある種の日本の史書は、ただ一すじの系統の変化をたどることだけを任務とした。だが、日本史をもふくめた世界史における破壊と生存が、全体的に明らかにされねばならない。時間は、空間によって支えられている。空間的なひろがりを拒否して、せまき個体の運命にとどまることは許されない。すべてのものは、変化する。おたがいに関係しあって変化する。この「諸行無常」の定理は、平家物語風の詠嘆に流してしまってはいけない。無常がなかったら、すべては停止する。

最新の物理学は、とてつもない微粒子の運動のうちに、科学的な諸行無常の姿を確認しつづけている。我々は、とどめようもない変化を、ある時には悲しみ、ある時には喜ぶ。固定するものにすがりついたかと思うと、流動するものに助けられる。安定と静寂を好みながら、逆転も動揺なしにはすまされない。いたるところに、今までは知られなかった矛盾が発見されはじめている。自由主義諸国の繁栄競争のはげしさ。社会主義諸国の理想分裂のめざましさ。理想と現実のギャップは、地球というタマの東西南北で、いかなる山岳と海溝の生みだす亀裂よりも、あらあらしい裂け目をあらわにする。

トーマス・マンの息子クラウス・マンは、あまりにも救いがたい人類の矛盾と分裂、競争と闘争になやんだあげく、「全世界の優秀な知識人が、もし自分の命を投げ出して訴えたら、このみじめさから人類を救えるかも知れない」と書き残して、自殺した。たとえ何千何万の先覚者が悲痛の声をあげて自殺しようとも、その声をきいてくれる「神」は、どこにいるのだろうか。永久に矛盾のうちに小羊たちを沈めておくこと。それが「神の意志」なのだろうか。隣人には、やさしくしたい。相手のいやがることを、相手にはやりたくない。きらわれる者になりたくない。好かれる者になりたい。古今東西、現在の世界人口よりはるかに多数のニンゲンが、その願望をとげられずに、土と化していった。これからも、そうなのか。そうだろう。やがて土に化する私は、しばしの快楽の夕陽を浴びて、無反省にそうつぶやく。矛盾は、あらそいと悲劇を生む。しかし、矛盾がないところに、進化も発展もあるはずがないのである。「平和共存」。「国際連合」。「世界政府」。何とありがたくも美しいコトバだ。何万回くりかえしたって足りない願いが、ここに、こめられている。だが……。だが差別と毛ぎらいと敵視が、あいかわらずつづく。最大規模の世界宗教平和会議が、二十世紀の末まで開催の回数をふやして行って、この「だが」を食いとめることができるだろうか。「できない」と答えることも、「できる」と言い切ることも、何かしら恥ずかしい。どこかに、あまりに人間的なるが故に、あまりにも非人間的な下心が芽ばえている。そこには、動物をころして、その肉をくらい、しかも動物を愛したがる念を棄てきれない我々の矛盾が、我々を冷たく見つめている。その矛盾だけは、公平にあたえられている。

人間は生と死において、平等でなければならない。平等だって？　そんなの、つまらないじゃないか。だが、人間はニンゲンであるよりほかに、生きてはいけないのだ。とりわけ文学者は、諸行無常のしつっこさ、むごたらしさから目をそらすわけにはいかない。たとえ、アンチ・ヒューマニストとののしられようと、人間の矛盾をきわめつくさねばならない。

私の中の地獄

一

地獄を知りつくすことは、できない。

地獄の地獄性は、それほどかぎりないものである。ここまでが地獄、これが地獄の本質と、簡単にとり出して見せることができるくらいなら、それは「地獄」とは言えない。

宗教が解説する地獄ばかりではない。宗教そのものまでが、落ちこんでいる地獄がある。

あたり一面、地獄がみちみちていたから、地球上どこへ行っても宗教の無い場所はなかった。地獄からの救い。それを求める人間が、宗教を生みだした。これを言いかえれば、地獄をふりすててしまえば、この世に宗教は存在できなくなるという予感につながる。

地獄ヌキの宗教は、もしかしたらアルコール分ゼロの酒。塩からくない塩のごときものかも知れないのである。

「地獄」とは、何か。人間の苦悩のすべてである。したがって、いかに世間知らずの私でも、その一部を目撃し、あるいは感得している。ほんの一部、語るに足らぬほどわずかではあるが、知らないとは答えられない。よく知っていると言えばウソになるが、まるで知らないと言うことも、いつわりになる。苦悩の全貌をつかむことなど、私にできるはずがないのだが、いかなる名僧智識も、人類の苦悩の全貌を目撃し感得することは不可能なのであるから、宗教上の指導者たちもまた、地獄について完全に知り得てはいないはずである。

もちろん、すぐれた聖職者、信仰者は、私の数倍、数百倍も人間の不幸について知っているにちがいない。さもなければ、彼らは信徒たちに、宗教的に語りかけることができないからだ。地獄、苦悩、不幸について真に知っていることが、彼らを彼らたらしめる最初の資格である。

つまずきがある。壁がある。矛盾がある。絶望がある。迷いがある。くらやみがある。疑いがある。自分および他人に対する、許しがたい裏切りがある。みにくさがある。汚れがある。弱さがある。競争がある。攻撃がある。抹殺がある。地球上の総人口、生きとし生けるものに平等にわかちあたえられている、この地獄的要素の、すべてをすっかりひきうけることとの困難は、なんと巨大なものであろうか。

この困難の第一歩は、いかなる聖者も、これらの暗い重荷のぜんぶに気づく、ぜんぶを自覚することが、まずできないことにある。まして凡人たる我々には、重大な人類の不幸の大部分を見のがしてしまう、無視してしまう、感覚できないという習性がある。

自分の知らない他人の不幸について、同情することができるだろうか。自分が目撃も感得もできない苦悩から「愛」や「慈悲」をみちびき出すことができるであろうか。

ある種の地獄については、ずばぬけた専門家でありながら、別種の地獄については、全く盲目である宗教人だって、たくさんいる。それは決して彼らが、無知だとか偏狭だとか、彼らが不完全な人間であるとかいう理由から、そうなるのではない。彼らが人間であること。結局のところ人間以外の何物でもありえないこと、そのことが、彼らの地獄学、地獄観、地獄感覚を、小さな、限られた、不充分なものとせざるを得ないのである。

地獄について、たいして知ってもいないくせに、知りつくしてるような顔つきをしなければ商売が成り立たない点において、文学者と宗教者は同類である。

何一つ発言できないで死んで行った、多くの人々。その人々こそ、真に地獄を知っていたのかも知れない。地獄のまっただなかにいながら、沈黙したまま消滅した人々がいた。

一方では、あまり知らないでも、地獄についてしゃべりつづける者がいる。（私などは、その仲間のうちの、もっとも悪質な一人だろう）。

戦争。たとえば、この代表的地獄現象について語ろうとするとき、いくら軽薄な私でも、そうなめらかに声が出てこない。身のほど知らずに、大げさな言い方をしたにしろ、また、いくら巧みにごまかしたにしろ、地獄の方が、こっちを見ぬいてしまうからである。

地獄が私たちを試し、裁く。そのやり方で、戦争は私たちを試し、裁く。「地獄なんか、大きらいだ。ジゴク反対！」と、いかに叫ぼうと、それで地獄がどこか遠くへ行ってくれるわけではない。戦争のおそろしさを知るものは、地獄のおそろしさを知るものである。

戦争について地獄について、深くひろく考えつくす人は、すでに宗教の分野に、足をふみ入れている人である。だが……。だが、地獄反対、戦争反対の人々が、そのままそっくり宗教的ではあり得ない。そこに、われわれの、あいまいさ、不徹底がある。

「殺スナカレ」。すべての宗教は、条件の第一、誓約のはじまり、もっとも初歩的な戒として、これを説く。しかし「殺サナイ戦争」なるものは、史上かつてあったためしはない。歴史をもつわれわれは「殺シタ人類」の子孫である。そして、人類は今の今、ヒトを殺しつつある。したがって、われわれは破戒者として、誓約にそむいた者として、この世に生まれ、かつ生きつづけている。

二

僧侶は死体に接近する。死者の横たわる家に行き、そこで経を読む。死体の消滅したあとでも、死者の追憶のために、読経の声を張りあげる。

医師と同じように、死体は僧侶にとって、ちかしいものである。

しかし、いくらなれしたしんでいるにしろ、宗教人にとっても、死体は好ましいものではない。生きている人間と、死んだ人間とは、全く別のものである。死体はもはやピクリとも動かず、一言も口をきかない。そして腐り、悪臭をはなつ。

できるだけ早く焼きつくし、残された骨も埋めなければならない。生者にとっては、たとえそれが最愛の人の死体であっても、困った物である。人間の死体は、すでにヒトではなくて物体なのであるから、いくら傍に置いたところで、生者とは無関係になる。

ぼくらは極悪人とでも、一しょに暮すことができる。だが、死体とだけは同居をつづけることができない。

死体を大切に取り扱うのは、死ぬ前の「そのひと」を大切にするのであって、死体そのものには、どう取り扱われようと、感覚は無い。したがって、死体を愛することができなくても、それで「その人」を愛さないことにはならない。

死体を愛することは、だれにも不可能である。だれからも愛されることが全く不可能なモノになること。それが、人間の行くつく一点である。

私の伯父Wは、大正新修大蔵経を監修した、有名な学僧であった。彼は、檀家の婦女に人気のある美丈夫であったが、一生、独身で通した。純粋の独身であることが、一そう彼の人気を高めた。

私は、彼の死体の解剖に立ち会った。彼が十年を越えるドイツ留学中に、知り合った医師の一人にA青年があった。彼はA青年と酒をくみかわしたある夜、「日本では解剖用の死体が不足しているそうだな。もしぼくが死んだら、君の手で解剖してくれたまえ」「よろしい、ひきうけたよ」「解剖がすんだら、みんなで一杯やってくれたまえ」「よろしい」と約束した。やがてWは浄土宗の指導者となり、Aは世界的学者となった。

Wの死が報道されると、A博士は伯父の渡した約束状を持って伯父の寺へ駆けつけた。元気のいい達筆でしるされた約束状を示されたのでは、遺族も反対できない。伯父の妹二人は、兄の死体が切りさかれるのを見たくないので、東大病院の外科へ行かなかった。まだ僧侶の資格を持たぬ私が、遺族として付いて行った。

解剖室の床には、たえず水が流れていた。頭の皮がむかれるときは、黒い絨氈《じゅうたん》をへがすようだった。

ノミで頭の骨を打ちわる音も、ひびく。日本人にしては白い皮膚は、脂肪分の多い肉をつつんで張り切っている。大脳や小脳は、とりだされて目方をはかられた。さまざまの内臓の、さまざまな色彩も、目を打った。ゴムのチューブのような腸が、すばやい医師の手さばきでしごかれると、中につまったガスがしぼり出される。そして、悪臭がただよった。切開する時と同じように、縫い合わせる時も、きわめて順序よく事務的だった。

脳髄を失ったあとの顔つき。ハラワタを除去されて詰め物をされた腹部。みんな、解剖前のかたちをしていた。同行した従兄が、貧血して倒れかかった。

A博士は礼儀正しく、しまいまで親友の死体の始末に付き添っていて下さった。

（このA博士は、井上靖夫人のお父さんである。私が「約束の身体」という短篇を書いたとき、それを読んだ井上氏が教えて下さったので、それがわかった）。

若い私にとっても、自分の好きだった伯父の死体の、解剖を目撃するのは苦しかった。だが、すべてを見おわって、伯父の寺へ死体（中みがカラッポになった）を送りとどけるさい、私は一種の喜びを味わっていたのではなかろうか。貧血を起したりしないで、無事に見とどけたこと。人間の死体とはいかなるモノであるか、はじめて知りつくすことができたこと。しかも、非情のようではあるが、そこまで見とどけ、知りつくすことが仏教の哲理につながっていること。

寝棺と一しょに揺られて行く車の中で、私が感じていたその感情を、「一種の喜び」と表現するのを、できることなら私は避けたい。しかし、たしかに、何かを発見したという喜びがあって、それが敬愛する人の死を悲しむ心を、おおいかくそうとしていたのである。

今、こうやって、死体について語っている私にも、その時のような非情な、少し、意地のわるい喜びがつきまとってはいないだろうか。もしそうだとしたら、その語り方が、それでも宗教的と言えるだろうか。それとも、反宗教的と言うべきなのだろうか。

三

レントゲン写真機でうつされた、人間の肉体の映画があった。

美女の肉体が透きとおって、骨だけが黒くうつし出される。椅子に腰かけたり、煙草を吸ったりする。彼女の骸骨は、美しくない。「これが美しい女体の骨なのだ」と、いくら思おうとしても不可能である。

なまめかしい下着やストッキング。男をなやます眼、赤いくちびる。肉のふくらみ、肉のうごめきは、画面にはあらわれない。動くのは、生きている彼女のホネだけである。

彼女は、まさに生きている。だが、肉を失った彼女の身体は、死体のように見える。いや、死んだばかりの死体より、もっと奇怪に見える。

もしもレントゲン・カメラのごとき視力を持っていたら、あらゆる女体は、黒い鉄骨の結合のように見えるだろう。オトコにとって、オンナが美しい生物であるのは、私たちが透視用レンズではなくて、平凡な眼をもっているからである。眼ばかりではない。眼、耳、鼻、舌、心、意。すべての感覚と感情が、オンナを美しいものにしてくれる。

私たちは、生まれながらにしてあたえられた眼で、女をながめる。全く別種のレンズ、あまりにも科学的な眼鏡をかけてながめるようになったら、どうなるだろうか。おそらく恋愛も結婚も成立せずに、子孫をつくれない人類は絶滅するだろう。

オンナ（あるいはオトコ）が、美しく見えなくなったら？　もちろん、そんな心配はない。むしろ、美しく見えすぎるのが心配なくらいだ。「男ってすばらしいわ」「女はいいなあ」。全人類は毎日のように、そう合唱している。「男っていやなものねえ」「女なんて、どうせそんなものさ」という不協和音がまじっているにしても、合唱は次から次へ歌いつがれて、おとろえることはない。

彼ら、彼女らが、オンナやオトコの死体がたまらなくきらいなのは、生きているオンナやオトコの肉体が好きでたまらないからである。肉体万歳！　死体反対！　「好きよ」「きらいだよ」のすべての判断は、肉色のニクに関係しているのであって、不吉に白いホネのことは考えまい、忘れようとしているのである。

「どうしておれは、こんなにまで女が好きなのだろうか」

死体や白骨の方へ専心しようと努力したさい、何よりもはげしく私をしめつけたのは、この苦痛であった。男にとって女は、生の象徴、生の根源、生そのものなのであるから、ただたんに好きだ、好きでたまらないですましてしまったのでは、仏教の必要はどこにあるのか。寺にこもろうとした私を、ひるも夜も息ぐるしくさせたのは、この一点であった。

少年のころから「性欲とは自慢できるものではない」という考えに、まといつかれていた。手淫を開始したのが、小学五年生のときである。授業中に「こら、タケダ。何をやっているのか」としかられたことがある。

ターザンの映画。それもワイズミュラア（水泳選手）主演ではなく、もっと野蛮人めいた男の扮《ふん》したターザン。彼が裸でしばられてもがいている場面が気に入って、寝床の中でそのまねをしているうちに、不可思議な快感をおぼえた。

それ以来、私にとって性欲とは、何よりもまず隠すべきものとなった。男女共学の学級もあって、オンナ小学生とは一しょに遊び、一しょに話しあったが、彼女たちに特別、性欲を感じたおぼえはない。いたずらっ子が好んで絵にする、あの性器のかたちも、私はきらいだった。友だちが示す性欲の表現は、すべて下品に思われた。

性欲を下品と考えるのは、とんでもないまちがいである。しかし、ほめたたえるべきものであるか、どうか。それは今だに私にはわからない。女性がほんとうに好きならば、女性の肉体の一部分だけ下品だと考えるわけにはいかない。もし、女神が神聖なものとするならば、彼女のあらゆる部分は神聖でなければならない。

子供の私にとって、オンナの子は神聖でもなければ、下品でもなかった。ただ下品なのは、私自身の性欲。その性欲の持ち方にあったのらしい。

この少年時代からの特殊感覚のせいで、私はとても産婦人科や下半身の病気の医者には、なれそうにない。性欲の行きつくところについて、とことんまで考えつくすのが、何となくおそろしい。どうせ好きな女体ならば、探査研究するのが正しいではないかと言われても、どうも、それが私の任ではないような気がする。

下品から脱出するには、どうしたらいいか。まず、自己の下品さを秘密にしなければならない。できるだけ、上品がること。それよりほかに方法はない。

四

子は、父について語りにくい。

それは、父がオトコであるからだ。

子はまた、母について語りにくい。それは、母がオンナであるからだ。

父も母も、衰弱し、そして死ぬ。子は、それをながめる。しかもその場合、子は衰弱して死ぬオトコである父、衰弱して死ぬオンナである母をながめつづけねばならない。

父は、好男子ではなかった。母は、美女であった。今あらためて、二人のちがいを思い起こすけれども、子としての私にとっては、お父さんはお父さん、お母さんはお母さんであって、彼と彼女が美男や美女であろうが、なかろうが、そんなことを深く心にとどめたことはない。

私は大体、父と母の結合を、男女セックスの結びつきと感じたことはない。と言うより、感じたがらなかったと言った方がいいかも知れない。セックスの味をおぼえはじめた小学生、中学生、高校生の全期間を通じて、チチとハハとのあいだの愛情を、オトコとオンナのあいだの性欲として感じることができなかった。

たしかに、これは異常なこと、おかしな状態である。寺で生まれ、寺で育ったから、そうなったのか。父の男臭、母の女臭をかぎつけることなく、両親を両親としてだけ見ていたことは、性に対する私の無神経のせいだったのだろうか。あまりにも父を男として、母を女として実感してしまうより、その方がよかったとは思うけれども。

西洋の家庭などでは、父と母のキッスや抱擁を、子供たちは見せつけられているから、自然とラブとセックスの結びつきが感得されるのだろうが、どう言うものか、私はぜんぜん感得できなかった。

父母が二人だけでどういう共同生活をしているか、私の知らない秘密をわかち持っているかなどと、妄想することもなかった。両親は、一ばん私を可愛がってくれる、守ってくれる、いつでも私から目をはなさない存在。その意味で、チチとハハは私にとって、全く同一な保護者であった。

父がオトコであるから母を愛し、母がオンナだから父に愛されるという考えが、一瞬といえども私の念頭にうかばなかったこと。これは一体、どういうことだろうか。父をなまぐさき男性として、母をなまめかしき女性として、感じとることを拒否する性格が、私にあたえられていたためだろうか。

父をころし、母を妻とする王者の悲劇が古代ギリシャ演劇にのこされている。私は、それらの現代版である映画や演劇を見るたびに、アッと胸を突かれ、自分の眼をおおいたくなる。だが、それは道徳的に拒否すると言うより、感覚的におそろしいからである。あまりにも、むごたらしい。あまりにも、なまぐさい。なまめかしい。あまりにも人類の生存をささえている「性の神秘」の奥底まで、さらけ出している点が、こわいのであろう。

私は、父が好きだった。母が好きだった。その「好き」は、性愛とは無関係なはずだった。だが、父と母との性愛なしでは、私は存在することすらできなかったのである。

七十を越した父が病床に伏し、不寝番をした私は、尿意をうったえる彼のために、彼の男根に溲瓶《しびん》をあてがった。私は生まれてはじめて、チチの男根を手にしたのだった。父は、申し訳なさそうに、両脚を折りかがめ、私にそうさせていた。父は無力であり、無力であることを恥ずかしがっている以上に、わが子の手に男根をにぎらせることを恥ずかしがっていた。彼にとって、どれほどそれが不本意きわまることだったろうか。

私はもちろん、きわめて事務的に「孝行」のマネをしただけであり、チチの男根から彼の性欲を思い起すことなど、できはしなかった。だが、よくよく考えてみれば、その小さくしなびた男根こそ、私を生み出してくれたものではないのか。そして、それはほかならぬ母を愛した、あるいは愛しようとした男根ではないのか。

母の性器については、想像することさえ、私はいやだ。それを思いうかべることは、許しがたい侮辱とさえ思われる。ほかのことは、ともかくとして、父と母、ことさら衰弱して死にかかっている両親の性器について、ほんのちょっとでも思いうかべることには、何かしらの絶望的なリアリズムのイヤらしさがある。

母が息をひきとってから、十五分ほどたってから、私は彼女の服装をとりかえるため、彼女を裸にした。その下半身にもふれた。そのとき私は、人間とは何か。人間と人間との関係は何かと考えて、身ぶるいがした。

五

「人間なんて、つまらないものだねえ」

死がちかづくにつれ、母はそうつぶやくようになった。結局、それよりほかに言うことはなくなったという、衰え切った表情と態度で、母がその言葉を吐き出すのをきくのは、おそろしかった。派手ずきの母は、人生をたのしむ方だった。「おきれいですね」「お若いな、おどろきます」などと言われるのを、何より好んだ。

小、中学生のころ、母と一しょに道を歩くと、通行人がふりかえって母に注目した。お祭りの夜など、特に人目をひいた。

「君と二人で歩いてたの、あれ、姉さん？」と、中学の若い教師は私にたずねた。

ほんとうに美しい女も、ほんとうに醜い女も、この世には存在しない。それが、仏教の哲理であるべきだ。美しいとか醜いとかいう、その差別は、あやまりであり迷いであるはずだ。もし美しいとするならば平等に、もし醜いとすれば平等に、そうでなければならない。もともと、仏教界には、一位や落選などとやかく言う、ミス人間コンテストは、あるはずがない。あったらそれが、非仏教的なものであることは、あきらかである。

だが、幸か不幸か、私の母は「美女」であった。友人も先輩も、世間の人々みんなが、私の妹より、私の母に魅力を感じた。

私の伯父が、男でもほれぼれする美丈夫であったのだから、その妹である私の母が、女もほれぼれする「美女」であったとしても、それが彼女の罪であるはずがない。

きれいなものが好き。きたないものがきらい。これが、人間の本性だ。だが、きれいな女がほんとうに、きれいなのか。きたない女がほんとうに、きたないのか、おシャカ様の目からすれば、彼女たちは平等に、やがて変化する仮の姿にすぎない点において、全くかわりがなかった。

ただ心がかりなのは、おそらくシャカ族の王子、シッダルタの結婚した相手の女性は、古代インド人の感覚によって「美女」と認定されたオンナであったのは、まちがいないことである。いや、それより以前に、おシャカ様の父上は、もっとも美しき母上をえらび、そして美しき我が子を生みなさった。これまた、まちがいないのである。

おシャカ様が、私の伯父など足もとにも及ばぬ美丈夫だったことを、私は信じて疑わない。仏典には、くりかえし、ホトケの姿の荘厳が書きつらねてある。みにくいホトケ、きたならしいホトケを描いた仏書には、お目にかかったことがない。

だが……。だが、原始仏教。根本仏教。教団の保持をねがわない、生まれたばかりの新鮮さを失わない仏教にとっては、地上世俗の美醜の判断を、ホトケにまでくっつけることに反対だったのではあるまいか。

美女を愛好する、美女に執着するのが、いかにバカバカしきまちがいであるかを、ハッキリ宣言しているからには、美丈夫、美ホトケの「美」を、ミスター人間コンテストの審査員みたいな標準で、選定するのも、いけない、もっともいけないとしなければならないはずである。

きれいなお母さんを持って、得意になったという記憶が、私にはない。もちろん、それを自慢したことなど、一回もない。お母さんを好きだったのは、彼女がお母さんであったからであって、彼女が「美女」であったからではない。わざわざカッコつきで、「美女」と書き、美女と書かないには理由がある。

真の仏教徒なら、美女という感じ方は捨てなければならない。しかし、どんなに熱心な仏教信者も、この感じ方を捨てきれない。いわゆる美女。そんなものが好きではダメだぞと、いくら言ってきかせても、自分が承知できない。私だって、この妄想のとりこになっている。

「上品で、美しいお母さんだった」。母と面会したことのある文学上の友人が、そう書いてくれるのは、たしかにうれしい。今さら「ぼくの母は美女でも何でもありゃしなかったんです」と、ことさら主張したところで、何の役にも立ちはしない。

しかし「上品」とか「美しい」とかいう形容詞を、むやみに「美女」に付加するのを、私が避けようとするのはなぜか。

それは、死にかかった母の実態を、私がまざまざと目撃しているからだ。

死体と化そうとしている彼女の肉体は、「上品」とか「美しい」とかいう日本語と、どうしても結びつかなかった。

若き日の彼女が「美女」としてもてはやされたことは、彼女の罪ではないが、極楽往生をとげようとする直前の彼女が「醜骸」と呼ぶにふさわしき、上品でもなし、美しくもない「ある物体」に変わっていたのも、彼女の罪ではないのだ。

六

肉体《からだ》が、変化するばかりではない。

精神《こころ》も、変化するのである。

衰弱する母の肉体を見ることは、苦痛であったが、それよりもなお、彼女の心の衰弱をながめるのはイヤであった。ぐちっぽくなり、悪口を言うようになる。「××は、ちっとも見まいに来てくれない」「あれほど世話になりながら、あいつ、恩知らずだ」と、私に訴える。

冷静に判断すれば、彼女のうらみ、彼女の不平不満がまちがいであることは、きまりきっていた。彼女の非難するその人は、一週間前に訪ねてきているのに、それを忘れている。忘れっぽさは、日ごとにはげしくなった。私の持って行った菓子や罐詰を「何もないから、これ持ってお行き」と、手わたそうとする。しまいには「おや、どなたでしたかしら」と、次男の私にたずねる。

長男の家に、母をあずけっぱなしにした私は、たしかに孝行者ではなかった。一ヵ月に一回、兄の家に通うのもなまけたことがある。

母は、私の顔を見れば大よろこびする。そして胸にしまってある、うらみつらみを私に告げる。私は、できるだけ微笑や冗談で、彼女をなぐさめる。だが、それは数時間、母のそばにいる、そのあいだだけなのだ。

「この前より元気そうだよ。まだまだ死ぬなんてことありゃしないよ」

とウソをつく。そのウソは、真実の親おもいから出たと言うより、その場をごまかすためではなかったろうか。巧みにその場をつくろって、いざこざなしに母のそばからはなれたがっていたのではないか。

生んでくれた人。育ててくれた人。あんなにも私を可愛いがってくれ、私の身の上を心配してくれた人。食物も衣服も、すべて心をこめてあてがってくれた、その唯一の女性。ああ、その彼女を私は真に最期まで、愛しつづけることが、できたかどうか。

野間宏の「青年の環」には、貧乏の中で悪戦苦闘する一人の母が登場する。主人公、矢花正行は、この母親に対する愛情をことさらのべてはいない。しかし彼の彼女に対する愛情が、私たちにつたわってくる。私は、私の母に対する愛情を、ほんのチラリとでも語る小説が、今だに書けないでいる。なぜだろうか。

政治や文化、つまり人間の生き方についての意見が、私と彼女では、まるでくいちがっていたから？　そんなことは、言いわけにならない。だって、にもかかわらず、彼女は一生、私を愛してくれたではないか。

「今日はまだ、朝御飯がすんでいませんね」と、母はときどき言うようになった。昼も夜も、まだ「食べていませんね」と主張する。しかし、それは彼女が、食べたことをすぐ忘れてしまうからなのであった。そんなに何回も食べたがるのは、食欲が、たえずくすぶっていて、満腹感がいつも消えている。つまり「餓鬼道」におちいった状態なのだった。

そのめんどうを見るのは、兄の妻であった。私も、私の妻も、そのめんどうな仕事からまぬがれていた。兄の妻がいてくれるかぎり、私たち夫婦は安心していた。要するに、兄の妻ひとりに、母を押しつけてしまったのも同然なのである。

もちろん、私たち夫婦は、できるだけ母の好物を送りとどけることにしていた。第一の好物は、衣類であったから、私の妻は店で品をえらんで、夏物も冬物も買いととのえた。だが、その買い物、贈り物も結局は「とにかく、お好きなものをあてがったのだ」という、御ていさいにすぎなかったのではないか。

母が、どれほど死を恐れていたか。「お父さんが呼んでいなさるから、早く向こうへ行ってしまいたくなるよ」などと、まことらしく言っても、それは彼女の恐怖心、まだまだ絶対に死にたくないという熱望のうらがえしだったと思う。

兄の妻が傍にいないと、それだけで母はうろたえる。まるで、たった一人で「死」にさらされているみたいに。母は、もはやだれをも信じられなくなっていたらしい。なぜなら「人間なんて、つまらないものだねえ」という、その一語には無限のニヒリズムがこめられていたからだ。

私が、母の肉体と精神の衰弱、まるで別物に変化して行く母の実質に、身ぶるいし、そこから身を避けたくなったのは、まさにそんな彼女の地獄の中にこそ、私自身を見いだしたからなのだ。死に直面した彼女の弱さ、みにくさは、ほかならぬ私自身のものだったからだ。「往生ぎわがわるい」、この手ひどい批判を浴びねばならないのが私であることを、私は母の死のまっただ中に発見したからだ。あらゆる、あさましさをさらけ出して死にゆくもの。そこに、私の未来が疑うべくもなくあらわれていた。

七

大学を中退してから、伊豆の田舎寺へ身を寄せたことがある。

まだ僧侶の資格は、持っていなかった。シイタケなどとれる、冬でもあたたかい農村で、川沿いに村民共同の温泉もあった。

東京に置くと、ろくな事はしないので、父が、弟子の寺に息子をあずけたわけである。

独身の若い住職が、じいやさんと二人で、のんびりと暮らしていた。このじいやさんが、バクチ打ちのなれのはてで、肩はばもひろく、なかなか物騒な顔つきをしていた。近くの賭場へ出かけると、寺へ帰らぬ日もある。

こっちも留置場入りがつづいたから、悪漢のおもしろさを知っていた。彼は後に、歩けなくなると、首を吊って自殺した。箱根の山へ逃げこんでヒキガエルを食べた話など、よからぬ話を、いろいろきかせてくれた。

一日二食だから、腹がすいてたまらない。「若いもんは餌つきがいいからな」と、じいやさんにからかわれる。かなりはなれた海岸から、イワシを売りにくる行商がいて、それがわずかに楽しみだった。

「肉をくわせてやるよ」。老人は私を連れて、飼い犬のいる家へ出かけて行く。「わしは、犬が可愛くて、可愛くて。犬となったら目がないんだよ。どうだね。この赤犬をお寺へくれないかね」。相手も客がお寺さんだから、すぐさま譲ってくれる。

「何でも見てやろう」。「やってみなくちゃわからない」。それが青春の気分だろう。裏の物置きへ行く老人に、私は付いて行く。彼は、赤犬の首に縄をぐるぐる巻きにして、片手で吊り下げる。そして、太い薪木《たきぎ》で、犬の鼻がしらをなぐりつける。犬は小便をシャーシャー流し、キャンキャン啼《な》く。

残酷だということを、私は感じている。肉を食べるための工夫が、こんな事態になったことに驚いてはいる。だが、老人をとめようとはしない。

私は、犬の肉など食べたいとは、ちっとも思っていない。しかし、犬は撲殺され、私はだまって、それを見ている。

老人はすばやく犬の皮をはぎ、それを戸板に張る。つぎつぎと釘を打ちこんで、できるだけ毛皮をひきのばす。それから、隣家の畑からネギをひきぬいてくる。

あわれな惨劇を見たくないので、部屋にはいった住職は外へ出てこない。晩食には、犬肉のスキヤキ。犬スープは、白い脂肪のかたまりである。それを吸うとき犬の目が、椀の中から私をのぞいているような気がする。

ビフテキやトンカツに、ホークやナイフをあてがうとき、なぜ紳士淑女諸君には、殺された牛や豚の、その瞬間の目つきが見えてこないのか、殺したのが自分ではなくて、だれか別のひとだから、殺された家畜の肉をたべても、ただおいしいとか、やわらかいとか以外、何も感じないのだろうか。犬をひどい目にあわせる日本人を罵ったイギリス知識人は、はたしてウシ、ブタをひどい目にあわせる点で、日本農民の先輩ではなかったのか。たとえ可愛がって大切に育てても、その肉をたべるからには、殺さなければならないではないか。うまく育ててから殺すのと、だましたり盗んだりして殺すのと、どこにちがいがあるのだろうか。犬は愛玩するために飼われ、ウシ、ブタは食べるために飼われる、そんな規則を、イエス・キリスト様は、おつくりになっていられるのだろうか。

歯がなくなっても、肉ずきの私は、肉食を非難しようなどとは考えていない。だが、ニクを食べるとは、一体、いかなるヒューマニズムと結びつくのかな、と考えることがある。

かつて、目の前で撲殺された他家の犬を、数時間後にたべた私は、やがてドイツ種の小犬を飼い、むやみに可愛がって、ガン手術のため入院までさせた。動物に対する愛情とは、そもそも何なのだろうか。救いがたい矛盾が、ここにある。

動物愛護週間が、くりかえされるのは、おそらく正しいであろう。弱い動物を無意味にいじめることが良いはずはないのだから。

肉屋さんにも、魚屋さんにも何の罪もありはしない。彼らがいてくれるおかげで、私たちは平気で、おいしい生物の死体をたべることができるのだから。もしも、真の罪人があるとすれば、他人に殺させておいて、自分はそれと無関係なような顔つきで、愛犬や愛猫だけ可愛がる「良心ある人」であろう。そして、まちがいなく、私もその一員なのだ。

殺される生物の悲鳴は、たえまなくきこえている。きこえている、はずである。こんなにも明らかにきこえているくせに、きこえないフリをしたり、事実ききとれなかったりしている私が、地獄におちているのは、どうしようもないことであろう。

八

マユーラとは、サンスクリット（古代インド語）で孔雀《くじゃく》の意味だそうである。

私の妹は、マユリ（真百合）という名であった。ドイツ留学して梵文原典から仏教を学んだ伯父が、彼女につけてくれた、はなやかな名である。

この妹を、可愛がってやった記憶がほとんどない。きらっていたわけではないにしても、好きだったとは言い切れない。まして彼女のために努力し、彼女を助けたことなど一回もないらしいのである。

上海の事務室で、妹の死を告げる電報を受けとったのは、敗戦が決まりかかったころだった。日本の敗北をねがう占領下の上海市民たちが、私など無視し軽蔑し、あるいはきらっていたのは言うまでもなかろう。それでも、同じ職場の中国青年に、私は妹の死の話をせずにいられなかった。すると青年は顔をくもらせて同情してくれた。そのときはじめて、私は自分が全く兄らしくない兄であり、妹の身の上を少しも心配してやらなかったことを発見した。「戦争中なんだ。どうせみんな死ぬんだから」と胸中でつぶやいても、もはや妹を愛してやることは永久にできないのだという思いが、突き上げてきて、苦しくなった。

「マユリシス」。たった五字の電文を送ったのは、彼女の夫だったか、それとも父だったか。帰国してから知ったが、都内の寺で空襲に遭《あ》い、火熱がはげしくて、斜面にある墓地の墓穴の一つに、子供をかかえて難を避けたらしい。

二番目の子供を胎内にもっていたりして、疲労が重なり、出産後、発病しても医師の手当ても不充分なまま、苦しみぬいて病死した。彼女が嫁入りするさい、父は「忍」の一字を書きあたえた。そして彼女は父の教えどおり、忍苦の一生をおわった。

彼女が、生きのびるために苦悩し奮闘しているあいだ、私は異国の街で異国の酒をくらい、忍耐とは反対の、だらしない生活をつづけていた。

妹の夫は、東大国史科を出た、心のやさしい男だった。私も彼の性格が好きであったが、彼が浄土宗檀林の一つ、埼玉県の大寺の息子で、やがてそこの住職になる点が気に入らなかった。「坊さんの女房は、おふくろだけでたくさんだ。妹まで坊さんと結婚しなくてもいいじゃないか」。結婚するなら寺を出てからだと決心していた私は、まことにヘンな話であるが、寺のやっかいになっているくせに、坊主臭から逃げ出したかった。

妹の夫は鹿児島で教師をやり、しばらく寺とは縁がうすくなったのに、東京へもどってから仏教大学へ勤務し、四谷の寺の住職になったりして、ついに寺から足がぬけなかった。妹の死は、彼にとって大ショックだったらしく、戦後、再婚もせずに、酒びたりになった。酔った彼と、酔った私は、高校生どうしみたいに仲よく語りあった。愛する妻をしたう彼の悲しみは、私にもつたわってきて、そのことで私は死後の妹を愛することができるようになった。

だが、その彼は、まだ焼け跡が復興されないころ、深夜の赤羽の駅の高い崖から落ちて、死んだ。もしも妹が生きてさえいれば、自殺にひとしいそのような急死が、彼を見まうはずはなかったのに。

空襲下で生まれた、妹の二番目の子は、小児マヒで、歩行も不自由だった。観音さまのように可愛い女の子が、曲がった背がまっすぐにならない病気にかかってしまった、そんな不意打ちの不幸も、彼を打ちのめしていたにちがいない。

ヨメとシュウトメ。ありきたりの人間関係が、妹も重荷になっていた。彼女の夫の母は、口やかましい気丈な女性だったから、訴えどころのない被害者の立場も、あったであろう。だが、妹は、自分の義理の母の悪口を言ったことがなかった。むしろ私の母の方が、嫁いびりする「敵」として、嫁の義理の母を攻撃してやまなかった。

だが、両親がそろって死んでしまったあと、二人の孫娘を守りそだて、とりわけ身体不自由な下の子のめんどうを見て、大学の数学科まで卒業させたのは、ほかならぬこの「敵」なのであるから、男まさりの老女の方が、妹の身内の私より、よっぽど熱心にはたらいたのである。

この働き者の老女の葬式の日、私はひさしぶりで埼玉の大寺へおもむいた。境内には桜の木が多い。妹も嫁入りの日、あたり一面さくら吹雪だった。おばあちゃんの病床につきそって、よく看護した妹の遺児は、二人ともすっかり大人《おとな》びて、まめまめしく客の接待をしている。妹も骨も、妹の夫の骨も、ここにうめられている。そして、最後にのこった「おばあちゃん」の骨も同じ場所にうめられようとしている。何が私に、できたろうか。桜の古木から吹き落とされてくるのは、花ではなくて枯れ葉だった。

彼や彼女たちの死後、私は彼や彼女たちの残して行った風景をながめる。私にできることは、ただ一つの「何か私に、できたろうか」と反省することだけではないか。

九

宗教家になって、立身出世する。

宗教は立身出世するために存在するものではないけれど、キリスト教でも仏教でも、聖職者になったおかげで、社会的地位を確立した実例は、おびただしい。

スタンダール「赤と黒」のジュリアン・ソレルは、一番てっとり早い出世街道として、神父の道を選んだ。貴族階級の女性たちに熱愛されるほどの美貌であったし、才能にも勇気にも恵まれていた。権力ある男性、政治家や大僧正にも気にいられた。彼は自分を可愛がってくれる男女の間を巧みに泳ぎまわり、かつ充分に利用した。成功への最後の一歩でつまずき、処刑されたにしても、この青年神父の活躍ぶりはめざましい。

このフランス長篇を読んだとき、私はジュリアンが何の疑いも恥ずかしさもなく、聖職を世俗的欲望を達成するための手段として用いていることに驚かされた。私は、無鉄砲というか、図々しいというか、若々しい大胆不敵さに満ち満ちたジュリアンが好きである。好きではあるが、宗教者としての彼の行為は間違っている。まさに反キリスト教的なものである。しかも、その彼が万人に愛される若者であったとは……。

彼は、神の教え、神の導き、神の裁きをどう考えていたのであろうか。聖なる職務を、はなやかな男の花道として歩むことが、神に許されると信じていたのだろうか。

さらに問題をひろげれば、青年僧にとって、大僧正や法王への階段を登ることも、立身出世への努力ではないかということになる。俗社会における出世と、聖なる職場における出世とでは、性質が異なっていると反駁することはできる。しかし、階段を登ろうとめざすことは、よく似ている。いや、形式的にはそっくり同一だともいえる。

ジュリアンは美女を熱愛して冒険の限りをつくした。そして、美女を射撃して捕えられた。これは、もちろん特殊の犯罪的実例である。だが、美女を無視し、他人に危害を加えず、刑法に問われることもなく、精進潔斎して、宗教組織の最上位に到達したとする。そのような宗教的権威者は、ジュリアンのごとき失敗者ではなく、むしろ成功者であろう。だが、この成功者が、立身出世を望まなかったと、だれが保証できるだろうか。

この成功者のたどった道は、ジュリアンよりはるかに安全であり、社会的評価によって保護されていた。哀れなジュリアンが死刑に処せられたあとでも、聖者たちは「神の栄光」に包まれて生きながらえることができる。ジュリアンのために神に祈ってやることもできる。かくて、聖なる指導者たちの行蹟は、後々まで語りつたえられ、人々の信仰心を高めることができる。

仏教においても、すべての宗祖は、宗教的成功者である。彼らは、まず、反抗者であった。そして、地上の権力者をもひざまずかせる教義を確立した。多くの宗祖たちは、しばしば弾圧にあった。先輩の諸宗派からの攻撃もうけた。彼らは、自分の発案した新しい宗教的生き方を、後世に伝えるため、あらゆる努力を惜しまなかった。そして勝利を得た。

彼らが真の宗教者である限り、彼らは世俗的名誉や、地上的権力のために、自己の主義を宣伝したわけではなかった。だが、自己の主義を徹底的に宣伝するためには、出来うる限りの戦術を用いたようである。

ただ、ただ、おとなしく沈黙しているわけにはいかなかった。あるいは、おだやかに語りかけ、あるいは熱烈に叫びつづけ、民衆の信仰を自分のものにした。それは、あたかも、ジュリアンが彼の美貌と、彼の才能のすべてを発揮して、女性や愚民や、したたかものの男どもの心をとりこにし、少しずつ、しかも着実に「価値ある男」に成り上がっていった過程に酷似している。社会集団の内部にも、地位の上下、階級の差別があった。それがなければ、ジュリアンはあれほどもがかなくてもよかったのである。宗教組織の内部にも、えらい指導者とえらくない働き手の間に、地位の上下がある。

もちろん宗教者は、どのような地位の上下にもこだわってはならない。しかしながら、悲しむべきことに、大僧正は大僧正でなければならないし、法王は法王でなければならない。民衆は、そうであってくれることを望む。そして思い上がったジュリアンの失敗には、眉をひそめる。同時に、民衆は、ゆるぎない宗教的権威にむかって合掌し、感涙にむせんで安心して往生し、昇天してゆく。宗教的権威が世俗的権威と全く断絶することはあり得ない。断絶することこそ使命ではあるが、それが出来にくい。出来にくいばかりか、この二つは微妙な形で混同される。混同されることが歓迎されることさえある。おそらくこの秘密を、奥そこまで知りつくしているのは、権威ある宗教者、その人であろう。その人は、この真実のおそろしさに耐えなければならぬ。

十

昭和三十八年、十月、高見順氏は、食道ガンを宣告された。詩集「死の淵より」は、昭和三十九年八月に発行された。そして、一年後に高見氏は死去した。
手術のあと、人工食道を挿入していた。

魂よ
この際だからほんとのことを言うが
おまえより食道のほうが
私にとってはずっと貴重だったのだ
食道が失われた今それがはっきり分かった
今だったらどっちかを選べと言われたら
おまえ　魂を売り渡していたろう

（詩「魂よ」より）

氏は、この詩のなかで、おまえは口先で生命を云々する結構な身分だ。おまえの言葉なんかより食道の行為の方が、ずっと貴重だ、おまえをガンで苦しめてやりたい、などと、さかんに魂を攻撃している。

魂や心を大切にせよ、と宗教家は説く。たしかに宗教なるものは、精神なしにはすまされないから、そう説くのは当然である。もっとも宗教に近づいた病床の高見氏が、自己の魂をみつめなかったはずはない。その結果、魂なるものを痛烈に批判するにいたった。

氏が罵っているのは、いい加減な立場で安全を保っている、ある種の魂である。肉体を捨てて精神を守れなどと簡単そうにいう。そうお説教する「こころ」、いかにも救いを与えてくれそうな高級ぶった「こころ」のやつを許すことが出来なかったのだ。

「巡礼」という詩には、ブッダガヤへ行き、釈迦が悟りをひらいた菩提樹から、一枚の葉をお土産にした思い出が語られている。金色にかがやく仏塔の下で、大理石の仏像に合掌しながら恍惚状態におちいり、仏にささげる花を夢想する平安な詩である。だが、この詩のしめくくりは、

おおいま私は見る
涅槃《ねはん》を目ざして
私の人工食道の上をとぼとぼと渡って行く巡礼を

現実とも超現実ともわかちがたいその姿を私は私の胸に見るとなっている。前の詩とちがい、ここでは魂が最後にたどりついた美しい平安がうたわれている。しかし、やはり、人工食道の上をとぼとぼと渡ってゆく巡礼のイメージなしにはすまされない。やけくそになった氏は「さあ来い、者ども。いざ参れ、死の手下ども。殺したくば殺せ、切りたくば切れ。いさぎよく切られてやらあ」と叫ぶ。

自分の心に対して「泣け、泣きわめけ。うずくまって小さくなって泣いていないで、大声でわめくがいい」とよびかけている。この場合の心は、第一の詩とちがって、罵られないで、いたわられている。

いたわられる心と、罵られる魂。この差別は、何に由来するのであろうか。高見氏が愛したのは、追いつめられ、苦しみぬき、誰もが救ってくれそうもない心であった。そして、氏が憎んだのは、追いつめられもせず、苦しみぬきもせず、しかも、他人を救ってやろうとして利口ぶっている魂であった。

病室へくる見舞い客をながめては「人間の顔はどうしてこうみんな当り前なのだ」と考える。氏には、人殺しは出来ない。しかし、自分を殺すことは出来そうである。したがって「どういう風に自殺したらいいか」などと、楽しみにする。友人の自殺のさまざまなやり方も思い出す。「不思議な自殺で私は拍手をもとめようとしているのか」とも反省する。この一句は偶然にも、三島由紀夫氏の切腹を予言しているようだ。

芝生の上を雲の影が横ぎり、ベッドの上の氏の胸の上にも雲の影がよぎる。その影の形はスッポンに似ている。「あれはやっぱりスッポンだったのだ。ただのスッポンではなくて、首を切られ、血をしぼられンだったのだ」と氏は感ぜずにいられない。直ちに首をちょん切られ血をしぼられるスッポるスッポンでなくてはならないのである。庭のカエデの赤い芽を「美しいな」と思う。だが、それは空をめざす小さな手が、祈りとしらない祈りの姿をしているからである。「祈りなさい」でもなく、「祈りますぞ」でもない。知らないままで祈っているところが、氏は好きだったのだろう。

私自身、高見氏から罵られそうな魂をいっぱいつめこんでいる。氏の愛した心は、なかなかカエデの芽のように、私のなかに芽ばえてはこない。だが、私よりはるかに信仰心のかたき宗教者の「こころ」「たましい」にも高見氏が排撃し、きらいぬいたわざとらしさ、おしつけがましさ、浅さ、みにくさが残存しているかもしれぬ。死の淵にのぞまなければ、この残り滓を心の食道からとりのぞくことは出来ないのかもしれない。

十一

知里真志保さんは、忘れることのできぬ恩人である。

北大法文学部で、知里氏と知りあいにならなければ、私は「森と湖のまつり」を書くことができなかったはずだからである。

札幌に赴任してまもなく、教員宿舎で、毎晩のようにアイヌの話を氏から伺った。登別に近い氏の故郷の家へも行った。あいにく氏は温泉病院に行き、留守だったが、奥さんや子供さんと一緒に栗を焼いてたべた。清流の瀬音の聞こえる林の奥で、戸外にはアイヌの服装をした白ひげの翁がたっていた。たぶん、氏の父上だったたと思う。

北大を辞めてからも、札幌に行くたび、氏と面談した。心臓の悪い氏は、血色も悪く、次第に衰弱していった。アイヌ出身者としては、とびぬけて立身出世したはずであるが、やはり、氏の生活は貧しく、かつ、いろいろの矛盾にさいなまれていた。氏の主義からすれば、当然、アイヌ女性と結婚しなければならぬが、氏が愛したのは、シャモ（和人）の女性であった。氏の子供さんは、秀才であるのに、差別されて級長になれなかった。

アイヌであることを、強く主張すれば、家族に迷惑がかかるかもしれなかった。アイヌ語辞典の完成を急ぐ間、一般のアイヌ研究者と仲がわるくなったりした。恵まれない同族の人々のうちにも、東大出身のインテリアイヌを特別視したり、ねたんだりする人もいた。

私は旭川の養老院、クッシャロ湖のコタン、ネムロシベツの網元の家、さらに知床半島の羅臼まで調査旅行をした。美幌では、病院をたずね、医師の白衣を着て、病室のアイヌ患者たちを見てまわった。それは、まるで、スパイ行為であった。網元の老主人は、自分がアイヌ出身であることを隠していたし、アイヌの肺病患者たちは、私がやせた背中にはえた濃い毛をながめているとは知らなかった。

釧路のハルトリ湖畔の老婆は、アイヌ娘が用いる下紐の話までしてくれた。それはコタンに伝わる秘密の話だった。ベカンベ（菱《ひし》の実）の祭りを待つ間、トウロ湖のほとりの旅館で時を過ごした。旅館の主人もアイヌ人であったが、私をたずねてきたアイヌの青年と、なぐりあいのけんかをした。漁業組合長も、ひときわたくましいアイヌ男だった。彼は、同族の青年たちが戦地へかり出され、普通の日本兵士よりも、もっと勇敢に戦ったことを告げた。日系二世のアメリカ兵士が、普通のアメリカ人より、もっと勇敢に戦ったのと同じだな、と私は思った。

クッシャロ湖畔では、熊の肉を御馳走になった。私はコタンをたずねるさい、必ず日本酒を持参した。バチェラー八重子が、嘆きの歌で悲しんでいるように、コタンの人々は酒好きだった。酒のために身を滅ぼした人が多い。それだのに、私は彼らを喜ばせる酒瓶をたずさえて行った。わるく考えれば、それは、未開のアイヌ漁民をだました、江戸末期の悪商人のやり方である。私はもちろん、彼らに害を与えなかった。彼らの苦しみを、出来るだけくわしく知りたかった。アイヌ人の運命と日本民族全体の運命をひきくらべる企てもやりとげたかった。

だが、私の筆によって、作中人物となった彼らは、私をどう考えるだろうか。それは、おそらく、いやらしい観察者、不意にやってきて、ひともうけするスリのごとき悪漢と感じたのではなかろうか。

長篇が完成してから、十数年ののち、私は白老《シラオイ》のアイヌ記念館をたずねた。そこで私は、館長さんにしかられた。元国鉄の職員だった。その館長さんの和歌を、私が作中に無断で借用していたからである。私は、私の会ったアイヌの男女の表情や言葉を、無遠慮に吸収し、私の小説の中で、好き勝手に変形して表現した。熊の木彫を職業にする若者、土産ものの店先で客引きをする老婆、観光用に集められる踊り手たち、彼や彼女の許可なしに、長篇を書き上げるという、私個人の欲望のために、私の文学的イメージの牢獄の中に投げ入れ、閉じ込めた。

私は何をやったのか。私の動機は、愛であったのか。ヒューマニズムであったのか。彼らのうちのだれか一人を救おうとして、指一本でも動かしたことがあったのか。「森と湖のまつり」の成功が、私だけのエゴイズムの満足に終わり、それは、むしろ、アイヌ人全体の真の幸福への道をそれ、彼らをないがしろにするものではなかったか。彼らは苦しんでいた。ある者は、アイヌであることを、ひたすら隠し、一刻も早く、日本国民の一員として、差別なき和合にとけ入りたがっていた。アイヌ語は、もはや通用しない。服装も住宅も食事も、日常生活のすべては、特殊のものではない。立派な日本国民になり終わっている彼らの安定した感情に、不必要な動揺をひきおこしただけではないのか。作家は常に罪人《つみびと》である。自己以外の他人を表現、描写しようとするとき、罪人とならざるを得ない。そこからのがれることは、永久に出来ない。

十二

私は、蛇がきらいである。

山小屋へ、ネコを連れて行く。せまい街中のアパートから、鳥獣の多い山林にはなたれると、ネコは種々の生物を獲《と》ってくる。蛇もその一つである。その日、ネコは、何ものかにおびえていた。イヌやクマの姿でもみかけたのか、それとも隣の住人におどかされたのであろう。耳をそばだてて聞きいる。そして、尾を太くしている。いくらあけてやっても、硝子戸の外に出ない。外へ出ないばかりか、ちょっとした物音にもこわがって、食堂から二階へ逃げて行く。そして二階の手すりの間から、下をのぞいている。

ネコの恐怖がこちらにのりうつって、自分までいらいらしてくる。夕方近くなってから、ネコは、こわごわながら庭へ忍び出た。ぬき足さし足、林の奥へ消える。しばらくすると、意気揚々として何かをくわえ、硝子戸のそばへきた。急いであけてやる。細い蛇らしきものが、口の下にぶら下がり、うごめいている。すでに穴にはいっていた小さな蛇である。私はじっとみまもるだけだ。蛇が大きらいだというのは、目撃するのも、そばへ寄るのもきらいだということである。いじるのも、殺すのも出来ない。

女房は二階でミシンをかけている。ネコは楽しんで投げ上げるので、そのたびに蛇の体が、あたりに衝突して、バタバタ音をたける。「蛇を獲ってきた。見てごらん」というが、自分では何もする気にならない。「あら、蛇。いやよ、中へ入れちゃあ」と、女房はすばやく二階のドアをしめて出てきた。蛇は階段のすぐ下の暗い場所にいる。そこはネコが獲物をいたぶるに都合のいい場所である。「あら、へんな蛇ね。タマ、そんなもの獲ってかみつかれたって知らないから」と、女房は、わりに平気な顔でいい、また二階の部屋にはいってしまう。

蛇は全身茶色で、少し腹が白い。私は自分の部屋の襖《ふすま》をしめても、蛇がはいってきそうな気がしてならない。私のこわがり方は蛇を獲る前のネコのこわがり方と酷似している。

「ほら、まだ生きている。すべってつかまえられない」と、女房は火箸で外へつまみ出そうとする。「焼こうかしら。でも可哀そうだから放っておこうかしら」と、とまどっている。結局外のごみすて場に捨ててきたらしい。二階へ上がって電気掃除機を使う音が聞こえる。そのコードがバタリバタリと、あちこちにつかえてはね返る。その音が蛇がのたくるようで気持わるい。

急に元気になったネコは、また外へ出て行く。コンクリートの上にねころがって、私に可愛がってもらいたがる。蛇を獲ったのが彼女の上機嫌の理由である。私はまだ、ぼんやりしている。

もしも、その蛇が小柄でなく、大きな体をくねらせて、歯をむきだしてきたら、どうだろうか。私は必死になって敵を殺したにちがいない。たとえ、蛇に害意がなくて、そうしたにしたところで、私は神経病者のように、一種異常ないやらしい感覚にとりつかれ、相手の存在をなくそうとして活動したにちがいない。蛇が私一人をめあてとして向かってきたのでないとしても、駄目である。彼が、たとえヘビゴンのごとき巨大なる怪獣でないにしても、ただ私の前を走っているだけで、すでにあたりの風景が暗いものになる。

蛇族と私の祖先との間には、その昔、ぬきがたい業のようなものでもあったのであろうか。私はゾッとする。とても共に生きてゆけない奴だとおびえる。理屈ではどうにでも理解出来るが、手足のない長い胴体があることとは、蛇にとっては当然のことだ。それを手足のある私がこわがったりすることは、たしかにおかしい。蛇は気ままに散歩に出てきたのかもしれない。私を好きなために慕いよってきたのかもしれない。しかし、私が彼をきらいなのは、どうしようもない。

もし、人間に好き嫌いがなかったならば、どんなにいいだろうか。そうすれば、人間平等論は完成されるにちがいない。ところが、蛇ばかりでなく、あらゆる嫌いなものに、人間はつきまとわれている。どうしても好きになれない顔がある。どうしても、へんな奴、気にくわぬ奴、こっちの感情に反撥する奴がいて、平等論はこわされかかる。

人間のみならず、動物植物鉱物のあらゆるものについて、この不平等論は存在する。人間に好き嫌いはあってはならないという真理は、すなわち、好き嫌いが厳として存在しているという事実を示す。この不公平な判断は、どこからきているのだろうか。それは、おそらく、イブが知恵の木の実をたべ、アダムと共に楽園から追放されたときからであろう。それから人間には、他を愛するという絶対の平和は許されなくなったのである。私たちは永遠のゆるぎがたい平和をのぞむ。しかし、私たちには、常に「蛇」がしのびよっている。私たちは、それに向かって、絶えずおびえ、それを絶滅しようと身がまえている。

十三

法然の父は武士であった。そして、武士によって殺されたのである。

死にのぞんで、父は法然にむかって語った。「お前は父の仇を討ってはならぬ。もしも、仇を討てば、その子は親の仇だとしてお前を討つだろう。そうなれば、お前の子供は父の仇として相手を殺すだろう。そして永久に殺し合いは続くだろう」

法然は父の教えに従って仇を討たずに出家した。武士の名誉を重んじられた時代には、珍しいことである。少年時代にその話を聞かされたとき、私は納得がいかなかった。「戦場でなら、ともかくのこと、私邸に乱入してまで悪行を働いた悪武士を殺さないで、男の面目がたつであろうか。のちに浄土宗をひらいて万人を救ったのはえらいけれども、どうして、そのとき、彼は敵をやっつけなかったのであろうか」

私自身は、父の仇を討つ勇気も武術もそなえていないくせに、法然の行為が人として卑怯なもののように思えた。今にして思えば、若くして一たん殺人の世界、武士社会の闘争にまきこまれてしまえば、学問修業も悟りもあったものではないから、法然の発心は当然のことだ。むしろ、それでこそ、法然は法然であり得たのである。

ただ一つ、疑問が残る。「その悪行を働いた悪武士はどうなったであろうか。依然として生き続け、悪行を重ねたにちがいない。それとも、法然の教えをきいて、そのありがたさに感じ入り、断然、心をひるがえして仏に帰依しただろうか。それなら、めでたしめでたしになるのだが」

現在ならば、法律があり、殺人者は死刑、またはそれに準ずる刑になる。（殺人を命令しながら死刑にならない場合も多いが）しかし、とにかく、殺人はよくないこととされ、罰せられる。だが「悪いやつほど生きのびる」という事実は相変わらずあり得る。法然の父を殺したやつは、ぬけぬけと生きのびる。それだからこそ、法然の教えは存在しなければならぬといえるだろうか。

露の身はそこかしこにて消えぬとも
　心はおなじ蓮のうてなぞ

人間は必ず極楽往生するものだと思えば、すべては解決する。しかし、地上の争いは、それでは解決しないらしい。全部の人が法然上人のような心になれるはずがない。たとえ自分の手で復讐しないでも、法律その他、何らかの手を借りて復讐したがる。目の前で両親や兄弟を殺されながら、みすみす自分だけが生きることが正しいだろうか。

大久保清の殺害にあった被害者の父母は、彼をゆるすことができるであろうか。だが、彼は、もしかしたら地獄ではなく、極楽行きの特急車にのりこむかもしれない。（怖しいことだ！）彼にそんな好運を与えてはならぬと、一般人は思う。しかし、事実、彼がすべての罪を認め、彼の悪を捨て、死刑台に立つならば、浄土宗的にいえば、彼も同じ極楽行きがゆるされることになる。いや、彼が後悔もせず、ざんげもせず、自分は間違っていなかったと、自信満々にやりと笑って死のうとも、その彼を拒否するわけにはいかない。

私は、あまりにも怖しいこの真実を口にするのが怖しい。それは論理に対する冒瀆であり、虚無である。私は大久保清のような、自分のことばかり考えて、他人の苦しみを知らない男が嫌いである。何べん死刑になってもいいとさえ思う。彼が襲いかかった少女たちの悲鳴は、私をぞっとさせる。しかし、おそらく、彼はどんなに罰せられようと、罰を罰とは考えないであろう。

彼の処刑は、人間社会において当然である。しかし、何かしら、私の心の奥そこに、彼の無気味な不敵さが、ひっかかってくるのである。法然上人の父を殺した犯人。それは、法然によってゆるされた。戦国の世で、武士が武士を殺すのは、さほど不思議ではなかった。だが、大久保清は現在の人である。彼はまるで地上の裁きを無視して、勝手気ままに人を殺したのである。どうして、そのような自由が、今の今、行なわれたのであろうか。私は、すべてを社会的原因によって理由づける傾向についてゆけない。彼は、もし発覚しなければ、無限に犯行を続けたであろう。だから、それを未然に防ぎ、糾明調査し、罰するのは正しい。だが、彼はすでにそれをやってしまったのだ。悪逆非道な行為を完成してしまったのだ。彼の罪は万人の前に明らかである。

私たちの罪は万人の前に明らかであろうか。私は法然の教えは正しいと考える。だが、彼の教えを正しいと考える私は正しいだろうか。私は法然の言葉を美しいと信ずる。だが美しいと思う私は正しいだろうか。「心は同じ蓮のうてなぞ」という歌意が、自分流に都合のいいように解釈されてはいないか。そう考えると、私は明るい救いの代わりに、無明の闇がひろがってくる思いがする。

十四

自殺できないから、自殺しない。

私の場合は、そうである。自殺するまで追いつめられていないからである。何とか生きてゆけて、その方が死ぬより好ましいからにすぎない。まだまだ、なすべきことが残っていて、それをすませないでは、死んでも死にきれないと考えての上ではない。

自殺する人の切ない心は私にもわかる。このごろはしみじみとわかるような気がする。思いつめて仕方なく自殺したにちがいない。

橋の上から身を投げる人をたすける話がある。せっかく授かった命を、もったいないことをするなというのが、抱きとめる理由である。身を投げて、河の水が浅かったため、たすかる話もある。河の水が浅かったことは、予想できないことで、こっけいな結果となるが、彼にとっては、決してこっけいではない。

自殺幇助という罪がある。これは自殺は不自然だという常識によって作られた罪である。一般人は自殺をのぞまない。だから、それを幇助する人を許せない。私だって自殺したがっている人を、自分の手を動かして自殺させてやりたくはない。ただ、ある人が自殺して、それが当然のような気がすることがある。

有島武郎が自殺した。芥川龍之助が自殺した。太宰治が自殺した。田中英光が自殺した。三島由紀夫が自殺した。漠然たる不安とか、麻薬中毒とか、いろいろ原因はあるにしても、彼らは文学者として、不自然でなく自殺したと思う。太宰の場合は、三回も女と心中を図ったのであるから、常習である。いずれの場合も痛ましい。はたでとやかく批判することのできない自発的な死であるにちがいない。彼らが自殺しなかったら、どうなったろうと、あえて想像しようとはしない。すべてはきめられてしまった結果である。とり返しはつかない。彼らは、程度の差こそあれ、文学者として完結してから死んでいる。やり方の相違こそあれ、すべて、ある意味で、世間に気がねせずに死んでいる。

私はといえば、世間に気がねする。気がねせずには一日も暮らせない。どうして、こんなに、下らんことに気をつかうのだろうと、不思議になるほど、世間体や常識を気にしている。そして自殺しない。

極楽へ行くということは、ある時期がきたら生を断念することである。ある時期とは死ぬことである。私は、この調子では、極楽へ行ってまで、地上の生を楽しみたいと願っているのかもしれない。だから、いよいよ死ぬとなったら、ジタバタしたり、びっくりしたり、醜態をさらすにちがいない。死はきらいである。そして、何よりきらいなことを仕方なく待ちうけている。

梅崎春生さんは「僕は死ぬのがとてもイヤだね。こわいよ。だけど、みんな死ぬんだから、死ぬることだけはたしかだよ」といっていて、飲みつづければ死ぬと医師に宣告されたくせに、その酒を飲みつづけて死んだ。一種の緩慢な自殺みたいなものである。私も、それに似通ったものだ。

昔の武士や軍人などが、名誉のために死んだ話には感心する。それは、きっと、いい気持ちだろう。

だが、私にはできそうにない。できそうもない話だから、きくのが好きなのだ。乃木大将は、約束を守って自殺した。自殺しなければ「乃木大将」ではない。一生、きゅうくつに自分を縛って、自由だったことは一回もない点は好きでないけれども。何も死ななくてもいいのに、ばかばかしいという考え方がある。同時に、いい死にどきを選んだという考え方がある。たしかに、死にどきは大切である。ある目的をもった一生が、そこで完結するからだ。死にどきをのばして、ぐずぐず生きていても、よいことは起こらない。しかし、にもかかわらず、生きたいと思って生きているだけである。私の死にどきは、いくら頑張っても死なせられるときだ。だから、あっても無きがごときものである。めいめい勝手に、死んでゆけばよろしい。よろしいより何より、そうなっているのだから。

もしも、人間は、命令で皆同じ日に自決しなければならんということになったら、どうなるか。沖縄ではそんな命令が出された。ずい分沢山の人々がなくなられたが、命令にかかわらず、生きのびた人がいる。当たり前である。命令で全部戦死させようとしても、人間の本能は許さない。バラバラに生き、バラバラに死ぬようにできているのに、一億総火の玉などになれるものではない。そろって死ぬ覚悟をしろというのは、動物社会の法則に反している。だが、自殺したいものが、自分の意志で自殺するのをとどめられると思うのは、考えちがいである。自殺者も、生きられるだけ生きて、それから死んだのであるから。私は、すべての自殺者を心の中で弔う。それは自然死の人を弔うのと同じである。弔うことの意義は、かなりあいまいであるにせよ。無機物と化してしまったものに、心など通じるはずがないのだから。

十五

物忘れは、ひどくなるばかりである。

戦争中の記憶をとりもどそうとしても、次第にあいまいになる。「こんなことがあったのか」。戦場のことを記録した自分の古い作品を読み返し、おどろかずにはいられない。

「細菌のいる風景」は、昭和二十五年一月に発売された。前半は中国人のライ患者、後半は日本兵のコレラ患者を描いたものである。

上海の南市《なんし》の隔離所と、南昌の郊外の病院で、ライ患を目撃している。目撃したばかりでなく、彼らに接触した。「この隣の家との間の路地をな」と、上海のある朝、事務室の窓から、下を指さして上官はいった。「これを塞《ふさ》いでくれ。この隣のやつがフラフラ出てくると困るんだ。ライ病だからな」私は、私以上に無能な兵と二人で、鉄のベッドや針金や棒をあつめ、半ばくずれた隣家のレンガ塀と、事務室外側との間に柵を作りはじめた。隣家の雑然たる中庭が、明るい光線に照らされ、眼に見える内部では、京劇のカン高い歌声が、レコードからひびいていた。時々、中から老人や子供がのぞきに出てきた。やがて一人の男（患者）が、のろいの言葉を吐き出して、手にしたふとんを私たちのこしらえている柵にぶつけ、重たいワラぶとんは、へなへなの柵をきしませ、そこからは塵埃《じんあい》が、もうと立ちのぼった。「ひえっ。ひどいことをしやがる」と相棒は叫んだ。「早く来いよ。うつるぜ」と自分の軍帽で首や手をバタバタとはたいた。

やがて、そのライ集団は、どこかへ移動していった。例の路地から、三々五々、あらわれて、私たちの方に背を向け、長い列を作った。黒衣黒帽の神父が一人、ものやさしくその行列をせきたてていた。私たちの炊事場と井戸の横を通り、事務所の前を右折して行く患者の数は意外に多かった。純白のカラーの上に太い健康そうな首すじを見せた神父は、金色の生毛《うぶげ》の光る大きな両手をゆるやかに動かして、いかにもゆったりと行進を指揮していた。

野戦防疫部は、揚子江をさかのぼり、南昌へ転進した。そこで、私たちはライ病院行きを命ぜられた。部隊長は、その前日、ライ患者の写真の挿入された中国側の資料を熱心に研究していた。病院にメリケン粉や菓子タバコなどを届け、ついでに患者の現場を調べるためである。南昌をかなり離れた地点なので、大げさに武装し、機銃までそろえていった。トラックは丘をのぼり、公園か学園かにふさわしい瀟洒《しょうしゃ》な白い門をくぐった。医師も事務員も逃亡していた。患者の指導者が命令すると、患者たちは病室から、ソロリソロリと姿をあらわした。畑仕事をしていた患者は農具を置いて集まってきた。彼らは整列した。かなり顔かたちのくずれた女たちも肩をすくめて寄り添っていた。その女たちを指導者が手まねぎすると、女たちはもぞもぞと身動きし、自分たちの間から、一人の小柄な中年女を前の方におしだした。

列の中央におしだされた、その女患者の顔を、私はすでに見知っていた。鼻はくずれ落ち、顔の中央のくぼみに白く大きな前歯がたれ下がっていた。それは部隊長の手に入れた資料の中にすでに写されていた。そこでも彼女はやはり前列の中央に立たされていた。おとなしくしている彼女の役割は明らかであった。彼女こそ病院にふさわしかったからだ。

私は一九六二年、エジプトで開かれたＡＡ作家会議に行った。そして「ピラミッド附近の行方不明者」を書いた。作家会議ではなく、衛生学の会議として書いた。そこには、かつて軍医だった医師が出席することになっている。中支に派遣されたことのある彼は、私と全く同じような経験をすることになっている。つまり、上海のライ患者の集団を非人道的にとじこめ、さらに南昌の病院へおもむき、そこで、一番目につきやすい場所に立った鼻のない女患者を撮影する。彼は自らの肉体にライ菌を注射し、ホテルの部屋から投身自殺することになる。読者にとっては、唐突なおかしなことに見えるかもしれない。だが、私にとっては、唐突でもおかしくもない。「私が病院を去ったあとでも、その女患者は相変わらずライ者であり続け、ライ者としてカメラに納められていたであろう」と、彼はいう。そのような元軍医は実在していない。いわば、私の身代わりとなって作品の中で自殺したのだ。

なつめ椰子《やし》の葉がナイル川の川風に吹かれ、エジプトの太陽は日本とも中国とも違う、激しい強さで照りつけていた。黒色、褐色、黄色、白色の代表が集まって論議する会場で、私はもちろんそのことを思い出したわけではない。文学会議を衛生会議に変形して書きすすめている間に、私の忘れかかった記憶がよみがえったのである。作品は作者に復讐する。先まわりして、われらを待ち受ける。

十六

私は、解放後の中国へ三度旅行し、三度とも杭州へ行った。そして、二回、西湖に船を浮かべて遊び、一回は雨のため湖畔をめぐり歩いた。

湖に面したホテルに泊まり、扇や絹物を買い、秋瑾女士の墓におまいりした。私を案内してくれた中国作家や、通訳の青年たちは、私の過去を知らなかった。

かつて私は輜重兵二等兵としてこの地に駐屯した。銃を手にした物騒な敵として、衛生材料廠に勤務した。「無血占領」した杭州の宿舎の三階からは、色さまざまの別荘の屋根がながめられた。舗装された道路には、鉛色の西湖の水を背景にして枯れた街路樹が並んでいた。トラックに薬剤の梱包を積んで、冬の風の中を立ったまま駅から町へ、町から川へと移動した。銭塘江近く、紫色や茶褐色の山肌が切りくずされたままになっていた。川岸に積まれた木炭を運ぶ。笹の音するしげみのかげには、読書人の住みしあとかと思われる庵もあった。「銃とりて炭をひろえば枯れはてし、杭州湾の竹に音する」という歌も作った。

住民の去ったあとの豪奢な別荘には、暖炉があり、ろうそく形の電灯が赤くともり、ふっくらした椅子にすわって、世界各地の音楽をきくことが出来た。近所の家々をのぞき歩く。寝室には、赤ん坊の絹の靴、姑娘《クーニヤン》の刺繍のある靴などがころがり、酒瓶や薬瓶、化粧瓶や鏡があって、しめ切った室内に黄色や赤や緑色の品物が散乱しているあり様は、異様な絵のようであった。

クリークの藻の色も緑に変わりはじめた。どこからともなく集まりはじめた子供たちは、私たちからもらった氷砂糖や乾麵包《かんめんぽう》をたべ、すてたタバコの残りを吸った。五歳位の子供まで、仙童のように嬉々としてタバコをふかすのを、私たちは驚いてみまもった。

春の西湖は、美しかった。黒い水草にかくれて、冷たげに動く魚が、朱塗りの橋の上から見られた。枯れ草と緑の草、枯れ葉と春の水が、春の陽《ひ》の下で輝いていた。湖心亭には、すでに春の鳥がきていた。亭の白壁には、中国の遊客が書き残した憂国の詩があった。「湖心亭の壁に憂いの歌ありぬ、西湖の春は美しけれども」

菜の花のまっさかりの畑では、蛙がコロコロコロコロとないていた。その畑の中には、一人のものおそろしい農婦がしゃがんでいた。鬼婆のごとく痩せさらばえ、川岸のもの憂い暖かさの中で、眼の光のみ、底冷えする冷たさであった。私は魯迅の「祝福」に出てくる祥林嫂を思いだした。

彼女もやはり「顔はげっそりと痩せ、血の気のない黒ずんだ色をしている。以前の悲しみの表情は消え、まるで木像のようだった。眼が動くので、生きた人間だとわかった」

彼女は、もともと魯迅の家で働いていた寡婦であった。それが、姑のために他の男に売りとばされ、泣きわめいて連れ去られる。子供が生まれたが、子供は狼にくわれてしまい、それ以来、頭がおかしくなり、ついには家を出て乞食になった。

久しぶりに故郷に戻った魯迅に、彼女はこうたずねる。「人が死んだあとに、魂はあるか。地獄はあるか。同じ家の者は死んだあとで会えるか」。魯迅は「はっきりいえない」と答える。そして、その夜、彼女は死んだ。彼は「はっきりいえない」と答えた自己を反省し、不安になっている。異国の一兵士の私は、私の目の前の農婦の名を知らなかった。気味のわるい異国の女として、すぐさま忘れ去ってしまうにちがいなかった。

また、騒がしい女を目撃したこともある。けんかをして夫にぶたれた女らしく、きたない顔を血だらけにして、大きな声で泣きながらやってきた。昼休みにひなたぼっこのため、クリークの石橋の上にいた私たちの方へ、その女はやってきた。うしろから母親らしい老人が心配そうについてきて、また、そのうしろから野次馬がぞろぞろついてきた。私は気味わるい女にたじたじとなって、かまいつけずに立っていた。女は、まだ泣きさわいで、私を困らせながら町を歩いていた。そのときの歌。

「怖ろしや支那の女のけんかして、顔に血ぬりて橋わたりくる」

私は、この女をいじめたり、なぐったりはしなかった。祥林嫂を直接不幸におとしいれたのは、私ではなかった。しかし、あきらかに、多くの祥林嫂を中国に作りだすために、私は銃を握っていたのではないか。「地獄があるか、どうか」と祥林嫂は私にたずねたりはしなかった。しかし、彼女たちの身の上に地獄の苦しみを投げ与えたのは私たちではないか。「はっきりいえない」という言葉でしめくくっておけば、何でも平気でいられると、自虐的に魯迅はいう。だが私には、そのようにいうことすら出来ない。私たちは、あきらかに彼女たちの地獄を自分の手で作り出したのだから。

椎名麟三氏の死のあとに

「美しい女」の私鉄労働者たち、二十年以上もの勤続者の集りで、一人が、ふと、おかしくて仕方のない顔で、皆を見まわしながらいいだす。

「よう、まあ、こう能なしの阿呆ばっかりそろたもんやなあ」そして皆は、仕方のない声で笑う。その一人の言葉に全く同感だったからである。だが、彼らは、能なしの阿呆である自分たちを、恥じる必要はなかったのだ。

「美しい女」の主人公は、もちろん、椎名さんとはちがっている。運命や性格も、まるで異っている。その主人公は「私は、まことに当然のことながら、異常なことが大嫌いである。不幸すぎることも嫌いだが、また、幸福すぎることも嫌いなのだ。あらゆる過度には悪魔が住んでいると断言している」とつねづね考えている男である。椎名さんは、異常なことをも嫌いではなかった。しばしば、異常と思われることが、作品にえがかれている。しかし、異常なことを、ことさらに主張したことは、一回もない。異常なことが、平凡なことと同じである場合に、それを記録しただけである。「あさって会」に出席している時の椎名氏は、外国人文学者の名前や新説がとび交う同人たちの会話をきかながら、一人よそもののように離れていた。肉体の衰弱のためもあって、無口になってはいたが、何か理解されない自分を抱きかかえているようであった。氏一人が労働者の体験があった。われわれの知らない驚くべき職業の数々を経てきている。そんな時の椎名さんは「美しい女」の主人公のように「よう、まあ、こう能なしの阿呆ばっかりそろたもんやなあ」とつぶやきたかったにちがいない。しかし、われわれは、二十年勤続の私鉄労働者ではなかったし、もの書きを職業にしていた。われわれは能なしの阿呆であることを許されなかった。そんな時、椎名氏の眼には、われわれ皆が「能なし」と離れて、文学者としての理論に熱中していることが、異様なことに感ぜられたのではなかろうか。

山梨の私の山小屋で、同人が集ったとき「ここは、大きな声を出しても隣には聞えないかね」とたずねてから「大丈夫」ときいて、いきなり「俺は河原の枯れすすき、同じお前も枯れすすき」と大声で、どなるように歌った。全く、その時の彼は、まことしやかな議論や、傑出した意見など、うるさくてたまらなくなり、沈黙の代りに古い歌を歌うより仕方なかったのであろう。彼は決して大学卒業生を軽べつしはしなかった。たとえ、彼らの頼りなさを身にしみて感じていたにせよである。何故ならば、頼りないのは、学士諸君ばかりではなくて、人類全体だということを知っていたからである。

愛知県の知多半島、新舞子海岸に私が閉じこもっていた頃である。梅崎春生氏と連れだって、彼が訪ねてくれた。名古屋に講演に来たついでであるが、よくも分りにくい場所を訪ねてきてくれたものだと、私は喜んだ。そこは漁師の家の別棟であって、二人が到着するという電報を受けとってから、そこの主人は海老やうなぎを用意してくれた。梅崎氏は講演嫌いで有名であるから、その日は不機嫌で黙りこくっていたが、椎名氏は漁師の家の家族たちにも愛想よくニコニコしていた。私の毎日の食事は、臨海実験所に勤めている兄の家から届けられていた。それを運んできた兄の家のお手伝いさんを見て「お前、どこにでも女がいやがるな」といった。そのお手伝いさんは、椎名さんの作品に出てくる「女」ではあっても、私の考える「女」とは、全くちがっていた。しかし、何の気兼ねもなく、あらゆる「女」について差別なく、冗談話にする彼には、どんな「男」をも、分けへだてなく人間として考えられる、体験から得た知恵、やさしさとこだわりなさが溢れていた。三人は石垣を下りて海岸へ出て、暮れかかる海をいつまでも眺めていた。しばらく三人とも話もせず、身うごきさえしなかった。梅崎さんの不機嫌と椎名さんの愛想のよさが、共にまたとなく文学的なもののように私には思われた。

三月二十八日、午前八時半頃、電話がかかった。電話口へ出た女房の驚きの声で、内容が察せられた。梅崎氏の死の場合は、唐突とか中断とか意外とか、いろいろあったが、椎名氏の死の場合は、全く自然という思いが深かった。その日は荒れ模様の予告があり、町々には激しい風が吹きわたっていた。キリスト処刑の日のようだな、と私たちは語りあった。埴谷氏宅に行って、そこの電話で野間さんと一言二言話してから、埴谷夫妻を乗せて椎名さんのところへ急いだ。(野間氏は病気のため外出もできず、私自身も糖尿病からきた脳血栓でものが書けなくなってから、丸一年半になっていた)。戦後、線路ぎわの椎名さんの家が改築されたとき、一度だけ私は訪問したことがあった。殺風景なレールと枕木をまたいで行くと、車輪の響きの聞える家があって、いかにも椎名さんの作品の風景にふさわしかった。新作家の登場を告げる写真として、私の眼にしたのは、線路にしゃがんだ氏の姿だった。それは、そのまま立上らずにいさえすれば、走ってくる電車によって簡単に死んでしまえる姿であった。椎名氏の作品には数限りなく自殺者がえがかれていて、同様に数限りない人物たちの自然死の間で、どうしても必要な役割を帯びている。新しく建った二階屋を案内して「これだけです」と説明し「これで僕の死場所はきまりました」といった。だが、私は、あれだけ沢山の漂浪生活のあとで、氏がここの畳の上で一つの死にたどりつくであろうとは、とても考えられなかった。だが、その日、奥さんに続いて二階へ上った私の目の前に、氏はおとなしく横たわっていた。「死顔を見せないでくれと椎名はいってたんですよ」と、奥さんは顔の上の白布を持上げて見せた。思いのほかに衰えを見せぬ顔であった。というのは、昨年末の入院後、目方が五十キロ位になり、体力がひどく衰えているという話だったからである。その死顔は、前述の写真の生顔より、はるかに苦しみから解き放たれて、いわば、標準型椎名タイプの顔をしていた。「これでいいのだ。一日の労苦は一日にて足れりです。人の一生は、一生だけで足れりですからね」と語っているが如くであった。苦しみは全くなかったと聞いて、椎名氏にとっては当然すぎるほど当然なことだと思った。「あさって会」に出席する度に、やっと会場にたどりついたあとの疲れ、しばしば襲ってくる心臓のショック、今にも倒れそうな暗い表情、それでも我慢して、皆の話に仲間入りしたがっている態度、それらすべてを見てしまったあとでは、神に召されたという言葉は、そのまま素直に受けとれた。生れた日から、この偉大なる作家が、どれほどの人生の受難、激しい矛盾、そして最後の最後まで自分の上から去らなかった無理解を耐えねばならなかったことだろうか。

私自身がついに、真に、この畏友の業績を理解することができなかったのである。死後、彼の全集を読み返すにつれ、こんなにも彼を理解できなかった自分が、彼の友人でありつづけたことをいぶからずにはいられないのである。たとえば、フリーセックス。氏にとってフリーセックスは、北欧から新しく輸入されたのでも、アメリカの乱交パーティの後で来たものでもなかった。親子兄弟の存在する、すべての場所で不本意ながら行われていたものなのだ。

椎名麟三全集は、第十二巻「戯曲二」まで発刊されている。その第七巻「小説七」の解説を私は書いた。おびただしい小説と戯曲のストーリーやデテール、人物の性格や職業などを思い出すときに、私のなかに微妙な混乱が起きる。病気のため、頭が混乱しているから、そうなるのかと考えてみて、そうばかりでもないらしい。椎名さんの作中人物が、あまりにも無数であるため、また、その人物の組合せが、これまた無限といっていいほど多様であるため、無数とか多数とかいう印象が、バカに濃くなって、いわば人物群の大海の中に、各人物の性格や運命が浮沈したり、隠顕したりして、全体の灰色の色調の中に埋もれてしまう。その人物群の全体の合唱が鳴りひびいて絶えることがなく、読者はその充満する合唱に聞きほれてしまって、一つ一つの作品の相違など気にしなくなってしまう。しかし、あくまで作者自身は作品全体が必要なのであって、死に到るまで作品を書きつづけることが必要なのである。その合唱の素晴らしさについて、うまく説明することが私にはできない。おそらく椎名氏は、数学の天才だったにちがいない。顔の表情や、身につけた衣裳に関しては、ほんのわずかだけ描写されていて、そっけないほどである。しかし、男A、女Bから、男Y、女Zにいたるまで、その組合せを追求する数学的（人物を本質的にとらえる方法）執拗さには驚くほかはない。

はじめて教会の素人芝居のための戯曲「家主の上京」を書いて以来、劇作の専門家でも稀にみるほどの多作家であったのは、おそらく、男Aから女Zにいたる数学的実験の方程式が、あまりにも次から次へ現れて、面白くてたまらなくなっていたのではないか。人物群の合唱、人間の方程式の全く耳目に入らぬある種の読者が、しばしば椎名文学を誤解したのは、人間数学など試みるという奇跡が、とうていこの世に存在し得ないとあきらめていたからである。しかも、労働者出身の作家、外国語を不得意とする大学に縁のない男、十六歳で家出して、あらゆる屈辱を平常のこととして生きてきた国民の中から発生しようなどとは、彼らは信ずることができなかったのである。しかし、信じない群集がいればこそ、奇跡は起るのである。

昨年の十二月に次のような葉書を受けとった。「本日、中国旅行で貴兄がせっかく入手された『石刷り』、おわかち下さいましてありがとうございました。座談会にもよく出ておられますし、編集員の話では、中公のパーティに出ておられた武田さん（責任上仕方がなかったのでしょうが）は、非常に元気だったそうで、安心しました。しかし、寒さに向う折柄、くれぐれもお大事に。不一」この葉書の書体は、椎名氏の謄写印刷で練習をつんだ、いかにも分り易い文字であったが、悲しいことに斜めに曲って書かれていた。真実なるが故に吃るという椎名氏の無造作なしゃべり方からすれば、不思議なほどていねい、ていねいすぎて気持がわるくなる文体である。

椎名氏の愛想のよさは、いかにぬきがたい人間の残酷性を通過してきたものだったかは、おそろしくて容易には語り得ない。人間のやさしさというものが、ついに完全に表現できないのは、同様に人間の残酷さについて語りつくすことは不可能であるからである。最後の長篇「懲役人の告発」が、中途半端の批評しか得られないで終ったのは、その一例である。この葉書の不気味な礼儀正しさは、すでに椎名氏の死顔の静寂、どす黒い渦の中心点の示す至福ともいうべき停止を予告していたのではなかろうか。

「美しい女」には、次のような一情景がある。私鉄の労働者の集りに見知らぬ若い男が登場する。長くのばした髪の毛や、詩的な感じのする青白く冴えた顔や、労働で濁ったことのない澄んだ目や、無雑作に着こなしたノーネクタイの背広や、その聞きなれない言葉などが、ハッキリと彼らとちがった階級の男であることを示している。秘密運動への加入をすすめられても古参運転手は黙っている。すると若い男は、苛らだちながら、よく透る声でいう。「あんた、それでも労働者ですか！　自覚のない労働者なんて、労働者だといえませんよ」すると、古参運転手は太い声でぼそぼそという。「何しろ、親父はリウマチだし、おふくろは眼が悪いし、義理の弟はまだ小学だし、もしおれが警察にひっぱられたら、一家飢死なんで。そやさかいに……」若い男はさらに「そんなことにとらわれているのは、奴隷根性というんですよ。すべてのものを打ちすてても労働者の解放のために尽すのが本当の労働者じゃありませんか！」だが、運転手は頑なにくり返す。「でも、おれは、家の生活をすてることは出来まへんのや」すると若い男は、みじめなほどがっかりしていう。「仕様がない人だな、あんたは！」

椎名氏はもちろん、この頑なな運転手ではない。同時に、その若い見知らぬ男でもない。その両方の気持を知りつくしている男である。氏は作家になってからも「あんたそれでも文学者ですか！　自覚のない文学者なんて、文学者だといえませんよ」と、ハッキリと自分とちがった階級の男である文学者によって叱責される声を聞いたにちがいない。そして「仕様がない人だな、あんたは！」と批判される自分に耐えていたにちがいない。椎名夫人が、かつて私にささやいた。「椎名も大へんですよね。皆さん大学を出ていらっしゃるのに。それでも椎名は一緒になってがんばっているんですから」と。そのとき、私は、古参運転手の苦しみを理解できなくて苛らだった見知らぬ男であるような気がした。

「美しい女」の古参運転手は、事故を起して発狂し、売春婦であったその妹は、やはり発狂して死ぬことになっている。そのような彼や彼女にとりかこまれながら、主人公は頑固に考える。「卑屈や臆病や奴隷根性などの、こっけいな着物を着せられてはいるが、その下でひそかに生きている私たちのホントウの身体を示したいのだ」

文字通り「ホントウの身体」「ホントウの心」を示すために、いかに悪戦苦闘したことだろうか。氏は「微笑をもって正義をなせ！」では満足できなかった。むしろ、微笑をもって不正をなさねばならぬ人々のために書いたのである。私の作中人物が、かりに「我慢しています」と告白しても、それは、椎名氏の作中人物にくらべて、まるで、我慢なんかしていないのである。彼の作中人物は「我慢していますといわないでも、我慢していることはわかりきっているのである。彼らは仏教でいう「五体投地」を、まるごと文学的にやる。それは無頼派の「五体投地」をはるかに上廻るものである。無神論者でもキリスト者になれるか。見神なき信念は可能か。都会の裏がわ、思いがけない町角、やりきれない殺風景な場末、にぎやかさが不意に終っているところ、そんな場所で、彼らは不思議な道化師と犯罪者の相貌をしながら、誰にもわからないうちに五体投地するのだ。彼らは、ころげまわりながら、互いに誤解する。あまりに誤解が充満するので、正解とわかちがたくなるまで。

われわれ小説家は、すべて、わがままを通すために小説を書いているような気がする。そんなわれわれを、椎名文学はやさしく導き、批判してくれている。君だけが、わがままなのじゃない、ニンゲンのわがままは、底が知れないんだ。それでいいじゃないか。「悪魔」という文字が「神」という文字より多く顔を出しているからといって、それで、アンチキリストの文学とはいわれないのである。最後にもう一度「美しい女」から、哀れな夫婦の会話を引用する。婦人部長の妻は、役付きになれない夫を能なしとののしる。夫は何ものよりも電車を愛し、妻は会社を愛する。妻はほかの男と家出して、まもなく帰宅する。戦争は激しくなり、人々は変化する。そして二人は思いがけなくも次のような「神のユーモア」とでもいうべき一場面を展開する。

「私は克枝から仕方なさそうにタオルを受取りながらいった。『おれ、こんなこといやなんや。馴れてへんさかいな』瞬間、克枝は、ぎくっとしたように私を見つめた。その眼には暗い気ちがいめいた色が光っていた。『いや、おれは』と私はあわてていった。『神様みたいに扱われんの、いやなんや』するとと彼女は、私を見つめつづけたままいうのだった。『いいえ、あんたは神様でんねん』私は、ふいになぐられでもしたようにとび上った。そして私は、怒りを押えながら四つ這いになって、ワンワンワンと吠えながら部屋を歩いた。『神様がこんなことするか。こんなおれが神様か。え?』と私はふるえ声でいいながら声高らかに吠えた。『ワンワン! ワンワン! ウウ、ワン!』克枝は、青ざめていた。私は、馬鹿な真似に疲れて起き上がるといった。『普通で行こう。普通でええやないか』だが、克枝は身動きもしないでいった。『いいえ、あんたは、神様みたいなひとだす』」

こう書いたとき「神様」ではなくて、神がその哀れな会話にまぎれて、椎名氏の身近に降りてきつつあったのかもしれない。さようなら。またあう日まで。アーメン! 南無阿弥陀仏!

「中国文学」と「近代文学」の不可思議な交流

佐々木基一は、すでに戦時中に竹内好に原稿を依頼し、竹内に代って私が、中国に於ける大衆語論争について書いた、とおぼえている。千田九一は、佐々木、荒の高校の先輩であったから、「近代文学」が発刊される前から、二人とは顔見知りだった。千田は戦時中も戦後も中野駅に近い桃園町の下宿に住んでいた。その下宿の主婦は松崎天民の未亡人で、独身である千田を一貫して世話していた。出征している間は別として、商店街の建ち並ぶ細道の中ほどにあるその下宿の二階の一室が、千田の古巣でもあり、血を吐いて死去した場所でもあった。われわれは千田を思い出すたびに、その古めかしい下宿を、ありありと眼に描くことが出来た。おそらく、荒、佐々木の両氏も、その下宿に千田を訪ねたことがあったにちがいない。

われわれ中国文学研究会の同人は、ほとんどすべて東大支那文学科の卒業生で、私一人が中退であった。「近代文学」の同人も埴谷雄高を除いて、いずれも学科こそちがえ、東大文科の卒業生であったから、当然よく似た運命を辿るはずであった。しかし、動揺ただならぬ日本の大学卒業生たちの例に洩れず、風雨の闇の中を手探りで進む両グループは、ついに相手方の全貌はおろか、本質がいずこにあるやも見届けることなく、敗戦を迎えたのであった。

「近代文学」では埴谷一人だけが本格的な非合法運動で検挙され、入獄生活の体験者であった。平野謙は逮捕こそされなかったが、左翼運動で活躍したことは次第に明らかになりつつある。本多秋五や藤枝静男などは、左翼的傾向の大学生として留置場入りの経験があり、終戦まで左翼の同情者であったことも、彼らの回想によって明らかになった。もちろん、中国文学研究会側では知るよしもなかった。

私個人は三回にわたり留置場入りをしたが、ついに投獄されてはいない。竹内好は東大のRS（読書会）に出席したりして、私と知り合ったが、検挙された体験はない。したがって、「近代文学」の同人諸氏の方が、中国文学研究会の同人にくらべて、左翼的傾向がはっきりしていたのではなかろうか。検挙とか起訴とか投獄とかは、さしてめずらしい異変ではなかった当時の学生たちの間で、この両グループがその波に攫われないはずはなかったにせよ、「近代文学」の方には、たしかに刑務所入りの党員が存在していたことは、大きな違いになっている気がする。

両団体を比較して、実に興味のあるのは、結婚という点で、おそろしく違っている趣がある。

中学文学研究会の年長者のなかでは、増田渉、松枝茂夫は若くして結婚し、妻に先立たれたのち、二度目のベターハーフを迎え入れ、おまけに揃って子供が五、六人いる。「近代文学」の方は、みなさん揃って結婚歴は戦時中からあるらしいが、子孫の数は中国文学研究会の方が優っているのではあるまいか。「近代文学」の諸氏が再婚したという話はきいたことがない。埴谷、佐々木の両氏は、子供を作らない方針であるらしいが、そのほかの諸氏は、一般の風習通りに子孫が栄えている。

中国文学研究会の方では、千田九一も飯塚朗も終戦まで結婚してはいない。私も竹内好も同様である。別に女嫌いではないのに結婚はしなかった。中国文学研究会の方に、結婚歴において、いささか遅れをとっている節があるのは、召集されて戦地生活が続いたことが原因になっているのかもしれない。武田、竹内、飯塚、千田、もっと若い斎藤秋男は、いずれも輜重兵や歩兵として戦地に赴いている。戦死した仲間もいる。別に自慢のできる話ではないが、戦地体験においては、われわれの方が「近代文学」よりも、はるかに点をかせいでいる。結婚と兵隊生活が、どこでどう繋がっているか、切れているか、それは色々と複雑な隠れた問題があって、ズバリと言ってのけるわけにはいかない。

それから、もう一つ、どうしても言い落してはならぬ違いがある。それは「近代文学」には美男子が多いということだ。もしも「中国文学」から代表選手を出すとすれば、岡崎俊夫しかいない。本郷の文求堂（漢籍を広く売り捌いていて、中国語の辞典や教科書の類を出版していた）の主人が曰く「中国文学研究会もいいが、どれもこれもパッとしない。岡崎俊夫だけは、どうやら一人前だが」そう言われても、われわれは少しも残念ではなかった。いまに仕事の点で文求堂のおやじを驚かしてやるぞ、と考えていたので「不美男子」という批評を甘受した。岡崎俊夫だけが早く結婚して、まともな家庭を持てたのは、必ずしも彼が美男子だったせいではなくて、大新聞社に採用されて定職をもっていたのが理由だろう。岡崎は新聞協会の湯河原の寮をわれわれに紹介し、両グループの同人が温泉場の一室に相会したことがある。そのときの記念撮影は、すでに何回も紹介されているから「顔」とか「風采」とかに興味のある方々は、しかと判定して頂きたい。

岡崎も千田も、すでに故人である。千田が死亡して救急病院に担ぎこまれて、入棺のさいに駈けつけたのは、荒正人、佐々木基一の二人ではなかったろうか。ほかの人もいたかもしれない。その日は女房は竹内邸に赴いて、私は留守番していた。電話のベルが鳴り、千田の勤めている京華高校の同僚、古林尚から「千田さんが亡くなりました」と報らせがあった。私はすぐさま竹内に電話した。その頃、竹内は急性肺炎の予後、不健康な状態が続いて弱っていたので、救急病院に駆けつけるわけにはいかない。埴谷雄高からも電話連絡があり、佐々木、荒の両氏にも、その旨を報らせたらしい。女房は車で竹内邸から自宅に戻り、私を同乗させてから、わかり難い救急病院なるものに赴いた。

すでに葬儀屋が到着していて、納棺がはじまった。ひどく薄い板で出来た貧弱な棺の中に、いかにも窮屈げに千田の遺体が横たえられた。救急病院に担ぎこまれるのは、たいがい貧乏人ときまっているので、葬儀屋さんの態度はよそよそしかった。「中国文学」の小野忍も駆けつけていた。独身の千田は相当の金を貯めていて、貯金帳も何冊か持っていた。費用の心配がないと知ると、葬儀屋の態度は一変して、狭い棺の中に、あの世に旅立つために必要な杖とか笠とか、わらじとか白衣とか、生花をおしこんだ。

「ほら、来てよかったでしょ」と、あまりにも淋しい光景のなかで、荒正人が佐々木基一にささやいた。

千田の葬儀は、京華高校の校葬の形で行われた。荒、佐々木の両氏も列席した。荒は懐中にした香典をとりだして「千田君には遺族がないんでしょ。この金は、どなたに差上げたらいいのかしら」と、私に相談した。私は「誰にもあげる必要はないでしょ」と答えた。千田は結局、酒を友として一生を終ったのであるが、文壇の現状については、なかなかくわしかった。飯塚とともに「日暦」の同人であったので、高見順、武田麟太郎の消息にも通じていた。小説も書きたかったにちがいない。埴谷雄高の家に私をはじめて連れていったのも、彼であった。酒量の点で、「近代文学」は「中国文学」より、はるかに下である。荒が水のように酒を飲むけれども、あれは異常体質で、飲酒を楽しんでいるとは、とうてい思えない。平野、本多、埴谷は、アルコール分は拒否する体質だし、佐々木一人は、さすが醸造家の生れだけあって、日本酒の味がよくわかる点で、千田と共通している。

戦後、もっとも早く知り合いになったのは、平野謙ではなかったかしら。たしか、中橋一夫（英文学者）の自宅で研究会が催されたとき、杉森久英とともに平野がそこに同席していたとおぼえている。私がまだ独身である旨を告げると、彼は私の顔をみつめて「さすが……」と言ったが、それは、おそらく「近代文学」の同人にはそんな奴はいないのに、という意味だったろう。平野は戦時中、中央公論社に保存されてある日本文学の資料を利用していたから、中央公論社に勤めていた杉森とは旧知の仲だったであろう。杉森は「近代文学」グループと「批評」グループを対面させるという企てを敢行した人である。「批評」グループには、中村光夫、吉田健一、河上徹太郎らがいたが、その席には誰が出席していたか、記憶にない。ただ、中村光夫が立上ってしゃべったあとで「今日のスピーチは俺が一番まずかったなあ」と述べたことをおぼえている。中村光夫は、すでにその頃から「近代文学」の敵対者であった。戦時中から文壇に顔を出していた中村光夫や吉田健一は、私の文学上の先輩であって「司馬遷」を読んだ山本健吉に紹介されて、私は「批評」グループの仲間入りをしていた。戦後、中村の口から戦後派に対する批判を絶えず聞かされていた。私が埴谷の「死霊」について『あっは』と『ぷふい』」という文章を書いた直後にも、彼は「お前って奴は、ヘンな文章を書きやがって」と、私と「近代文学」の接触を極度に嫌う態度を示した。飲み屋で一緒になるたびに、彼は私をからかった。

私としては、「近代文学」派と「批評」グループは、同じ強固な文学の党派であって、そのどちらをも敬愛していたので、どちらとも付き合った。

花田清輝、福田恆存、高橋義孝、安部公房、関根弘が、どかどかと「近代文学」に入会したさい、私も激流に流される雑魚の一匹として、嬉しがって参加した。ともかく、文学的雰囲気の漂う会合なら、どこにでも喜んで出かけて行った。当時「とかくメダカは群れたがる」という名言を吐いた女流作家があった。私は少しもそんな批評は気にかけなかった。メダカも生きて泳いでいる。彼女が水ぶくれした鯨か、眼の赤い鰯か知らないが、やっぱり泳いでいる魚にちがいないのだから、何を言おうと自由だが、言われても何も感じないわれわれにも自由がある。第一、群れていたって、泳ぐのは、めいめい自分の力だ。東中野のモナミにおける会合は、ことに賑やかだったので、そこに出席して戻ると、いつも新鮮な滝を浴びたような気持になった。「俺はまだ今日は一回も飯粒を食べていないんだ」と、花田は憤然として言い、テーブルの上に何かないかと眺めまわしていた。

酔っぱらった帰途に、同じ道を歩いている若い男に「お前は誰だ」とたずねると、相手は「俺は安部公房だ」と答えて、私の手を握ったが、その掌には腕力に自信のある青年らしき反抗的気概がこもっていた。集ったもののすべてが、文学に向ってフルスピードで走り出していた。目標があるか否かは問題ではなかった。誰も、ほかの人間が何を考えているのか、よく知りはしなかった。

文芸雑誌のみならず、出版物の頁数はひどく少なかったし、発表機関の多くは低迷していた。そして、雑誌「近代文学」が読みものに飢えた東京市民の前に現れた。その誌面で、荒正人の意見が一番はっきりしていて、わかり易かった。ペンネームか本名かは知らないが面白い名前だな、と私はすぐに彼の名をおぼえた。首猛夫のモデルは彼かな、と思案した。「近代文学」においては、本多秋五が長老格らしいということも、私は心の奥におぼえこんだ。私が会合の席で、本多秋五のYシャツの下をまさぐってふざけたりすると「ぼくは武田君は苦手だよ」と、教えさとすように言った。しかし、本多には最初から厳めしい気配はなかった。むしろ、平野謙の方が、眼光鋭く相手を選り別ける気難しさがつきまとっていた。酒房「らんぼお」において、「中国文学」と「近代文学」の同人は入り混って溶けこんでいった。平田次三郎は若手の評論家として目立っていた。彼は「戦後派宣言」を発表し、戦後文学のために、おおいに声を枯らしたが、少し勇ましすぎて危なっかしいように、私は感じた。あまり一般向でない支那の文学を専門とするわれわれは、新しき文学上の談義において、リードする立場ではなかった。はたして文学を理解しているのかどうか、わからないまま、新式の文学者たちと付き合っていたのだ。しかし、竹内好だけは、文学的政治的意見において、つねに正しかったような気がする。戦地から帰還した竹内は、しばらく浦和に住みついて、「中国文学」以外の連中とは、あまり接触がなかった。竹内は痛烈に私を批判し続けていて、むしろ「近代文学」派の方が、私の作品に対しては同情的であった。彼らのグループには評論家が多かったので、陰になり、陽なたになり、五里霧中の私に加勢してくれることが出来た。

まことに奇遇というべきであるが、高校生時代の小田切秀雄と目黒署の留置場で面会したことがある。もちろん、後年の小田切とは知らずに、痩せた少年が検挙された高校グループのキャップらしく、最後まで白状しないので、特高刑事諸君が弱っていたのをおぼえている。私の方は「また、坊さん来やがったな」と、看守が呆れるほど、はっきりした訳もわからずに、目黒署に捕まったり釈放されたりして、いい加減うんざりしていた頃だったので、違った房にいる山田勝次郎のところへ、若い美貌の奥さんが、ハイヒールの音も高く立派な洋装で弁当を差入れにくるのを観察して、マルクス学者もわるくないなあ、万巻の書を読破して大きな家に住んで、捕まれば美人が毎日食事を運ぶ、俺のところへは差入れにきてくれる女なんか一人もいやしない、と羨ましがっていた。戦後、小田切と会ったとき「あの奥さんはどうしたかね」と、たずねると「いやあ、もうお婆さんだよ」と、小田切は苦笑して答えた。山田は講座派のチャキチャキの理論家で、農業が専門であったが、あんな都会人風のインテリに、泥にまみれた日本の農民が理解できるのかな、と私は怪しんだ。

埴谷雄高が、農民運動の党のフラクションとして、「農民闘争」を編輯し、配布して、努力奮闘したあげく、投獄された経緯を、彼の口から色々と聞かされたときにも、私は「この男が農民を指導しようとしたんだなあ。農民の方ははたして彼の理論がわかったのかな。とにかく彼と農村はどうしても結びつかないようだな」と思った。そう思って観察していると、彼はまったく自然に対して興味を抱かないのだ。初夏の緑を楽しむ小旅行が企てられたとき、爽やかな緑の風景などに感心する様子はみえなかった。彼はたしかに親しい友人に対しては親切で、まめまめしく面倒をみる。だが、彼は一回でも日本の農民を愛したことがあるのだろうか。何しろ、闇の中から指導するんだから、相手の顔も手足も見えないわけで、彼の方では理論信仰に凝り固まって、それで命令を発してさえいればいいのだ。農民に対する義理人情が、なまじっか消え去らずにもたついている男は、なかなか、ふんぎりがつかない。ふんぎりをつけた彼は、傑作「死霊」を書くことが出来た。だから、第五章まで繰返し読了したところでは、農民らしきものは一人も出現していない。農民がやたらと顔を出す中国現代文学に親しんできた中国文学研究会の同人の一人として、なるほど、日本と中国では、文学もやり方がちがっているわい、と発言したくなってくる。彼が、都会好きの田舎嫌い、昼間より深夜の愛好者であろうとなかろうと、農民というものは、闘争のあるなしにかかわらず、前もって農民であらねばならぬ。白夜の日光と降雨なしには植物は育たないし、彼らも生存し、繁殖出来ないのだから、そう夜の新宿ばかり徘徊してはいられないのだ。もしも「死霊」を手がける前に「生霊」の方に首をつっこんでいたら、いきなり屋根裏や宇宙の涯の方へ考えがとばないで、もう少し、田畑や大地、地球、地球人、ものを作りだす人々の、平凡でくだらないが、根強く充満する考え方が、黒一色の画面に豊かな色彩を加えることが出来たであろうに。「中国文学」の同人だって、農民や農村は、よく知りはしない。農民のエゴイズムは文士のそれに匹敵し、凌駕する。しかし、彼らを指導しようとした以上、責任はあるだろう。九州の農村に隠栖した体験のある松枝茂夫は「田舎の貧乏はひどいからなあ」と述懐した。中国の農民を相手にして戦ったわれわれは、相手のクソ力を知っている。声価の定まった「死霊」にイチャモンをつけるつもりはない。だが、埴谷の精神構造がどれほど非農民的なものであるか、そんな場所にまで踏みこむことが、何故可能だったのか。私は気がかりである。椎名麟三は、党の上層部の指令を受けて働いた、下部の私鉄労働者だった。埴谷より先に椎名こそ、自分勝手な上層部のやりきれなさを、骨身に沁みて痛感していたのだ。埴谷は中央委員ではなかった。だが、椎名にとっては上層部はあくまで上層部なのだ。口ごもりながら、何度もハニヤ理論に反抗しようと試みた椎名の、苦渋に満ちた表情が忘れられない。埴谷は、あくまで神の存在を否定する理性の人だ。椎名が洗礼を受けたとき、ひどく残念がった埴谷の表情も、また、忘れられない。「俺は労働者は書けるが、農民は書けない」と、椎名は語った。「農民が書けない」という告白を、埴谷の口から聞いたことはない。農民が理解出来なくても「死霊」の登場人物は厳として存在するのだから、それはそれでいいとして、しばしば、農村出身の貧乏人とその家族を作品に登場させた椎名麟三は、それでは間違っていたのか。私は間違っていないと思う。椎名も埴谷も一政党からの脱落者であり、裏切り者であり、大きな逸脱者となった点で、少しも変りはない。

埴谷が谷崎賞を受賞したパーティの夜、病苦をおして椎名も出席した。油汗を額に浮べて、ひどく心臓が苦しいらしい。「埴谷君が賞をもらって、ほんとうによかったよな」と、かすれ声で告げたが、そのときすでに、彼と埴谷をもろともに包みこむ政治と文学の暗い大きな塊、その重さが、彼を圧し殺しかけていたのかもしれない。戦後の一時期は、椎名麟三が学生たちの人気の的だった。いまや、埴谷が大学生たちの尊敬を集めている。二人は何も好んでそうありたいと願ったわけではない。読者の方が、あるときには椎名を、またあるときには埴谷を選んだだけの話だ。

椎名麟三は、そして彼だけが、埴谷雄高の最大、かつ、最も危険な批判者だったのだ。二人はついに相手を理解しつくすことが出来ないまま、生死その境を異にした。椎名は文部大臣賞をうけたが、埴谷のうけたのは、民間の出版会社の賞だけである。それが何だというのだ。庶民の苦しみと怒りを、余さず知っていて、その代表者であったのは椎名なのだ。彼のキリスト教は、苦しい庶民の気持を代表するものであって、神父や牧師の説教によって生れたものではない。

野間宏の名を知ったのは「黄峰」だったろうか。この口の重い大阪人が、本郷あたりの寺に下宿しているという噂を、いつしか聞き知った。何しろ、彼の書く小説は、重厚といえば重厚、きわめてわかり難かった。一枚の絵をみているだけで、無限に文章が繰りだされる。たしかに、ものものしい気配が辺りに漂う。ごて塗りの油絵のように、世界は色づけられる。どんな恋愛をし、どんな結婚を、この作者はしたのだろうか。入党してからの彼は、除名その他、苦労の連続である。しつっこく熱愛するたちだから、憎悪も人一倍激しい。さんざん、いじめられているというニュースも耳に入る。

「日本共産党批判」を発表した竹内のほかには、「中国文学」の同人には、その、まっくろくろの内情はわかっていない。または、多少感づいてはいても、知らん顔ですましている。「新日本文学」と「人民文学」のいざこざだけでも、問題は複雑怪奇である。「中野重治にやられた」と、彼は心外にたえぬように吐き出す。国際派か主流派か、どっちに彼が味方しているのか、わからない。そのうち、誰か、違った男が彼をいじめたらしい。彼は怒っている。憎んでいる。恨み骨髄に徹しているらしい。敵がどこにいるのか。彼は敵と見方を区別して頑張っているらしいが、実にやりきれない苦行の中に、いつでも彼は坐っているらしい。おまけに宗教の問題もからんでくる。差別の問題もからみついてくる。いつ彼は「近代文学」を離れたのだろうか。復帰したのだろうか。小田切もそうだ。その辺の事情は、われわれにはわからない。わかってたまるものか。野間は陸軍刑務所に入れられた。そして、刑務所に収監中に結婚したらしい。彼は砲兵なのだ。しかも、京大の仏文科の卒業生だ。だから、無論、「近代文学」のほかの仲間と同様に、秀才にきまっている。

竹内好は「秀才と鈍才論」で、鈍才にもおおいに利点あり、と説いたことがある。「近代文学」が鈍才であるか秀才であるか、私には一寸定めかねるところがある。竹内の言いたかったことは、鈍才もよし。鈍才こそよきかな。あまり秀才が多すぎると、ロクなことはない、という点であった。だが、どう考えても、竹内好こそ、「中国文学」のなかの秀才であったらしいのだ。

しかし、人間はすべて秀才であり、また同時に鈍才なのだ。そうやって、どうやら生きてきたのだ。いかなる秀才も、鈍才を無視するわけにはいかない、いかなる鈍才もまた秀才を毛嫌いするわけにはいかない。好き嫌いというものはある。ほとんど、それが決定する。「中国文学」と「近代文学」はウマが合っている。だからといって油断はならない。「近代文学」は後輩を育てる点で、「中国文学」に優っている。おどろくほど多数の若い文学者が、雑誌「近代文学」から出発した。遠藤周作も北杜夫も辻邦生も加賀乙彦も「近代文学」抜きには存在できなかったのだ。「中国文学」は、いろいろと無い知恵をしぼって無理をしたが、成績のほどは、未だにさっぱり揚ってはいないようで、御期待を乞う、とでもいうより仕方あるまい。だが、後進国が先進国を乗ッ越すためしもあり、そんなに簡単に決定されてしまっては、早とちりというものだ。

竹内が本多に絶交されたことがあったらしい。温厚な孔子風な大人だとばかり考えていたのに、本多もとんでもないときに怒る頑固者らしい。竹内がバカにしたような眼で彼を見たというのが理由だ。そういえば、佐々木基一が安部公房と組になって、「近代文学」に反乱を企んだとき、試写会のあとで、本多は佐々木をジロジロと眺めやって「このごろ、佐々木君は眼付きがわるくなったなあ」と言った。なるほど、佐々木はサルトルからブレヒト、ルカーチ、映画その他の視聴覚文化をめまぐるしく追いかけて、いまでは、イヨネスコ、魯迅にまで手をのばしている。それも彼の芸術好きがなせる業であって、咎めだてする必要はない。彼だけがピッチャーも出来るスポーツマンだ。荒は、ホームを間違えて反対の方角に走りだすほどのスポーツ嫌いだ。彼は三振も無死満塁も一切おかまいなしだ。埴谷、平野、佐々木はプロ野球に通じている。だからナイターがはじまると仕事が手につかない。離合集散、有為転変は世の習いだから、敵になったり味方になったり、いきなり背中を斬りつけられたりして、はた目には何が発生しつつあるのか、野武士が戦場で乱戦する有様にみえてくることもある。どこから矢が飛来するか、見当もつかない。

しかし、「近代文学」は、みんな育ちがいい、と、われわれは思う。卑しいところがない。小回りがきかない。正直だ。小ざかしい点もない。貧乏しても、いかにもおっとりしている。見方によれば、平野謙だって、一時はかなり貧乏だったらしい。「平野さんが今度六枚の長篇を書きましてね」などと、編輯者がおかしがって言うぐらい、平野の筆がちぢかんで、容易にのびなかったことがある。その彼が、現在でも勇敢に書き続けている。吉田健一も、かつては五、六枚の文章でさえ、容易に書けない男だったのに、いまでは無限に続くような文章を次から次へ繰りだしている。

沈黙したまま、永いこと生きている名人は、竹内と本多だ。たまに発言しても、あまり言葉数が少いので、感心されたり、あっと驚かれたりする。誤解もされる。高橋和巳の全集に、一巻ずつ、二人は解説を書いている。解説なるものは、ほめるものときめてかかると、さにあらず。そっけない骨太の文章で、歯に衣きせずに痛快なほど高橋をやっつけていて、思わず噴きだしたくなる。そのせいか、この二人はたまに絶交することはあっても仲がいい。竹内の方は、いまでは友人たちと絶交するのもおっくうになって、一般からの寄贈本までもお断りしているけれど。

ともかく、揃って生き残っているのは、おめでたい。ひどい病気に見舞われることはあっても、顔を合わせるのに不自由しないだけでも奇跡だ。「そのうち、白樺派になるぞ」と私が言ったら、埴谷は憤然としていた。男がおじいさんになり、白樺派と似通ってきたって、何もわるいことではあるまい。おばあさんになったら驚くけれど。白樺派は、みんな芸術院会員になって、芸術院なるものの根幹をなしたけれども、「近代文学」がその方はあまり縁がないのは、みんなよく知っているのだ。彼らには、人間として、立派にその資格はある。みえざる人類アカデミーの会員に是非とも推せんしたいと思うが、おそらく彼らは首を横にふるだろう。藤枝静男が「イペリット眼」を発表したのも「近代文学」だった。志賀さん好きの彼は、うっかりすると白樺派の末えいかと間違えられるが、老いてますます壮んな彼は、新趣向をこらした短篇長篇の類を続々と制作している。たしか彼も、平野と一緒に、本多から白眼視されたことがあったのではないか。

脳血栓でフラフラの私が書いた(口述筆記させた)この文章に間違いがあっても(あるにきまっているが)、そこは永い付き合いに免じて許されよ。

ここまで書いてくると、雑誌「文学」の六月号が郵送されてきたので一読すると「文学のひろば」に、久しぶりに本多秋五が書いている。白樺派の長老、武者小路実篤の死に因《ちな》んで、彼自身の心境を吐露したものだ。彼は、武者の美点は美点として確認しようとしている。

「数え年二十六歳の武者小路さんは書いた。『自分は生れつき自我に執着する男である、されば自分は自我を何物の犠牲にしようとも思はない。寧ろ自我のために何物をも犠牲にしようと思つてゐる。』『多くの人も自分の目で見ると自我のために働いてゐる。自分を間接にジャスチファイしてゐる。自分を間接に偉いものにしようとしてゐる、いい意味においてもわるい意味においても偉いものと思はせようとしてゐる、かくて自分を安心させようとしてゐる。……しかし多くの人はそれをかくしてゐる、自分から見ると見えすいてゐるから、かくさない方がいいと思ふが皆、自分を他人の前にかくしてゐる……』（『自分の筆でする仕事』）

「こんなに危険で重大なことを、こんなに単純に無雑作にいってのけた人は、武者さん以前にはなかった。」

この長老の戦争中の発言については、おおいに不満だったらしい本多が、いま、こと新しく長老の文章を引用したのは何故であるか。そのあとに、結語らしきものが続く。「しかし、エゴイズムの肯定が常識なら、その常識を常識たらしめた創始者があるはずである。誰も彼もが自我を信用せず尊重しないなら、そういう自我喪失者のつくる国家も社会もやがて流沙に帰する外なかろう。問題はそこから先にある。

自我主義者の自我主義脱却の問題である。」

ここには、社会主義諸国における文学者の運命を気遣う彼の心情がこめられている。と同時に「宮本百合子論」を書き、トルストイの「戦争と平和」を論じた彼の心意気が露出している。本多が、大学を出て、東京市内を「連絡」また「連絡」で駈けまわっていたころ、彼は中国人留学生、胡風と知合いになった。中華人民共和国が成立してから、この胡風が粛正された事件があった。彼の怒りは噴出した。何としてでも、この旧友の粛正された原因を探りだしたいとあせった。新中国に招待旅行で赴いたさいにも、しつっこく質問を発したらしい。

私が、文化大革命下の中国から帰って、その状勢を報告したさいにも、傍聴しにきた彼は、私のアパートに竹内と共に立寄って、わからないことを、わからないままに放っておく「中国文学」の同人、とりわけ私に対する憤懣をのべた。「何か食べないか」と、たずねると「それじゃあ、おすしでも御馳走になるかな」と、彼は答えた。「茅盾の『子夜』まで批判されているらしいが、それは無茶だよ。ひどすぎるよ」と、彼は低い声でつぶやいた。一度めの訪問のさいは、ひどく遠慮していた彼は、「群像」の座談会のあとで二度めに訪れてきたときは、もう馴れてきたせいか、愉快そうにしていたが。

ながながと、彼の文章を引用し、活用したが、毒を喰わば皿まで、もう少し引用させてもらう。それは、なかなか味のある文章が残っていて、どうしても捨て難いからだ。

「その下宿のおばさんの弟は、東京のどこかの区の区会議員に当選したりした四十男であったが、あるとき、学問のある特殊な領域では日本的な学者であるという老人とよく碁を打つ話をして、『偉い人ではあるが、年寄りのことなので、抜けたも知らずに○使う』といった。」

腰を○にしてあるところなど、苦心のあとがうかがえる。白樺派ならぬ「近代文学」の長老諸氏が、現在、抜けたのも知らずにいるかどうか、おじいさんやあばあさんの生理について無知な私は、口を差しはさめないけれど。

昭和五十一年六月五日しるす。

初出一覧

司馬遷の精神——記録について　「新時代」一九四六年六月
美しさとはげしさ　「桃源」一九四七年一月
谷崎氏の女性　「文芸草紙」一九四七年二月
滅亡について　「花」一九四八年三月
無感覚なボタン人——帝銀事件について　「文芸時代」一九四八年五月
『あっは』と『ぷふい』——埴谷雄高『死霊』について　「近代文学」一九四八年一〇月
勧善懲悪について　「表現」一九四九年四月
中国の小説と日本の小説　「文学」一九五〇年一〇月
『未来の淫女』自作ノート　『未来の淫女』（目黒書店）一九五一年五月
魯迅とロマンティシズム　「中央公論」一九五三年一二月
限界状況における人間　「毎日宗教講座」第一巻『われらはいかなる人間であるか』（毎日新聞社）一九五八年一月
竹内好の孤独　『現代教養全集』（筑摩書房）第一五巻「月報」一九五九年一一月
文学を志す人々へ　「群像」一九六二年九月
映画と私　『私の映画鑑賞法』（朝日新聞社）「前書き」一九六三年一月

サルトル的知識人について　「展望」一九六六年一二月
戦争と私　「朝日新聞」一九六七年八月一五日
根源的なるもの　『深沢七郎選集』（大和書房）第一巻「月報」一九六八年二月
三島由紀夫氏の死ののちに　「中央公論」一九七一年一月
わが思索わが風土　「朝日新聞」一九七一年三月一五日〜一九日
私の中の地獄　「読売新聞」一九七一年八月一五日〜一一月二八日（日曜日ごと一六回）
椎名麟三氏の死のあとに　「新潮」一九七三年六月
「中国文学」と「近代文学」の不可思議な交流　「海」一九七六年一二月

著書一覧

＊単行本及び全集・作品集・評論集・対談集・座談集等を掲載し、文庫等での再刊本、各種文学全集への再録、訳書は除いた。但し『司馬遷』については各版を掲載。
＊※印は対談集・座談集を示す。

『揚子江文学風土記』（小田嶽夫と共著） 竜吟社 一九四一年一一月
『司馬遷』 日本評論社 一九四三年四月
『才子佳人』 東方書局 一九四七年一一月
『蝮のすゑ』 思索社 一九四八年一月
『史記の世界』 蕎柿堂 一九四八年一一月
『「愛」のかたち』 八雲書店 一九四八年一二月
『月光都市』 臼井書房 一九四九年一月
『女の部屋』 早川書房 一九五一年三月
『未来の淫女』 目黒書店 一九五一年五月
『異形の者』 河出市民文庫 一九五一年一一月
『司馬遷――史記の世界――』 創元文庫 一九五二年七月
『風媒花』 講談社 一九五二年一一月
『流人島にて』 講談社 一九五三年六月

『愛と誓い』　筑摩書房　一九五三年七月
『天と地の結婚』　講談社　一九五三年一二月
『人間・文学・歴史』　厚文社　一九五四年五月
『美貌の信徒』　新潮社　一九五四年七月
『火の接吻』　筑摩書房　一九五五年七月
『敵の秘密』　河出書房　一九五五年一〇月
『女の宿』　鱒書房　一九五六年一月
『にっぽんの美男美女』　筑摩書房　一九五七年四月
『みる・きく・かんがえる』　平凡社　一九五七年五月
『森と湖のまつり』　新潮社　一九五八年六月
『現代の魔術』　未來社　一九五八年七月
『士魂商才』　文藝春秋新社　一九五八年七月
『司馬遷——史記の世界——』　文藝春秋新社　一九五九年二月
『地下室の女神』　新潮社　一九五九年五月
『貴族の階段』　中央公論社　一九五九年五月
『政治家の文章』　岩波書店　一九六〇年六月
『花と花輪』　新潮社　一九六一年一〇月
『私の映画鑑賞法』　朝日新聞社　一九六三年一月

『わが中国抄』　普通社　一九六三年六月
『ニセ札つかいの手記』　講談社　一九六三年八月
『日本の夫婦』　朝日新聞社　一九六三年一〇月
『毛沢東　その詩と人生』（竹内実と共著）　文藝春秋新社　一九六五年四月
『司馬遷――史記の世界――』　講談社　一九六五年七月
『十三妹』　朝日新聞社　一九六六年五月
『冒険と計算』　講談社　一九六六年六月
『新編　人間・文学・歴史』　筑摩書房　一九六六年六月
『揚子江のほとり――中国とその人間学――』　芳賀書店　一九六七年六月
『秋風秋雨人を愁殺す』　筑摩書房　一九六八年三月
『わが子キリスト』　講談社　一九六八年一二月
『新・東海道五十三次』　中央公論社　一九六九年九月
『混々沌々』※　筑摩書房　一九七〇年三月
『黄河海に入りて流る――中国・中国人・中国文学――』　勁草書房　一九七〇年八月
『滅亡について』　文藝春秋　一九七一年四月
『富士』　中央公論社　一九七一年一一月
『私の中の地獄』　筑摩書房　一九七二年四月
『日中の原点から』※　河出書房新社　一九七二年七月

『快楽』第一巻、第二巻　新潮社　一九七二年一〇月
『司馬遷——史記の世界——』　講談社文庫　一九七二年一〇月
『私はもう中国を語らない』※（堀田善衛との対話）　朝日新聞社　一九七三年三月
『わが文学、わが昭和史』※　筑摩書房　一九七三年八月
『こんにゃく問答』※①②　文藝春秋　一九七三年一一月
『精神の共和国は可能か』※　筑摩書房　一九七三年一二月
『混沌から創造へ』※　中央公論社　一九七六年三月
『目まいのする散歩』　中央公論社　一九七六年六月
『文人相軽ンズ』　構想社　一九七六年一二月
『上海の螢』　中央公論社　一九七六年一二月
『生きることの地獄と極楽』※　勁草書房　一九七七年二月
『身心《しんじん》快楽《けらく》　自伝』　創樹社　一九七七年三月
『司馬遷——史記の世界——』　講談社文芸文庫　一九九七年一〇月

＊

『武田泰淳作品集』（全四巻）　講談社　一九五四年三月〜六月
『武田泰淳全集』（全一五巻・別巻一）　筑摩書房　一九七一年六月〜七三年三月
『武田泰淳中国小説集』（全五巻）　新潮社　一九七四年三月〜七月
『増補版　武田泰淳全集』（全一八巻・別巻三）　筑摩書房　一九七八年一月〜八〇年三月

編集のことば

松本　昌次

「戦後文学エッセイ選」は、わたしがかつて未來社の編集者として在籍（一九五三年四月〜八三年五月）しました三十年間で、またつづく小社でその著書の刊行にあたって直接出会い、その謦咳に接し、編集にかかわらせていただいた戦後文学者十三氏の方がたのみのエッセイを選び、十三巻として刊行するものです。出版の一般的常識からすれば、いささか異例というべきですが、わたしの編集者としてのこだわりとしてご理解下さい。

ところでエッセイについてですが、『広辞苑』（岩波書店）によれば、「①随筆。自由な形式で書かれた個性的色彩の濃い散文。②試論。小論。」とあります。日本では、随筆・随想とも大方では呼ばれていますが、それは、形式にこだわらない、自由で個性的な試みに満ちた、中国の魯迅を範とする〝雑文（雑記・雑感）〟といっていいかと思います。つまり、この選集は、小説・戯曲・記録文学・評論等、幅広いジャンルで仕事をされた戦後文学者の方がたが書かれた多くのエッセイ＝〝雑文〟の中から二十数篇を選ばせていただき、各一巻に収録するものです。さまざまな形式でそれぞれに膨大な文学的・思想的仕事を残された方がたばかりですので、各巻は各著者の小さな〝個展〟といっていいかも知れません。しかしそこに実は、わたしたちが継承・発展させなければならない文学精神の貴重な遺産が散りばめられているであろうことを疑わないものです。

本選集刊行の動機が、同時代で出会い、その著書を手がけることができた各著者へのわたしの個人的な敬愛の念にあることはいうまでもありません。戦後文学の全体像からすればほんの一端に過ぎませんが、本選集の刊行をきっかけに、わたしが直接お会いしたり著書を刊行する機会を得なかった方がたをも含めての、運動としての戦後文学の新たな〝ルネサンス〟が到来することを心から願って止みません。

読者諸兄姉のご理解とご支援を切望します。

二〇〇五年六月

付記

本巻収録のエッセイ二二篇は『増補版　武田泰淳全集』全一八巻・別巻三（筑摩書房　一九七八年一月～八〇年三月刊）を底本としましたが、各初出単行本も参考にしました。

本巻の編集にあたっては、竹内栄美子氏にひとかたならぬお力添えをいただきました。末尾ながら記して深い謝意を表します。

武田泰淳《たけだたいじゅん》（1912年2月～1976年10月）

武田泰淳《たけだたいじゅん》集
——戦後文学エッセイ選5
2006年5月10日　初版第1刷
著　者　武田《たけだ》　泰淳《たいじゅん》
発行所　株式会社　影書房
発行者　松本昌次
〒114-0015　東京都北区中里3-4-5
ヒルサイドハウス101
電　話　03（5907）6755
ＦＡＸ　03（5907）6756
E-mail : kageshobou@md.neweb.ne.jp
http://www.kageshobo.co.jp/
〒振替　00170-4-85078
本文・装本印刷＝新栄堂
製本＝美行製本

定価　2,200円＋税
（全13巻・第6回配本）
ISBN4-87714-349-1

戦後文学エッセイ選　全13巻

花田　清輝集	戦後文学エッセイ選1	（既刊）
長谷川四郎集	戦後文学エッセイ選2	
埴谷　雄高集	戦後文学エッセイ選3	（既刊）
竹内　　好集	戦後文学エッセイ選4	（既刊）
武田　泰淳集	戦後文学エッセイ選5	（既刊）
杉浦　明平集	戦後文学エッセイ選6	
富士　正晴集	戦後文学エッセイ選7	（次回配本）
木下　順二集	戦後文学エッセイ選8	（既刊）
野間　　宏集	戦後文学エッセイ選9	
島尾　敏雄集	戦後文学エッセイ選10	
堀田　善衞集	戦後文学エッセイ選11	
上野　英信集	戦後文学エッセイ選12	（既刊）
井上　光晴集	戦後文学エッセイ選13	

四六判上製丸背カバー・定価各2,200円＋税